KB017373

사
람
의

맨
발

사람의 맨발

한 승 원

불광출판사

차례

제2장

바람이 스산하고 을씨년스럽게 불었고, 산등성이의 무성한 사라나무 숲 속에서 떼 지은 까마귀들이 울었다. 그 울음소리는 브라만의 사제들이 암송하는 경전 소리처럼 숲을 울리고 있었다. 해는 서쪽의 먼 지평과 맞닿은 하늘 구멍으로 떨어졌고, 그 구멍 언저리에서부터 황혼이 치솟았다. 그 황혼은 검은 구름장들을 핏빛으로 물들였다. 구름 속을 날던 새들은 황혼에 젖은 날개를 치며 사라나무 숲 속으로 돌아오고 있었다.

싯다르타의 관은 두 그루의 사라나무 사이에 놓여 있었다. 그 두 그루의 사라나무는 싯다르타가 평생토록 걸어 다닌 길의 맨 끝자락에서 고개를 하늘 쪽으로 쳐들고 서 있었다. 싯다르타의 관이 시간을 야금야금 먹고 있었다. 해가 거듭 떠올랐다가 저물고, 어둠 속에 뜬 달과 별들이 거듭해서 나타났다가 밝음 속으로 사라져갔다. 밝음 속에서 생성된 시간은 어둠 속으로 소멸되고, 어둠 속에서 만들어진 시간은 밝음 속으로 흘러 사라져갔다.

싯다르타의 수제자 카샤파는, 스승이 열반한 지 칠 일째 되는 날 해 질 녘에 땀을 뻘뻘 흘리며 쿠시나가라의 사라쌍수 아래 놓여 있는 스승 싯다르타의 관 앞으로 달려왔다. 천 리 밖에서, 밤과 낮을 가리지 않고, 스승의 가르침을 대중들에게 전하기 위해 분투하다가 스승의 부음을 듣고 달려온 카샤파는 관 앞에 엎드려 오체투지의 절을 했다. 그의 눈은 충혈된 채 동그랗게 커져 있었고, 까만 어둠을 담은 콧구멍은 확대된 채 벌름거리고 있었다. 그가 절을 시작했을 때 예상하지 않았던 일 하나가 일어났다.

직사각형으로 된 관의 아래쪽 면이 우지끈 터지면서, 싯다르타 시신의 두 발이 나란히 뻗어 나왔다. 둘러선 제자들은 모두 놀랐다. 어떤 제자는 놀라면서 벌린 입을 다물 줄 몰랐고, 다시 어떤 제자는 뒷걸음질을 치다가 엉덩방아를 찧었고, 다시 또 어떤 제자는 한두 걸음씩 물러나면서 진저리를 쳤고, 그리고 어떤 제자는 악! 하고 비명을 질렀다.

놀라지 않은 채 냉정해진 것은 카샤파뿐이었다. 어찌하여 이미 열반에 든 스승 싯다르타가 나, 카샤파를 향해 두 맨발을 나란히 내보이고 있는 것인가. 카샤파는 싯다르타의 맨발을 두 손으로 감싸 안았다. 브라만의 사제들이 읊조리는 경전 소리 같은 까마귀들의 울음소리가 카샤파의 심해 같은 가슴속에서 맴을 돌았다.

관의 한쪽 면이 터지면서, 싯다르타의 두 맨발이 나란히 나온 그 사건이 말해주는 심오한 뜻을 아는 사람은 아무도 없었다. 그 맨발을 두 손으로 감싸 안고 있는 카샤파만이 알고 있었다.

싯다르타의 두 발은 모든 것을 버리고 집을 떠난 출가자의 슬픈 표상이었다. 평생 대중 교화를 위해, 온 세상의 험난한 길을 밟고 다닌 맨발이었다. 발가락과 발톱들은 돌부리에 차이고 삐죽한 자갈과 가시에 찔리고 긁히는 상처를 입었다가 아물고, 또 상처를 입었다가 아물기를 거듭한 까닭으로 곳곳에 암갈색 옹이들이 박히었고, 짐승의 낡은 가죽을 덮어씌운 것처럼 두껍고 너덜너덜 보풀이 일어나 있었다.

왕자인 싯다르타는 궁중에서 출가를 하기 전, 물소 가죽으로 만들어 금장식 은장식을 한 신을 신고 살았었다. 신은 추위와 더위를 막아주고, 삐죽한 돌부리와 가시들과 독충을 막아주는 것이었다. 출가를 하여 삭발을 하면서 그 신을 버리고 맨발이 된 것이었다. 고행 끝에 부처가 되어 고향에 돌아갔을 때 아버지 슈도다나 왕은 아들인 싯다르타의 맨발이 안타깝고 짠하고 민망하여 가죽신을 신기려고 들었고, 마가다 왕국의 빔비사라 왕은 싯다르타의 발에 금장식이 된 신을 신기려고 들었지만, 싯다르타는 정중히 사양을 하고, 그 가죽신 살 돈을 가난한 자들에게 나누어 주라고 했었다.

이후 여든 살이 넘어 열반에 들 때까지 만천하의 인민들에게 올바른 길을 가르치기 위하여 내내 험한 길을 걸어 다닌 그 맨발을, 싯다르타는 지금 수제자 카샤파에게 내보이고 있는 것이었다. 아, 이것은, 죽는 날까지 영원히 이 맨발의 뜻을 잊지 말라는 당부이다. 카샤파는 싯다르타의 맨발을 두 손으로 감싸 보듬은 채 어흑어흑 하고 울었다. 그것을 본 모든 제자들이 무릎을 꿇고 합장한 채 통곡을 했다.

제1장

이 도시(몸)는 뼈로 지어지고
살과 피로 발라지고
거기에는 늙음과 죽음과 교만과 위선이
감추어져 있다.

법구경

동화

어린 왕자인 싯다르타를 위한 교육청을 둘러싸고 있는 망고나무 숲에서 꾀꼬리가 울었다. 하늘에서는 명주 오라기 같은 햇빛이 쏟아지고 있었다. 숲에서 살랑바람이 불어오고 있었다. 왕자 교육청의 양지바른 방 한가운데 탁자가 놓여 있고, 그 동쪽에 어린 왕자 싯다르타가 앉고, 서쪽에 스승 비슈바미트라가 앉아 있었다. 스승이 동화를 들려주었다.

"깊은 숲 속의 만삭이 된 늙은 어미 호랑이는 몇 날 며칠 굶주렸으므로 배가 틀어지게 고팠습니다. 금방 태어날 아기 호랑이가 들어 있는 어미의 불룩한 배는 밑으로 축 처져 땅에 닿을 정도였어요. 사냥을 하기 위해 뜀박질을 하면 그 배가 무겁게 출렁거리기 때문에 토끼나 노루나 사슴이나 고라니를 쫓아가 잡을 수가 없었어요. 어느 누가 사냥한 것을 가져다주지 않았으므로 줄곧 굶을 수밖에 없었습니다. 허기를 견딜 수 없으면, 비틀거리며 어슬렁어슬렁 계곡을 흐르는 시내로 기어가서 물로 배를 채우곤 했습니다."

싯다르타는 귀를 쫑긋 세우고 초롱초롱 눈망울을 빛내며 이야기를 들었다. 스승의 이야기는 계속되었다.

극도로 쇠약해진 만삭한 호랑이는 현기증이 자꾸 일어나, 하늘이 노랗게 보이기도 하고 거멓게 보이기도 했으므로 거구를 운신하기가 힘들었다. 그런 비참한 지경에서, 호랑이는 어미 양의 배 속에서 바야흐로 태어나 꼼지락거리는 새끼 양을 머리에 떠올렸다. 갓 태어난 새끼 양을 잡아먹으려면 마을 옆의 편편한 푸른 벌판으로 내려가야 했다. 양들이 풀을 뜯는 벌판을 찾아 천천히 숲 밖으로 걸어 나갔다. 사방이 푸른 산으로 둘러싸인 평평한 분지의 연두색 풀밭에 살찐 하얀 양들이 풀을 뜯고 있었다. 세상은 조용하고 평화로웠다. 근처의 숲에서 뻐꾹새가 울었다. 뻐꾹새 소리가 숲과 벌판을 울렸다. 쪽빛 하늘에는 태양이 빛났고, 흰 구름 한 장이 북으로 날아가고 있었다. 먼 북쪽에 하얀 눈을 덮어쓴 히말라야의 산봉우리가 보였다. 남쪽에서 살랑바람이 불어왔다. 나뭇잎과 부드러운 푸른 풀들이 고개를 갸웃거렸다. 풀밭에는 연분홍 앵초꽃과 노란 별꽃, 눈처럼 하얀 망초꽃, 주황색의 나리꽃, 보라색의 엉겅퀴꽃 들이 피어 있었다. 그 꽃들에는 나비와 벌들이 꿀을 빨고 있었다.

저 많은 양들 가운데 바야흐로 새끼를 낳고 있는 어미 양이 있을지도 모른다. 만삭한 호랑이는 흐려지는 의식을, 아드득 이를 악물면서 끌어당기고 눈을 크게 벌려 뜨고 양들을 살폈다. 새끼를 낳고 있는 양은 보이지 않았다. 하릴없이 양들 가운데서 가장 어린 양을 점찍었다.

그 어린 양은 아직 젖이 떨어지지 않았으므로 어미 양의 옆을 맴돌고 있었다. 만삭한 호랑이는 기진맥진한 걸음걸이로 발짝 소리를 죽이면서 어린 양을 향해 발을 옮겼다. 발걸음을 옮길 때마다 현기증이 일었다. 현기증은 파란 장막처럼 눈앞을 가렸다. 네 다리가 후들거렸고 숨이 가빴다. 호랑이는 목도 마르고 배도 고팠다. 얼른 그 어린 양의 목을 물어뜯고 뜨거운 피를 한 모금 먹는다면, 힘이 생기고 배 속의 아기 호랑이가 순조롭게 자궁 밖으로 빠져나갈 듯싶었다. 호랑이는 안간힘을 쓰며 조심조심 발을 옮겼다.

어린 양은 호랑이가 다가오는 줄도 모르고 풀을 뜯어 먹고 있었다. 그 양의 옆에는 어미 양이 풀을 뜯고 있었다. 어미 양은 풀을 양껏 뜯어 먹었으므로 젖이 퉁퉁 불어 있었다.

만삭한 호랑이는 불행하게도 어린 양 옆에 이르렀을 때 풀밭에 풀썩 주저앉지 않을 수 없었다. 호랑이의 배에 바야흐로 극심한 진통이 일어났다. 더 이상 발을 옮길 수 없도록 맥이 빠지고, 숨이 막힌 것이었다. 자궁에서 양수가 터졌고, 아랫배 쪽으로 자기도 알 수 없는 본능적인 힘이 가고 있었다. 자궁의 문이 천천히 열리고 새끼 호랑이의 두 앞발과 머리가 음문 밖으로 빠져나갔다. 기진한 호랑이는 아물아물한 꿈같은 의식 속에서, 새끼 호랑이를 자궁 밖으로 밀어내려고 안간힘을 썼다. 마침내 새끼 호랑이의 몸통이 음문 밖으로 빠져나갔다. 호랑이는 사력을 다해 바야흐로 빠져나온 새끼 호랑이를 돌아보았다. 새끼 호랑이는 피 묻은 태를 뒤집어쓰고 있었다. 어미 호랑이는 혀로 핥아 태반을 벗겨냈다. 새끼 호랑이가 비틀거리면서 어미의 가슴에 붙어 있는 유방으로 기어왔다.

새끼 호랑이가 젖을 빠는 것을 내려다보다가 어미 호랑이는 의식을 잃었고, 드디어 숨을 거두었다.

죽은 어미 호랑이의 유방에서 젖이 나올 리 없었으므로 새끼 호랑이는 배가 고팠다. 새끼 호랑이는 낑낑거리면서 젖을 찾아 헤매었다. 멀지 않은 곳에서, 어미 양이 새끼 양에게 젖을 먹이고 있었다. 새끼 호랑이는 젖 냄새를 맡고 어미 양 옆으로 기어갔다. 자비로운 어미 양은 한순간 깜짝 놀랐지만, 배냇냄새를 풍기는 호랑이 새끼가 가엾었다. 가랑이를 벌리고 새끼 호랑이를 받아들였다. 새끼 호랑이는 새끼 양과 함께 어미 양의 풍족하게 부풀어 있는 젖을 빨아 먹었다.

새끼 호랑이는 영리했으므로, 오래지 않아, 새끼 양이 배가 고프면 "메에" 하고 운다는 것을 곧 알아차렸다. 그래서 자기도 배가 고프면 새끼 양이 하듯이 "메에" 하고 울면서 어미 양의 뒤쪽 가랑이 밑으로 파고들었다. 그때마다 어미 양은 가엾어하면서 가랑이를 벌리고 새끼 호랑이에게 젖을 물려주었다.

새끼 호랑이는 어미 양의 풍족한 젖을 빨아 먹고 무럭무럭 자랐고 점차 젖먹이 새끼 호랑이의 탈을 벗었다. 이마에는 검은 왕(王)자 무늬가 나타났고, 털에는 호랑이 특유의 얼룩무늬가 선명하게 생겼다. 이제는 새끼 호랑이 아닌 어린 호랑이가 되었다. 주위의 양들은 함께 어울리면서 자란 어린 호랑이를 괄시하지 않았다. 약간 특이한 별종의 양으로 생각하고 두려워하지 않고 친하게 지냈다.

어린 호랑이가 어미 양만큼 자랐을 때 어미 양은 그에게 더 이상 젖을 주지 않고, 풀 뜯어 먹는 법을 가르쳤다. 어린 호랑이는 양들과 함께 풀을 뜯어 먹었다. 풀이 잘 소화되지 않았으므로 다른 양들보다 더 꼭 꼭 씹어서 먹지 않으면 안 되었다. 양들과 더불어 놀이를 하고 뛰어놀면서 자랐다. 함께 자란 양 친구들을 향해, 양처럼 목을 길게 빼 늘이면서 "메에" 하고 의사 표시를 하면서 친하게 사귀었다.

어린 호랑이는 자기의 네 발의 발가락 끝에 날카롭게 자라는 발톱이 기이했다. 그것은 함께 자란 새끼 양과 젖을 먹여준 어미 양에게는 없는 것이었다. 또 한 가지 이상한 것은 자기의 이빨이 양들의 이빨처럼 풀을 뜯고 씹기 좋게 평평하지 않고 뾰쪽뾰쪽하다는 것, 양쪽의 입술 밖으로 내다보이는 기다란 송곳니가 있다는 것을 알아차렸다. 어린 호랑이는 다른 양들에게 그것을 들킬세라 발톱을 감추고 뾰쪽한 이빨을 드러내지 않으려고 애를 쓰면서 풀을 뜯어 먹으며 살았다.

"그러던 어느 날 숲 속에서 위풍당당한 젊은 호랑이 한 마리가 뛰어나왔고, 겁이 난 양들은 모두 뿔뿔이 흩어져 달아났어요. 어린 호랑이는 다른 양들과 달리 잽싸게 몸을 피하지 못하고 당황한 채 무서워 떨고만 있었습니다. 체구가 커다란 젊은 호랑이가 어린 호랑이 옆으로 다가왔습니다. 어린 호랑이는 자기를 해치려고 그러나 보다 하고 생각한 나머지, 겁이 나서 '메에' 하고 울며 몸을 웅크렸어요."

이야기를 듣는 싯다르타의 가슴은 두려움으로 인해 쿵쿵 뛰었다. 싯다르타의 빛나는 눈동자를 본 스승은 신명이 나서 이야기를 계속했다.

젊은 호랑이가 고개를 갸웃거리면서, 양처럼 우는 어린 호랑이를 어이없다는 눈길로 주시했다. '아하, 호랑이의 탈을 쓴 채 양들과 어울리면서 풀을 뜯어 먹고 양처럼 메에 하고 울다니! 이 얼마나 한심스러운 일인가.' 젊은 호랑이가 어린 호랑이에게 물었다. "야, 이놈아, 너는 왜 양처럼 말을 하고 양처럼 풀을 뜯어 먹는단 말이냐?" 어린 호랑이는 "메에" 하고 울고 나서 말했다. "나는 양이기 때문에 풀을 뜯어 먹는 것입니다." 젊은 호랑이는 어처구니가 없어 "호랑이의 몸을 가진 놈이 스스로를 양이라고 해? 그리고 체통 없이 연약하게 '메에' 하고 양의 소리를 내? 이런 못난 놈이 있나, 어흥!" 하고 호통을 쳤다. 어린 호랑이는 놀라 몸을 움츠리며 뒷걸음질을 쳤다. 화가 난 젊은 호랑이는 넋 나간 어린 호랑이를 앞발로 한 대 갈겼다. 불안해 떠는 어린 호랑이를 강압적으로 이끌고 깊은 숲 속의 호숫가로 갔다. 젊은 호랑이와 어린 호랑이는 호숫가에 나란히 섰다. 호랑이 두 마리의 그림자가 물에 어렸다. 젊은 호랑이는 물속을 가리키며 어린 호랑이에게 말했다.

"물에 비친 저 모습을 보아라. 너는 호랑이인 나하고 생김새가 똑같지 않으냐, 너는 양이 아니고 호랑이이다. 너는 풀을 뜯어 먹는 양으로 태어난 것이 아니고 양을 사냥하여 그 고기를 먹어야 하는, 모든 동물들의 왕인 호랑이란 말이다. 정신을 똑바로 차려라. 너는 이때껏 양들 속에서 너 스스로가 양이라고 착각을 한 채 살아온 것이다. 너는 어서 빨리 그 어처구니없는 미망 속에서 깨어나 너의 확실한 자아를 찾아라."

어린 호랑이는 물에 비친 자기의 모습을 바라보며 정말로 자기가 호랑이일지도 모른다고 생각했다. 젊은 호랑이는 어린 호랑이를 자기의 바위 굴속으로 이끌고 들어갔다. 거기에는 아침에 사냥해 놓은 사슴의 시뻘건 살코기 한 덩이가 있었다. 젊은 호랑이는 어린 호랑이에게 사슴의 살코기를 한 점 찢어 주며 먹으라고 말했다. 어린 호랑이는 새빨간 피와 그것의 비린내가 역겨웠다. 구역질을 하고 한 걸음 물러서며 도리질을 했다. 그것은 평생 한 번도 먹어본 적이 없는 징그러운 것이었다. 젊은 호랑이는 한 입 맛있게 먹어 보이며 어린 호랑이에게도 권했다.

"자, 어서 한 입 먹어봐라. 모든 음식이란 것은, 조금씩 먹으며 스스로를 그 음식에 맞도록 길들여야 하는 법이다. 너의 네 개의 발 끝에는 양들에게 없는 날카로운 발톱이 있는데, 그것은 다른 동물을 할퀴는 데 사용하는 것이다. 너의 이빨들은 양들의 이빨과 달리, 고기를 찢고 자를 수 있도록 날카롭다. 너의 위장은 고기를 소화시킬 수 있도록 만들어져 있다. 네 몸의 모든 기관은 네가 타고날 때부터 동물의 고기를 먹으며 살도록 만들어진 것이다. 어서 한 입만 먹어보아라. 먹는 행위도 일종의 연습인 것이고 길들이기인 것이다. 무릇 올바른 음식은 자기의 영혼 속에 숨어 있는 정체성을 찾게 해주는 것이다. 빨리 먹어라."

어린 호랑이는 강권에 못 이겨 역겨움을 무릅쓰고, 눈을 딱 감고 한 입 먹어보았다. 그의 날카로운 이빨들은 질긴 고기를 잘게 씹었고, 혀 밑에서 침이 나와 그것을 버무렸다. 뜻밖에 달고 고소한 맛이 생겼다. 그것을 한 입 꿀꺽 삼키고 나자 젊은 호랑이가 어린 호랑이의 머리를 쓰다듬어주었고, 고기 한 점을 더 찢어 주었다. 어린 호랑이는 그 고기를 잘게 꼭꼭 씹어 먹었다. 역겹던 피의 비린내가 더욱 달콤하고 고소해졌다. 아하, 살코기는 이렇게 맛깔스러운 것이로구나, 하고 속으로 생각했다. 그의 자아가 고개를 들기 시작했다. 어린 호랑이는 젊은 호랑이가 찢어 주는 대로 살코기를 계속 먹었다. 어느새 배가 불룩해졌고, 그것이 소화되면서 앞발과 뒷다리와 몸통에 전에 없던 기운이 불끈 솟았다. 자신감이 생겼다. 어린 호랑이는 심호흡을 했다. 오랫동안의 깊은 잠에서 깨어난 듯, 눈앞이 환하게 밝아졌다. 바야흐로 새 세상이 열리고 있었다. 의식 속에 무지개 같은 환희심이 일어났고, 크게 소리를 질러보고 싶었다. 그것을 알아차린 젊은 호랑이가 "어훙!" 하고 포효를 하고 나서 따라 해 보라고 말했다. 어린 호랑이도 "어훙" 하고 포효를 했다. 젊은 호랑이가 두 앞발로 어린 호랑이를 포옹해주고 머리를 쓰다듬었다. 어린 호랑이의 가슴이 환하게 트였다. 그의 의식 속에, '나는 양이 아니고 호랑이다.'라는 자아, 야성이 불끈 일어나고 있었다. 스승인 젊은 호랑이는 어린 호랑이에게 물었다. "이제 네가 누구인지 알겠느냐?" 어린 호랑이는 자신 있게 말했다. "저는 호랑이입니다." 젊은 호랑이가 몸을 일으키면서 말했다. "그래 너는 호랑이다. 자, 나하고 함께 저 너른 벌판으로 사냥을 하러 나가자."

두 스승

태자 교육청에는 두 스승이 있었는데, 공교롭게도 두 스승이 싯다르타 태자에게 어린 호랑이 이야기를 똑같이 한 차례씩 들려주었다. 그러면서 한 스승은 "너는 보통 사람이 아니다. 장차 머리에 찬란한 빛바퀴(光輪)를 돌리고 다니면서 온 세상을 다스릴 전륜성왕이 될 것이다." 하고 말했고, 다른 한 스승은 "너는 여느 사람들과 다르다. 몸속에 자비롭고 지혜 넘치는 부처님의 성정(佛性)을 지니고 태어났다. 어느 날 문득 어둠 가득한 세상을 만월처럼 밝힐 불성이 드러나 세상을 깜짝 놀라게 할지도 모른다." 하고 말했다.

한 스승은 크샨티데바이고, 다른 한 스승은 비슈바미트라였다.

크샨티데바는 싯다르타에게, 권법과 유도와 말타기와 활쏘기와 칼쓰기와 창던지기 등 무사로서의 자질을 가르치고, 나라를 현명하게 잘 다스리고 경영하는 제왕학(帝王學)을 가르쳤다. 비슈바미트라는 크샤트리아 계급으로서 알아야 할 경전과 언어와 문학과 역사와 철학과 종교학과 논리학과 윤리 도덕학을 가르쳤다.

싯다르타는 비슈바미트라가 가르쳐준, 문학적인 베다의 찬가와, 문답식으로 상대와 논리를 다투는 논리학과 수사학이 재미있었다. 상대의 논리의 허점을 잡아내고, 자기의 타당한 논리를 앞세워 상대의 논리를 무너뜨리는 문답식의 논리학은 통쾌한 승리감을 맛보게 했다. 비슈바미트라는 그에게 율법과 정의와 진리에 대해서도 가르쳐주었다. 세상의 그 어떤 불의도 정의를 이길 수 없고, 그 어떠한 정의도 진리를 이길 수 없다는 말이 가슴을 환하게 밝혀주었다.

"정의는 칼을 들어 불의를 굴복시키지만, 진리는 칼을 들지 않고 칼을 든 자를 굴복시키는 것입니다. 태자마마는 늘 진리 편에 서십시오."

크샨티데바의 제왕학은 전륜성왕이 되는 길을 공부하는 것이었다. 전륜성왕은 신의 뜻에 따라, 만유의 왕으로서, 천하를 다스리는 위대한 영웅인데, 초인적이고 신적으로 추앙받을 인물이라고 강조했다. 전륜성왕이 훈련이 잘된 군대를 이끌고 궁 밖으로 나서서 행진을 할 때면 머리 위에, 거대한 금빛 태양바퀴가 그를 호위하며 날아간다고 했다. 전륜성왕이 칼을 차고 활을 짊어지고 전쟁터에 나서면 적군들이, 전륜성왕의 머리 위에 선회하는 태양바퀴 때문에 눈이 부셔 힘을 쓰지 못하고 맥없이 물러서거나 항복을 한다고 했다. 그리하여 전륜성왕은 세상의 모든 나라를 항복 받고 거대한 한 나라로 통일을 하고, 장차 태평성대를 누리게 되는 것이라고 했다. 그 이야기들은 싯다르타가 동화기를 거치고 있을 때부터 들려준 것이었다.

사람꽃

한번은 어린 싯다르타가 태자궁에서 감쪽같이 종적을 감추었다. 두 스승과 시종과 시녀들은 물론 왕후 프라자파티까지 모두 나서서 태자궁과 태자 교육청 안팎을 샅샅이 뒤지고 측간까지 살폈는데도 찾지를 못했다. 태자가 정원의 숲 속 어디인가에 쓰러져 있지 않은지 걱정을 하며 여기저기를 뒤지고 다녔다.

한 시녀가 태자 교육청 앞의 무성한 꽃밭 앞에서 "여기에 태자마마가 계십니다." 하고 외쳤다. 시녀와 시종들이 꽃밭으로 몰려들었다. 어린 싯다르타는 꽃나무들 속에 주저앉아 있었다. 햇볕은 쨍쨍 내리쬐는데 어린 싯다르타가 땀을 흘리면서 눈을 거슴츠레하게 뜬 채 앉아 있는 것이었다.

프라자파티가 꽃밭으로 들어가 땀에 젖어 있는 어린 싯다르타를 보듬고 나왔다. 태자궁 안으로 데리고 갔다. 시녀 하나가 꽃 장식이 되어 있는 부채로 땀에 젖어 있는 싯다르타의 얼굴을 부쳐주었다. 프라자파티가 놀란 가슴을 가라앉히면서 물었다.

"태자마마 왜 거기서 앉아 있었어요? 이렇게 쨍쨍 쬐는 무더운 햇볕 속에서?"

싯다르타는 말을 하려고 하지 않았다. 꿈을 꾸는 듯 눈을 거슴츠레하게 뜨고 있었다. 알 수 없는 환영 속에 잠겨 있었다. 조심스럽게 다가온 두 스승이 어린 싯다르타의 옆에 앉았다. 비슈바미트라가 고개를 숙이고 땀으로 번들거리는 싯다르타의 얼굴을 들여다보며 물었다.

"태자마마, 혹시 꽃나무가 되려고 거기 앉아 있었어요?"

어린 싯다르타가 고개를 끄덕거렸다. 크샨티데바가 물었다.

"태자마마도 꽃송이로 피어나려고요?"

어린 싯다르타가 까만 두 눈을 끔벅거리며 다시 고개를 끄덕거렸다. 프라자파티가 감격을 주체하지 못한 채 어린 싯다르타를 덥석 끌어안고 둥개둥개 어르며 탄성을 질렀다.

"아이고, 우리 달덩이 같은 꽃송이 태자마마!"

두 스승이 껄껄거렸고, 시녀와 시종들이 하하하 하고 웃었다. 프라자파티의 품에서 벗어난 어린 싯다르타가 정색을 한 채 프라자파티와 두 스승을 번갈아 보며 되물었다.

"왜, 사람은 꽃이 되면 안 돼요?"

그 엉뚱한 질문에 어린 싯다르타를 둘러싸고 있는 사람들은 다시 한 번 웃었다. 싯다르타의 까만 눈은 아직도 꿈꾸는 듯 몽롱해 있었다. 그 눈은 하늘을 품고 있는 맑은 호수처럼 푸르고 깊었다.

어린 싯다르타는 바야흐로 난만한 앵초꽃과 나리꽃과 망초꽃과 달리아꽃 들 사이에 앉은 채 자기도 꽃으로 피어나고 싶었다. 그것은 세상 그 어느 누구도 알 수 없는 간절한 소망이었다. 눈을 거슴츠레하게 뜨고 꽃이 되고 싶다고 생각을 하자 그의 살갗에서 잎사귀들이 일제히 돋아 나오고 얼굴과 머리에서 하얀 꽃 붉은 꽃 노란 꽃잎들이 피어나고 있었다. 그의 꽃으로 나비와 벌들이 날아들었다. 찬란한 햇빛도 살랑바람도 푸른 하늘도 흰 구름도 모두 그의 꽃 안으로 파고들었다. 그는 꽃이 된 채 나비와 벌과 햇빛과 바람과 하늘과 흰 구름과 어우러져 노래하고 춤을 추었다.

어린 싯다르타는 정원의 망고나무 숲과 작은 풀잎들과 화단의 꽃들과, 무화과나무와 포도 덩굴과 거기에 맺히는 이슬과 거기에 어리고 서리는 안개와 바람과 거기 내리는 햇빛과 달빛과 별빛과 함께, 그야말로 자연 친화적으로 자라고 있었다.

싯다르타가 태어난 사카족 왕국은 사철 흰 눈이 덮여 있는 히말라야 산의 남쪽 거친 산악 지역에 위치한 자그마한 나라였다. 광활한 평야를 차지한 코살라 왕국, 마가다 왕국의 변방에 있었다. 코살라 왕국과 마가다 왕국은 부강국인 반면에, 사카족의 왕국은 왜소하고 가난한 국가였다. 그렇지만 만일 싯다르타 왕자가 장차 전륜성왕이 된다면 거대한 코살라 왕국과 마가다 왕국을 정복할 수도 있을 것이라고 태자 교육청의 스승 크샨티데바는 말했다.

크샨티데바는 어린 호랑이 이야기를 들려준 다음 싯다르타에게 말했다.

"태자마마, 신은 장차 이 세상을 위하여 이 땅에 전륜성왕을 내리실 겁니다. 태자마마의 어머니께서는 태자를 잉태할 무렵, 샛노란 황금과 울긋불긋한 꽃송이들로 화려하게 장식한 하얀 코끼리를 치마폭으로 받는 꿈을 꾸셨습니다. 그 하얀 코끼리는 태자의 어머니 몸속으로 들어갔고, 그리하여 태자가 잉태된 것입니다. 태자가 잉태된 그 순간, 왕궁의 지붕과 정원에는 하늘에서 울긋불긋한 꽃비가 내렸고, 왕궁의 사방팔방에는 오색의 무지개가 섰으며, 천녀들이 허공을 날아다니면서 공후인을 뜯었습니다. 왕후가 태자마마를 잉태하고 있는 동안 세상의 모든 푸나무들과 왕궁의 망고나무 숲 잠부나무 숲과 모과나무와 포도 덩굴과 꽃나무들은 잎사귀와 가지들을 늘어뜨린 채 시들시들했습니다. 그 것은 배 속의 태자마마가 성장하면서 세상의 모든 푸나무들에게서 성스러운 기를 빨아들였기 때문입니다. 모든 푸나무들은 태자마마가 태어난 다음에 생기를 되찾았는데, 그것은 태자마마가 장차 전륜성왕이 될 것이라는 조짐인 것입니다. 싯다르타 태자마마 속에는 전륜성왕이 이미 들어 있습니다. 태자마마는 태자마마의 지금 모습이 전륜성왕의 모습으로 변할 때까지 무술을 닦고 제왕학을 착실하게 공부해 가야 합니다. 태자마마는 지금 순한 양의 모습, 예쁜 왕자의 모습을 하고 있지만, 장차 왕위에 오른 다음에는 위엄 있는 호랑이의 모습, 전륜성왕의 모습으로 탈바꿈할 것입니다."

비슈바미트라는 마찬가지로 싯다르타 태자에게 어린 호랑이 이야기를 들려준 다음 말했다.

"사람들은 대개 아까 그 어린 호랑이처럼 자기의 참된 자아를 잃어버린 채 살고 있습니다. 싯다르타 태자마마의 속에는 부처와 보살님의 그림자가 이미 들어 있습니다. 우리 사카족의 먼 조상들 가운데에는 부처님과 보살님들이 많았습니다. 사실은 우리 사카족은 부처님의 후손인 것입니다."

대관식

카필라바스투의 궁성 안이 떠들썩하도록 싯다르타 태자의 대관식이 성대하게 거행되었다. 싯다르타의 아버지인 슈도다나 왕이 문무백관과 국내외의 귀빈들을 모아놓은 가운데 그 의식을 거행했는데, 그것은 태자 임명식이었다.

오래전에 머리털과 수염이 허연, 늙은 점성술사가 슈도다나 왕에게 아뢰었다.

"태자마마가 태어나기 하루 전날 밤에, 하늘의 총총한 성운들 속에서 거대한 전륜성왕의 눈빛이 나타났는데, 그것을 수많은 여신의 눈빛들이 둘러싸고 있었습니다. 그것은 장차 싯다르타 태자마마가 전륜성왕이 될 것이라는 징후인 만큼 그에 어울리는 화려하고 성대한 대관식을 거행해야 합니다."

점성술사의 말에 가슴이 벅차오른 슈도다나 왕은 대신들에게 태자 대관식을 화려하고 성대하게 치르라고 명했다. 대신들은, 싯다르타가 여덟 살 되는 해 봄 싯다르타의 생일을 맞아, 궁궐 안을 아소카나무 꽃들로 장식을 하고, 대관식을 호화롭게 거행하기로 뜻을 모았다.

대신들은 태자 대관식을 석 달 전부터 준비했다. 말 잘 타는 청년 기사 네 사람에게 각각, 은으로 주조하고 칠보로 장식한 두루미 모양의 호로병 하나씩을 주었다. 그 호로병을 말안장에 싣고, 부하 둘씩을 거느리고 네 개의 바다로 가서 물을 길어 오라고 명령했다. 홍의를 입은 청년 기사에게는 동해의 물을 길어 오게 하고, 황의를 입은 청년 기사에게는 서해의 물을 길어 오게 하고, 청의를 입은 청년 기사에게는 남해의 물을 길어 오게 하고, 흑의를 입은 청년 기사에게는 북해의 물을 길어 오라고 명했다. 네 청년 기사들은 떠난 지 두 달포 뒤에 각기 사해의 물을 길어 왔다.

태자 대관식은 엄숙하면서도 성스럽게 거행되었다. 핏빛의 붉은 옷을 입은 궁중 악사들이 아악을 연주하는 가운데 브라만의 사제들이 신의 제단에 희생물을 바쳤다. 하얀 양의 목이 잘리고 새빨간 피가 흘렀다. 한 사제가 신을 찬양하는 노래를 불렀다. 이어 청년 기사들이 길어 온 사해의 물이 헌정되었다.

싯다르타는 제단 앞으로 나와 섰다. 여덟 살인 그는 열다섯 살쯤의 소년만큼 조숙해 있었고 늠름했다. 그는 제단 앞에 바쳐진 하얀 양의 새빨간 피를 보는 순간 온몸이 떨렸고 가슴이 우둔거렸다. 슈도다나 왕은 동해의 물을 먼저 싯다르타의 머리에 부었다. 물이 얼굴로 흘러내렸다. 짠물이었다. 눈으로 코로 입으로 목으로 흘러내렸다. 빨간 예복 속의 목과 가슴을 적시고 등과 배와 사타구니와 다리와 발로 흘러내렸다. 싯다르타는 두 주먹을 그러쥐고 이를 앙다문 채 진저리 쳤다. 그것은 어린 그에게 고역이었다. 슈도다나 왕은 계속해서 남해의 물, 서해의 물, 북해의 물을 차례로 싯다르타의 머리에 부었다. 그때 사방에서 폭죽이 거듭 터졌다. 싯다르타는 눈을 힘주어 감은 채 몸을 떨었다.

싯다르타는 알 수 없는 꿈을 꾸고 있는 것 같았다. 호화로운 대관식이 얼떨떨했다. 네 바다의 물을 머리에 뒤집어쓰는 것, 이것이 무슨 의미가 있는 것일까. 반드시 이래야 하는 것일까. 싯다르타는 내부 깊은 곳에 또 다른 자기 하나를 가지고 있었다. 내부의 자기는 그가 태자로서 당하는 일들을 하나하나 남의 일처럼 관찰하고 있었다. 자기가 태자로서 살고 있는 삶이 자기의 삶이 아니고 남의 삶인 듯싶었다. 남의 삶을 살고 있는 스스로가 가엾게 느껴졌다. 그는 의식이 분열되어 있는 자기의 삶을 이해할 수 없었다. 뿐만이 아니었다. 아버지 슈도다나 왕과 그가 어머니라고 부르는 왕후 프라자파티와, 그들을 모시는 시녀와 시종들과, 그를 가르치는 두 스승 크샨티데바와 비슈바미트라와, 왕에게 허리를 굽실거리는 대신들과, 왕궁을 호위하는 군사들과, 아난다, 데바닷타, 고비카, 야소다라, 고타미 등의 사촌 형제자매들과 그의 마부 찬타카의 삶을 이해할 수 없었다. 찬타카가 마구간에서 끌고 와서 그를 태워주는 말의 삶도 이해할 수 없었다. 찬타카는 말을 '칸타카'라고 불렀다. 털들이 모두 하얗고, 네 개의 말발굽과 눈동자만 까만 말 칸타카의 속에는 사람의 영혼이 들어 있는 것 같았다. 사람의 말을 알아듣고 생각을 하고, 희로애락을 느끼는 듯싶었다. 싯다르타는 스스로가 어디 먼 외계에서 잘못 온 아이 같았고, 모든 사람들이 늘 낯설었다. 왕궁 안에서 태자로서 융숭하게 대접받으며 살아가는 것이 즐겁지 않았다. 그는 궁궐에

상주하는 사람들과 어울리지 못했다. 그들에게서 찬바람이 날아오는 듯 싶었다. 늘 관찰하는 자로서의 쓸쓸하고 외로운 삶을 살고 있었다. 어느 날 문득 그는 자기가 떠나온 진짜 고향집을 찾아 훌훌 떠나가게 될 것 같았다. 그러한 생각을 하는 자기를 그는 이해할 수 없었다.

아악이 우렁차게 울리고 흰옷을 입은 사제가 금과 은으로 장식한 태자의 관을 싯다르타의 머리에 씌워주었고, 그와 동시에 사방에서 폭죽이 터졌다.

물결무늬

슈도다나 왕의 둘째 왕후이자 싯다르타의 이모인 프라자파티는 싯다르타를 친어머니 못지않게 따뜻이 품어 길렀다. 그녀는 두 팔을 벌리고 싯다르타를 힘주어 안아주곤 했다. 보듬어 안은 채 볼과 턱으로 싯다르타의 얼굴 여기저기를 쓸어주었다. 프라자파티는 아직 자식이 없었다.

싯다르타는 오래전부터, 프라자파티에게서 따스한 온기가 아닌, 찬 기운이 날아오는 것을 느끼곤 했다. 그 찬 기운이 느껴질 때마다 싯다르타는 가벼운 전율을 느꼈다. 그 전율은 그를 문득 정색하게 했고 깨어나게 했다. 그 전율은, 나는 이 세상에 오직 혼자일 뿐이라는 외로움의 물결무늬였다. 그 외로움은 온몸에 두꺼운 각질을 만들었고 눈을 환하게 밝아지게 했다. 위협을 느끼자마자 온몸을 공처럼 만들어 버리는 쥐며느리(공벌레)의 검은 각질 같은 외로움과 눈이 환하게 밝아지는 현상 때문에 그는 후두두 진저리를 치곤 했다. 그는 프라자파티에게서 알수 없는 이질성을 느끼곤 했고, 그때마다 가책을 느꼈다. 사랑을 내려주는 프라자파티를 배반하고 있다고 생각되었다. 그녀를 아무런 까닭도 없이 배반하곤 하는 스스로가 밉고 싫었다. 밉고 싫은 자기를 꾸짖어보지만 그의 의식은 바꾸어지지 않았다. 그의 의식은 감성적으로 따뜻하지 않고 늘 논리적으로 차가웠다.

싯다르타에게는 그를 잘 따르는 사촌 동생 아난다가 있었다. 작은 아버지인 다리나 재정대신의 큰아들이었는데, 그 아난다는 태자궁엘 가끔 놀러 왔다. 아난다는 늘 싯다르타를 향해 환하게 웃곤 했다. 한데 그 아난다에게서도 찬바람이 날아오는 것을 느끼곤 했다. 그럴 때마다 그는 자기가 아난다를 배반하고 있는 듯싶어 슬퍼지곤 했다.

싯다르타의 머리에는 풍만한 유모의 젖을 먹고 자란 기억이 생생하게 남아 있었다. 가무잡잡한 얼굴이 넙데데하고 입술이 두꺼운 유모의 젖을 다섯 살 되던 해까지 먹었다. 머금으면 입안이 가득 차는 젖꼭지는 어두운 보라색이었다. 젖을 먹으면서 쳐다보면, 유모의 얼굴에는 어두운 그림자가 어려 있었다. 유모의 눈썹은 짙었는데, 까만 눈동자는 호수처럼 맑고 깊었다. 그 눈동자에 안개 너울 같은 우울함이 드리워져 있었다. 어쩔 때는 눈시울에 이슬방울이 맺혀 있을 때도 있었다. 싯다르타의 머리에는 프라자파티보다 유모의 얼굴이 향긋한 유향과 함께 더 깊이 각인되어 있었다. 유모의 젖가슴은 풍성했고 따사로웠다. 젖을 먹고 나면 포만감으로 깊이 잠이 들곤 했다.

싯다르타는 열다섯 살 되는 해 봄에 프라자파티가 자기의 생모가 아니고 진짜 생모는 마야 왕후인데 진즉 세상을 떠났다는 사실을 알았다. 봄에 지내는 농경제전에, 역대 왕과 왕후들의 초상을 향해 음식과 꽃을 바치는 의식이 있었다. 꽃을 바치기 위해 제전 앞에 선 싯다르타의 등 뒤에서 그의 늙은 시녀가 속삭였다.

"마야 왕후의 초상 앞에 따로 꽃 한 송이를 더 놓으십시오. 이 마야 왕후가 왕자님의 생모이십니다."

마야 왕후의 초상 앞에 꽃을 놓으면서 싯다르타는 아하, 하고 속으로 소리쳤다. 이때껏 어머니라고 생각하여 온 프라자파티에게서 날아오곤 한 찬바람이 떠올랐고, 그것에 대한 기억이 온몸의 살갗을 각질처럼 단단하게 만들었다. 싯다르타는 '아하, 그래서 그랬구나.' 하고 속으로 소리쳤다.

농경제를 마치고 돌아올 때, 싯다르타는 늙은 시녀와 함께 수레를 타고는 마부 찬타카에게 말을 끌고 뒤따르게 했다. 싯다르타는 늙은 시녀에게 "마야 왕후가 어찌하여 돌아가셨어요?" 하고 물었다. 시녀는 잠시 망설이다가 대답했다.

"룸비니 동산에서 태자마마를 낳으시다가, 불행히도 순산을 하시지 못하고 돌아가셨습니다."

싯다르타는 흰 구름장들이 흘러가는 푸른 하늘을 쳐다보았다. 나로 인해 어머니가 돌아가셨다. 나는 어머니를 죽이고 태어난 것이다.

"그 어머니는 어디서 다비하셨어요?"

시녀가 대답했다.

"강가로 흘러가는 작은 강줄기의 모래밭에서 화장을 하여 물에 뿌렸습니다. 지금 마야 왕후는 저 하늘나라의 극락세계에서 편히 살고 계실 것입니다."

싯다르타는 흘러가는 흰 구름장들을 쳐다보며 굽이돌아 흘러가는 하얀 강물을 떠올렸다. 그 강엘 가보고 싶었다.

"아, 어머니……"

싯다르타는 슬프고 쓸쓸했다. 끝도 갓도 없는 텅 빈 지평 한가운데 서 있는 듯싶었다. 시녀에게 수레를 세우라고 말했다. 시녀가 마부에게 그 명을 전했고, 마부가 고삐를 당겨 수레를 세웠다. 싯다르타는 수레에서 내렸다. 들판 길로 걸어갔다. 시녀가 뒤따르며 걱정스럽게 말했다.

"독뱀도 무섭고, 전갈이 나올지도 모릅니다. 멀리 가시면 안 됩니다."

싯다르타는 그 말을 아랑곳하지 않고 걸었다. 짙푸른 하늘이 그를 내려다보고 있었다. 거친 풀들이 무성한 들판의 가장자리에는 망고나무 숲이 울을 짜고 있었다. 땅이 그를 받치고 있고, 하늘이 그를 감싼 채 내려다보고 있었다. 망초꽃들이 그를 쳐다보고 있었다. 그 꽃들 속에 앉아보았다. 지열이 올라왔다. 꽃향기가 콧속으로 스며들었다. 자기는 혼자뿐이라는 생각이 들었다. 내 어머니는 나를 이 세상에 혼자 떨어뜨려 놓고 떠나가셨다.

궁으로 돌아오는 길에 시녀는 마야 왕후가 출산하던 모습을 말해주었다.

마야 왕후

룸비니 동산에는 아소카나무들이 지천으로 자생하고 있었는데, 그 나무의 잎사귀들은 마야 왕후가 도착하기 직전까지도 시들시들해 있었다. 그것은 사카 왕국의 전역에 걸쳐, 마야 왕후가 잉태한 이후에 일어난 기현상이었다. 그 기현상은, 세상의 모든 은밀한 신성을 가진 푸나무들이 마야 왕후의 배 속에 들어 있는 아기에게 기(氣)를 모아주고 있는 때문이라는 소문이 흘러 다녔다.

만삭한 마야 왕후가 탄 황금색의 수레가 룸비니 동산에 도착하자 언제 그랬냐는 듯이 아소카나무의 잎사귀들은 잠에서 깨어난 듯 풋풋하고 싱싱해져 있었고, 저마다 터뜨린 꽃송이들을 활짝 벌리고 있었다. 마야 왕후의 배 속에서 아기가 곧 태어날 거라는 징후였다. 아소카나무 꽃송이들은 서서히 황금색에서 진한 오렌지 색깔로 변해가고 있었다. 어떤 꽃잎은 주황색으로 변해가고 있기도 했다. 룸비니 동산은 아소카나무 꽃들이 뿜은 향기로 가득 찼다. 화사한 꽃잎들보다 요염한 꽃술들이 길게 튀어나와 있었다. 꽃나무들은 은은한 암자주색의 그늘을 땅바닥에 드리우고들 있었다. 향기로운 꽃그늘이었다.

룸비니 동산은 카필라바스투 성에서 마야 왕후의 친정이 있는 데
바다하 성으로 가는 길목에 있었다. 만삭인 마야 왕후는 황금과 은구
슬 옥구슬로 장식된 수레를 타고 데바다하 성으로 아기를 낳기 위해
가고 있었다. 왕후의 수레 뒤에는 시중드는 시녀들의 수레와 해산을
돌볼 궁중의 어의와 의녀가 탄 수레와 그들을 호위하는 경호원들이 따
르고 있었다.

마야 왕후는 얼굴이 갸름하고 키는 헌칠하고 호리호리했다. 만삭이
되었음에도 불구하고 여느 임산부와 달리 엉덩이가 커지지 않았다. 배
만 불룩할 뿐이었다. 여인의 분만에 대하여 잘 아는 사람들은 모두 마
야 왕후의 해산에 대하여 걱정들을 했다. 저렇듯 호리호리한 둔부로 어
떻게 순산을 할 수 있을까. 어의도 오래전부터 걱정을 하여 왔다. 마야
왕후를 수행하는 어의는, 만일 마야 왕후가 순산을 하지 못하는 경우를
위하여 세심하고 철저하게 대비를 해왔다.

마야 왕후는 오래전부터 불길한 예감에 사로잡혀 있었다. 자기는
아기를 낳다가 죽을 것이라는 예감. 그 예감 속에서 나날을 보내면서도
마야 왕후는 두려워하지 않았다. 오래전 꿈에, 하얀 코끼리를 탄 흰옷
입은 여신이 말했다. "마야 왕후, 그대의 삶은, 지금 잉태하고 있는 성스
러운 아기를 이 세상에 태어나게 하고 나서 마감될 것이오. 그대가 태
어날 때부터 이미 운명은 그렇게 정해져 있었소. 그래서 그대의 아버지
가 예언자에게 물어서 이름을 마야라고 지은 것이오."

마야 왕후의 시야에 화사한 아소카나무의 꽃들이 들어왔다. 아소카 나무는 뿌리를 땅에 깊이 묻고, 가지와 잎과 꽃송이 들을 하늘로 쳐들 고 있었다. 꽃나무들은 알 수 없는 영혼을 가지고 있었다. 엄숙하게 기 도하는 몸짓을 하고 있었다. 신께 바치는 기도로 인해 땅에서 솟은 기 운이 나무의 줄기와 잎과 꽃을 타고 무지개 색깔을 분사하며 하늘로 올 라가고 있었다. 그 기운이 마야 왕후의 몸으로 번져오고 있었다. 마야 왕후는 자기 몸의 어떤 부분은 아소카나무의 잎처럼 푸르러지고, 몸의 어떤 부분은 꽃처럼 황금색과 주황색으로 변하고 있는 듯싶었다.

마야 왕후는 가슴이 설레었다. 배 속의 아기에게 꽃과 향기를 선물 하고 싶었다. 시녀에게 수레를 멈추라고 말했다. 시녀가 마부에게 왕후 의 명을 전했고, 마부가 고삐를 당겨 수레를 멈추게 했다. 그 순간 마야 왕후의 배가 살살 아파 오기 시작했다. 바야흐로 산통이 시작되고 있었 다. 마야 왕후는 눈을 감은 채 심호흡을 하면서 마음속으로 빌었다. '신 이시여, 천사들이시여, 부디 제 아기가 무사히 태어나게 해주십시오.' 마야 왕후는 눈을 감은 채 아기가 들어 있는 배 전체로 심호흡을 거듭 했다. 어의가 진통이 시작되면 심호흡을 하라고 당부한 것이었다. 아소 카 꽃향기가 그녀의 가슴으로 흘러들어 왔다. 거듭 심호흡을 하고 마음 을 가라앉힌 때문인지, 진한 꽃향기로 인해서인지 통증이 사라졌다. 그 녀의 눈에 아소카나무의 꽃송이들이 좀 더 가까이 보였고, 그 꽃의 향기 가 코를 통해 홍수처럼 몸속으로 밀려 들어왔다. 향기로 가슴속이 환해 졌다. 아기가 들어 있는 배 속까지도 환해지고 있었다. 그녀는 시녀에게 잠시 꽃구경을 하고 가겠다고 말했고, 시녀가 수레의 문을 열쳤다.

마야 왕후는 두 시녀의 부축을 받으며 조심스럽게 땅으로 내려섰다. 꽃이 흐드러지게 피어 있는 아소카나무 앞으로 걸어갔다. 어의가 의녀와 함께 달려와서 오래 지체해서는 안 된다고, 출산 시기가 임박했다고, 서둘러 친정으로 가야 한다고 말했다. 마야 왕후는 어의의 말을 아랑곳하지 않았다. 그녀는 이 꽃향기 속에서 아기가 태어난다면 좋겠다고 생각했다. 한 손을 뻗어 아소카나무의 꽃 한 송이를 잡았다. 그 화사하고 향기로운 꽃을 오래지 않아서 태어날 아기에게 선물하고 싶었다. 그 꽃 선물은 아기의 탄생을 축복하는 것일 터였다. 태어날 아기가 공주라면 세상에서 가장 아름다운 미녀일 것이고, 왕자라면 장차 전륜성왕이 될 터이다. 손이 꽃송이에 닿는 순간, 아소카나무 줄기와 꽃을 통해 솟구쳐 오른 땅의 신성한 음기가 그녀의 몸으로 전이되었다. 동시에 심한 통증이 엄습해왔고, 자궁 아래쪽으로 힘이 갔다. 마야 왕후는 바야흐로 꺾은 꽃 한 송이를 두 손으로 받쳐 든 채 "아야!" 하고 짧은 비명 소리를 내면서 그 자리에 주저앉아버렸다. 불룩한 배의 통증으로 인해 더 앉아 있을 수가 없어 허물어지듯 모로 쓰러져 누워버렸다. 시녀와 의녀가 그녀를 부축하여 수레에 태우려고 들었다. 그녀는 고개를 젓고 손사래를 치며 일어서려고 하지 않았다. 어의는 재빨리 그녀의 치마를 헤쳐 보았고, 자궁에서 양수가 터졌음을 알아차렸다. 어의는 시종들에게 응급 해산을 위해 준비해온 포장을 쳐 산청을 차리게 하고, 산청 안에 꽃무늬 장식이 된 보료를 깔고, 그 위에 마야 왕후를 눕게 했다.

경호원들이 사방을 경계했다. 어의는 의녀에게 해산 준비를 하도록 명했고, 그 급박한 상황을 왕에게 전하게 했다. 경호원 하나가 말을 타고 궁궐로 달려갔다.

마야 왕후는 진통이 극심해졌다. 이를 악문 채 하늘을 향해 반듯이 누우면서 두 무릎을 세웠다. 오랫동안 통증만 심할 뿐 쉽사리 분만이 이루어지지 않았다. 어의는 준비해온 분만 촉진제를 왕후의 입에 넣어주었다. 분만 촉진제를 마시면서 마야 왕후는 '부디 아기가 무사히 태어나게 해주십시오.' 하고 신께 빌었다. 해는 중천에서 서쪽으로 기울고 있었다. 한식경이 흘렀고, 한나절이 지났지만 분만의 기미는 보이지 않았다. 해가 서쪽 지평으로 가라앉고 있는데 자궁은 열리지를 않았다. 어의는 눈앞이 아득해졌다. 극단의 절망적인 상황이 벌어지고 있다고 생각했다. 칼로써 왕후의 배 아래쪽을 가르고 아기를 꺼내는 제왕절개를 하지 않을 수 없는 상황.

전해오는 옛이야기가 떠올랐다. 옛날 옛적 브라만 계급 여인들은 아기를 입으로 낳고, 왕족인 크샤트리아 계급의 여인들은 아기를 왼쪽 옆구리로 낳고, 바이샤 계급 여인들은 아기를 발바닥으로 낳고, 수드라 계급의 여인들은 아기를 항문으로 낳도록 신이 점지했다는 이야기.

그것은 그냥 전해 내려오는 이야기일 뿐이었다. 브라만 계급 사람들이 입으로 태어난다는 것은 입으로 신을 섬기고 신을 찬송하는 임무를 띠고 태어난다는 것이고, 크샤트리아 계급 사람들이 몸통에서 태어난다는 것은 나라를 다스리는 주체로서의 임무를 띠고 태어난다는 것이고, 바이샤 계급 사람들이 발을 통해 난다는 것은 농업 공업 상업 등의 중대한 나라 살림을 하기 위해 발로 뛰어다녀야 하는 임무를 띠고 태어난다는 것이고, 수드라 계급 사람들이 항문으로 태어난다는 것은 노예로서 온갖 더러운 일을 도맡아 하는 운명을 떠안은 채 태어난다는 것을 뜻한다.

한데, 그 이야기가 현실로 다가온 것이었다. 어의는 눈을 감고 두 손을 모은 채, 칼로 배를 가르고 아기를 꺼내는 일만은 절대로 일어나서는 안 된다고, 마야 왕후에게 힘을 내려주라고 신께 빌었다. 어의는 오래전부터 그 상황을 예감하고 있었다. 왕후는 몸이 호리호리했고, 얼굴이 오이씨 모양새로 갸름했고, 엉덩이가 작았다. 해산날이 가까워 오면 대개의 산모들은 커지는 골반으로 인해 엉덩이가 펑퍼짐해지는 법인데, 마야 왕후는 그렇지 않았다. 어의는 극단의 돌발 상황이 발생할 것을 대비하여 은밀하게 제왕절개 수술로 아기를 꺼낼 준비를 해왔다.

그것은 막다른 방법이었다. 음문을 통해 자연분만을 하지 못하고 제왕절개를 한다면 마야 왕후는 살아날 수 없을 것이었다. 산모가 목숨을 잃을지라도 태어날 새 생명을 구해야 하는 것이었다. 제발, 제발, 이 극단의 절망적인 일은 벌어지지 않아야 하는데, 그러나 신은 무심했다. 어의는 마야 왕후의 발아래에서 무릎을 꿇고 엎드린 채 자궁의 음문이 열리기를 기다렸다. 만일 마야 왕후와 새로 태어나는 아기가 목숨을 잃는다면 어의도 살아남을 수 없을 터이다. 핏덩이처럼 새빨간 해가 지평선 너머로 떨어졌고, 피처럼 빨간 황혼이 피어났고, 그것이 스러지자 땅거미가 대지에서 솟아나고 있었다. 시종들이 촛불을 밝혔다. 스무 자루의 촛불이 산청 안을 낮처럼 환하게 밝혔다. 마야 왕후는 혹심한 진통 속에서 안간힘을 쓰고 또 쓴 나머지 지쳐 늘어졌다. 그녀의 몸은 땀에 흠뻑 젖어 있었다. 이제 그녀에게는 해산의 의지가 없어졌다. 해산을 하기 위해 안간힘을 쓰려 하지 않았다. 기진맥진한 그녀의 몸에서는 식은땀만 흐르고 있었다. 그녀는 이미 오래전부터 자기가 순산하지 못하고 죽게 될 거라는 것을 생각하고 있었다. 어의가 애원하듯 말했다.

"왕후마마, 가슴으로 숨을 쉬지 말고 배로 숨을 쉬십시오. 배에 숨이 모아지면 뱉어내지 말고 아래쪽으로 힘을 쓰십시오."

마야 왕후는 어의가 시키는 대로 세 차례 안간힘을 쓰다가 도리질을 했다.

슈도다나 왕과 둘째 왕후 프라자파티가 수레를 타고 달려왔다. 산청으로 들어선 왕이 어의에게 마야 왕후의 해산이 어찌 되어 가느냐고 물었다. 어의는 왕 앞에 엎드려 떨리는 목소리로 말했다.

"소신은 최선을 다하고 있습니다만, 소신의 능력으로서는 어찌할 수 없고 오직 하늘의 어머니신이 왕후마마에게 힘을 실어주기를, 애타게 기도하면서 기다리고 있을 뿐입니다."

왕은 도리질을 하며 말했다.

"그래, 그래, 어머니신의 뜻이다. 어머니신이 힘을 실어줄 것이다. 최선을 다하도록 하여라."

왕은 마야 왕후의 오른손을 끌어다가 한 손으로 감싸 잡은 채 말했다.

"왕후, 힘을 내시오. 어머니신의 가호가 있을 것이오."

둘째 왕후 프라자파티는 마야의 왼손을 잡은 채 애원하듯이 말했다.

"마마, 제 손을 잡고 배에 힘을 주십시오."

마야 왕후는 의식이 흐려지고 있었고, 순산을 단념하고 있었다. 그녀는 왕에게 말했다.

"저의 목숨은 괘념치 마시고, 새로 태어날 아기를 온전히 지켜주십시오."

동생인 프라자파티에게는 "네가 이 언니 대신에 우리 아기를 잘 키워 다오." 하고 나서 눈을 감은 채 중얼거렸다.

"신이여, 우리 아기를 지켜주십시오."

이 말을 끝으로 마야 왕후는 더 입을 열지 않았다. 의식이 가물가물 흐려지고 있었다.

왕은 어의에게 순산이 불가능한 상태이냐고 물었다. 얼굴이 창백해진 어의는 부들부들 떨면서 왕의 무릎 앞에 엎드려 자기로서는 더 어찌할 수 없다고, 어머니신의 뜻대로 시행해야 할 때가 왔다고 말했다. 왕은 눈물을 머금고 어의에게 어머니신의 뜻대로 하라고 명했다.

어의는 의녀 두 사람만 남기고 모든 사람을 산청에서 나가 달라고 했고, 의녀들은 아랫배의 절개 수술 준비를 했다. 어의는 먼저 마야 왕후에게 마약을 먹이라고, 의녀들에게 명했다. 마야 왕후는 눈을 감은 채 마약을 먹었다. 마약의 기운이 그녀의 온몸에 퍼졌을 때, 어의는 왕후의 불룩한 복부의 피부를 독한 화주로 씻어냈다. 의녀들이 예리한 수술 칼을 꺼내 어의의 손에 쥐어 주었다. 어의는 칼로 복부의 배꼽 아래에서 치골 위까지 피하지방을 절개했다. 새빨간 피가 흘러나왔지만, 이어 근막과 복막을 절개했다. 자궁과 방광과 대장이 동시에 노출되었다. 방광과 대장을 옆으로 젖혀놓고, 자궁을 ㅗ 모양새로 절개했고, 탯줄을 자르고 태반을 자궁 밖으로 꺼냈다. 태반 속에서 성숙한 아기를 두 손으로 꺼냈다. 의녀에게 아기를 넘긴 다음 곧바로 자궁을 봉합하고, 그리고 복막과 근막과 피하지방과 피부를 봉합했다. 마약에 취한 마야 왕후는 잠꼬대를 하듯이 "신이여, 내 사랑하는 아기를 지켜주십시오." 하고 중얼거렸다.

피투성이의 태반 속에서 나온 아기는 왕자였고, 토실토실 건강했으며, '응아! 응아!' 하고 힘찬 고고의 소리를 거듭 내뿜었다. 아기 왕자는 의녀와 시녀의 보호 속에 신속하게 왕궁으로 옮겨 갔다. 왕궁에는 새로 태어난 왕자를 위해 새 궁전이 마련되었다. 열 사람의 시녀들이 배치되었다. 아기 왕자를 목욕시키고 나서, 보육실의 침대로 옮겨 눕혔다. 프라자파티가 왕자의 보육을 감독했다. 그녀가 새어머니로서 그 왕자궁의 주인이 되었다.

복부 절개로 해산하고 난 마야 왕후는 많은 출혈로 의식을 잃은 채 왕궁으로 돌아왔다. 마야 왕후의 봉합된 배는 수술 독으로 인해 퉁퉁 부어올랐다. 봉합을 한 피부의 틈에서는 계속 피가 흘렀다. 통증을 가시게 하기 위해 마약을 더 투여하려 했지만, 마야 왕후가 의식을 잃은 때문에 투여할 수 없었다.

"왕후마마, 정신을 놓으시면 안 됩니다."

어의가 떨리는 목소리로 아뢰었지만 마야 왕후는 빈사 상태였다. 마야 왕후의 친정아버지와 친정어머니가 달려와 두 손을 모으고 딸을 살려 달라고 기도를 했다. 슈도다나 왕은 이미 마야 왕후가 소생하는 기적이 일어나지 않을 거라고 생각하고 있었다. 마음으로 신에게 빌면서, 그녀의 장례 준비를 했다.

복부 절개 수술을 받은 지 칠 일째 되는 날 아침, 마야 왕후는 조용히 숨을 거두었다. 카필라바스투 왕궁의 의식 절차에 따라 장례를 치렀다. 브라만의 사제들은 마야 왕후의 영혼에게 하늘에 가서 좋은 삶을 누리라고 빌어주었다. 관을 강가로 흘러가는 한 지류의 강변의 사라나무 숲으로 옮겨 화장을 했다. 관을 품에 안은 사라나무 장작불은 맹렬하게 타올랐다. 새벽녘에 불이 꺼졌고, 사제들은 유골을 가루로 만들어 강물에 뿌려주었다. 강물은 모든 것을 시원(始原)으로 되돌리는 여신이었다.

신의 뜻

마야 왕후가 죽고 나자, 둘째 왕후 프라자파티는 아기 싯다르타에게 젖 먹이는 일이 시급했다. 궁궐 안을 비롯하여, 온 나라 안에 바야흐로 아기를 낳아 기르고 있는 유모를 구하라고 명령을 내렸다. 가능하면 크샤트리아 귀족 계급의 여인들 가운데서 유모를 구하려고 들었지만 헛일이었다. 크샤트리아 계급의 산모들이 있긴 했지만, 그들은 자기네 아기에게 먹일 젖도 부족하다며 숨어버렸다. 바이샤 계급의 여인들 가운데서 유모를 찾았다. 아기 낳은 지 오래되지 않은 두 여인을 유모로 들였는데 젖의 양이 신통치 않았다. 하릴없이 수드라 계급의 여인들 가운데서 바야흐로 출산을 한 유모를 구하려고 백방으로 수소문을 했다. 마침내 얼굴 살갗이 가무잡잡하고 가슴이 풍만하고 젖이 많은 유모 한 사람을 구했다. 슈도다나 왕은 그 가난한 유모의 집에 돈과 양식을 주고 유모를 샀다. 유모는 자기가 낳은 아기와의 이별이 슬퍼 울면서, 왕궁에서 보낸 수레에 올라탔다. 산모를 왕궁의 유모로 팔아넘기고 난 산모의 식구들은, 갓 태어난 핏덩이 아기에게 양젖을 먹여야 했다.

유모의 젖은 풍성했으므로 아기 싯다르타는 배불리 먹고 깊이 잠들 곤 했고, 무럭무럭 자랐다.

오래지 않아서 그 유모가 낳은 아기는 양젖을 먹고 자라다가 병들어 죽었다는 것을 시녀는 알고 있었지만, 차마 그 이야기를 성장한 싯다르타에게 해주지 않았다.

싯다르타는 하늘에 흘러가는 흰 구름장을 바라보며 말없이 시녀의 이야기를 들었다. 살빛이 가무잡잡하고 눈이 고리처럼 동그랗고 얼굴이 동글납작하고 목소리가 낮고 굵은 시녀는 마른 입술에 침을 바르면서 말했다.

"마야 왕후는 지금 저 하늘 신들의 세상에서 천사로서 살고 계실 것입니다……. 태자마마, 마야 왕후가 태자마마를 해산하시자마자 신의 세상으로 가신 것이 모두 신의 뜻입니다."

싯다르타는 흘러가는 흰 구름을 보며 생각했다. 나의 태어남으로 인해 어머니가 죽었는데, 그게 어찌하여 신의 뜻이란 말인가. 신의 의지는 왜 그렇게 짓궂은 것인가. 신들의 세상은 어디에 있을까. 그는 어머니가 보고 싶었다. 어머니 마야 왕후가 자기를 낳고 죽어간 것이 신의 뜻이라는 것이 의심스럽고 불쾌하고 두려웠다. 어머니가 나를 낳자마자 세상을 떠난 것, 자기의 젖을 아기에게 먹여보지도 못하고 죽은 그 슬픈 사실이 어찌 신의 뜻이란 말인가. 어머니가 자연분만을 하지 못하고, 어의의 복부 절개 수술에 의해 아기를 낳고 수술 독으로 피를 흘리고 칠 일 만에 죽어간 것이 어찌 신의 뜻이란 말인가. 돈을 주고 유모를 사다가 갓 태어난 나를 먹인 까닭으로 그 유모의 갓난아기는 양젖을 먹었을 터이다. 유모의 아기가 나에게 어머니의 젖을 빼앗기고 양의 젖을 먹고 자란 것이 어떻게 신의 뜻이란 말인가. 신은 어떤 존재이고, 그 신의 마음은 어떻게 만들어진 것인데, 인간에게 그러한 잔인하고 처참한 운명을 마련한단 말인가. 신은 인간이 자기의 형상으로 만들어놓은 허상일지도 모른다. 그 신이란 것은, 구름이 끼었다가, 번개가 치다가, 우레 소리를 내다가, 억수 같은 비를 뿌리다가, 맑게 개었다가 하는 변덕스러운 하늘의 짓 같은 것 아닐까. 인간은 오직 인간 스스로의 힘으로 악전고투를 하며 살아가야 하는 존재 아닐까. 하늘 위에 있다는 신, 하늘 아래에 있다는 악마는 사실은 인간이 만들어낸 것이 아닐까. 나는 하늘 위와 하늘 아래에 홀로 우뚝 서 있는 것 아닐까. 바람이 불면 바람을 견디고, 뜨거운 해의 빛살이 내리쬐면 그 빛살을 혼자 힘으로 견디고, 추위가 몰아치면 그 추위를 혼자 힘으로 견디고, 병이 들면 그 병을 혼자 힘으로 견디며 이겨내고, 그리고 늙어지면 쇠약해져서 죽는 존재 아닐까. 그 생각을 하고 있는 싯다르타의 머리 위로 흰 코끼리처럼 생긴 구름 한 장이 흘러가고 있었다.

농경제전

준동하는 봄날의 아침나절에, 여느 해와 마찬가지로 농경제전이 열렸다. 스승 크샨티데바가 싯다르타를 농경제전으로 안내했다. 크샨티데바와 또 다른 스승 비슈바미트라가 말에 올랐다. 싯다르타의 하얀 말의 고삐는 마부 찬타카가 잡아끌고 있었다. 싯다르타가 두 손으로 안장을 붙잡고 왼쪽 발을 말의 등자에 걸치자, 찬타카가 두 손으로 그의 엉덩이를 부축해서 밀어 올려주었다. 싯다르타는 금빛 안장에 엉덩이를 올려놓았다. 싯다르타의 말은 하얀 털이 보풀보풀했고 갈기가 탐스러웠고 번쩍번쩍 윤기가 났다. 순해빠진 두 살배기 처녀 말인 칸타카는 고개를 꼿꼿이 세운 채 찬타카가 이끄는 대로 걸음을 옮겼다. 사람인 찬타카와 짐승인 칸타카는 친숙했다. 싯다르타는 양쪽 등자 속에 가죽신신은 발을 깊이 밀어 넣고 발뒤꿈치로 말의 배를 지그시 조였다. 말을 처음 타는 것이 아니지만, 싯다르타는 어지러웠다. 하늘과 땅들이 기우뚱거리고 흔들렸다. 찬타카는 싯다르타가 어지러워한다는 것을 알고 말을 천천히 이끌었다.

체구가 작달막하면서도 강단지고, 얼굴 피부가 검은 마부 찬타카는 길 잘 들인 짐승처럼 양순하고 고분고분했다. 코와 눈과 귀와 입이 오밀조밀 귀염성스러웠다. 콧구멍이 작았고, 속눈썹이 길었고, 눈동자가 까맣고 초롱초롱 맑았다. 그는 최하층 계급인 수드라에 속한 사람인데 싯다르타보다 여덟 살이 위였다.

찬타카는 궁중의 마구간을 관장하는 대장에게서 늘 꾸중을 들었고, 어떤 때에는 채찍으로 모질게 두들겨 맞기도 했다. 행동이 느리다고 맞고, 말과 마구를 깨끗이 관리하지 않는다고 맞았다. 대장은 말의 발굽에 흙 한 점 묻은 것까지 지적을 했다. 바이샤 계급인 마구간의 대장은 찬타카의 정강이를 발로 차는가 하면, 채찍으로 어깨와 허벅다리와 엉덩이를 후려쳤다. 찬타카는 말없이 고개를 깊이 숙인 채 구타를 당했고 꾸중을 들었다. 혹독하게 당하고도 울지 않았다. 찬타카는 아픔과 슬픔을 전혀 느끼지 못하는 무감각한 목석인 듯싶었다. 그는 박해를 당하면서도 표정을 일그러뜨리지 않았다. 꼿꼿이 선 채 다만 눈을 끔벅거릴 뿐이었다.

어떻게 그럴 수가 있단 말인가. 싯다르타는 이해할 수 없었다. 왜 사람들에게는 계급이 있을까. 왜 계급 높은 사람은 계급이 낮은 사람을 꾸중하고 모질게 구타를 할까.

"사람은 태어날 때부터 자기의 계급적인 신분이 정해져 있습니다. 그것은 신의 뜻입니다." 스승 크샨티데바가 싯다르타에게 말했다.

"하얀 옷을 입고 사는 브라만 사제 계급 사람들은 애초 태어날 때부터 브라만입니다. 브라만은 세상의 모든 사람들을 위하여, 베다를 공부하고 신을 찬양하고 수행을 합니다. 슈도다나 대왕, 돌아가신 다음 신들의 세상에 가서 사시는 마야 왕후, 프라자파티 왕후, 싯다르타 태자, 그리고 저 같은 왕족이나 귀족이나 무사 계급도 마찬가지로 태어날 때부터 크샤트리아 계급이고……. 우리들은 늘 붉은색 옷을 입는데, 그것은 세상을 움켜잡고 운용할 수 있는 힘과 정열적인 용기를 가지고 있음을 나타냅니다. 또, 농사를 짓고, 장사를 하고, 공장에서 연장을 만드는 바이샤 계급 사람들은 태어날 때부터 바이샤 계급인데, 그들은 어두운 색깔의 의복들을 입습니다. 마부인 찬타카 같은 수드라 계급도 마찬가지로 태어날 때부터 수드라 계급인데, 그들은 검은색 옷을 입습니다. 수드라 계급 사람들은 크샤트리아나 바이샤 계급 사람들의 노예로서 그들에게 무조건 복종을 해야 합니다."

농경제전은 왕이 봄철에 신민들에게 농사를 장려하는 제사 의식이었다. 태자를 그 농경제전 의식에 참여하게 하는 것은 농사의 신성함과 농사짓는 농부들의 노동에 대하여 알게 하려는 것이었다. 그것은 태자 싯다르타에게 장차 인자하고 아량 깊은 전륜성왕으로서의 자질을 갖추게 하려는 뜻이었다. 왕과 태자 교육청의 스승 크샨티데바가 싯다르타에게 전륜성왕의 꿈을 가지게 하려는 것은, 장차 사카족의 왕국을 세상에서 가장 강대한 제국으로 만들려는 것이었다. 싯다르타가 전륜성왕이 된다면, 막강한 코살라 왕국, 마가다 왕국을 무너뜨리고 전 세계를 사카족의 왕국으로 통일시킬 수 있을 것으로 믿었다.

크샨티데바가 자기의 말을 몰아 싯다르타의 말 옆으로 가까이 다가 갔다. 크샨티데바가 근엄하게, 그러면서도 온유하게 말했다.

"식량을 생산하는 농토는 우주적인 자궁입니다. 그 우주적인 자궁 에서 농사를 짓는 바이샤 계급의 농민들은 신의 뜻에 따르는 일꾼입니 다. 농부들이 농사를 지음으로써 나라의 인민들은 배고프지 않게 먹고 삽니다. 장차 전륜성왕이 되어 온 세상을 다스릴 태자마마께서는 농사 와 노동이 신의 뜻임을 알아야 합니다."

농경제전은 드넓고 평평한 논의 한쪽 가장자리에 마련되어 있었다. 논 가장자리에는 제사 후에 농경을 할 농부가 쟁기를 준비해놓고 그 옆 에 서 있었다. 쟁기 앞에는 검은 뿔이 나 있는 두 마리의 황색 일소가 목에 멍에를 건 채 꼬리로 파리를 쫓으며 서 있었다.

크샨티데바가 싯다르타에게 말했다.

"우리 땅에는 두 종류의 소가 있습니다. 신의 한 모습을 지니고 있 는 연한 회색의 순한 뿔을 가진 소가 있고, 뿔이 요란스럽게 외틀어진 거무스레한 색깔의 무소처럼 생긴 일소가 있습니다. 신의 한 모습을 하 고 있는 소에게는 임자가 있을 수 없습니다. 그 신성한 소들은 자연 속 에서 저들의 뜻에 따라 살고 있습니다. 그 소들은 농작물을 먹어도 사 람들이 몰아내지 않습니다. 그것은 신의 존재가 그렇게 하는 것이기 때 문입니다."

제전에는 제사 음식이 차려져 있었다. 제단 아래에는 신께 바쳐질 하얀 양 한 마리가 준비되어 있었다. 농경제는 신들을 위해 희생물을 바치고, 풍년을 비는 숭엄한 희생제였다. 제사를 주관하는 것은 브라만 사제이고, 잔심부름을 하는 것은 왕궁에서 일하는 바이샤 계급의 하급 관료들과 수드라 계급의 시종들이었다.

슈도다나 왕과 왕후 프라자파티의 금빛 찬란한 수레가 대신들과 시종들과 경비병들의 호위를 받으며 제전 마당으로 들어섰다. 수레에서 내린 슈도다나 왕이 프라자파티와 나란히 제전 한가운데로 나아갔다. 싯다르타는 왕의 뒤를 따랐고, 크샨티데바와 비슈바미트라는 싯다르타의 뒤에 섰다.

사제의 명에 따라 한 시종이 양의 목을 칼로 찌르고 제단에 새빨간 피를 뿌렸다. 칼에 찔린 양은 필사적으로 사지를 버둥거리면서 울었다. 다른 시종이 양의 숨이 끊어지게 했고, 사제는 경전을 암송하고 신들에게 풍년을 빌었다. 숭엄하게 울려 퍼지는 아악에 맞추어 무녀가 신을 기쁘게 해주는 춤을 추었다.

사제의 명에 따라 농경이 시작되었다. 쟁기 손잡이를 잡은 채 내내 기다리고 있던 농부는 고삐로 일소 두 마리의 등을 후려치면서 "이러!" 하고 소리쳤다. 두 마리의 일소가 쟁기를 끌었고, 보습이 땅을 파헤쳤다. 왕과 대신들과 시종들은 모두 진한 갈색의 땅이 쟁기에 의해 파헤쳐지는 것을 보며 정중하게 합장을 했다.

파헤쳐진 땅에서 보라색의 지렁이가 꿈틀거렸고, 네발 달린 벌레 하늘강아지 한 마리가 놀라 달아났다. 그것이 싯다르타의 시야에 들어왔다. 싯다르타는 아, 저 땅속에 저러한 벌레들이 살고 있구나, 하고 생각했다. 바로 그때 물총새 한 마리가 날아와서 지렁이를 쪼아 먹었다. 다시 한 마리가 날아와서 하늘강아지를 물고 날아갔다. 다음 순간 어디선가 날아온 매 한 마리가 물총새를 쫓았다. 물총새가 사력을 다해 날아갔지만 마침내 매의 발톱에 잡히고 말았다. 매는 물총새를 잡아가지고 망고나무 숲 속으로 날아갔다. 먹고 먹히는 것을 본 싯다르타는 가슴이 쓰라렸다. 싯다르타가 진저리 치는 것을 본 크샨티데바가 말했다.

"저 망고나무 숲 속에 매의 둥지가 있고 그 속에는 매의 새끼들이 있습니다. 매는 제 새끼들을 먹이기 위해 물총새를 잡아가고 있는 것입니다. 저게 자연의 이치이자 신의 뜻입니다. 지렁이나 하늘강아지를 물총새가 먹고, 물총새를 매가 잡아먹습니다. 마치 작은 나라를 큰 나라가 공격하고, 더욱 큰 나라가 다른 큰 나라를 공격하여 망하게 하듯이. 반대로 능력이 있는 작은 나라가 큰 나라를 공격하여 망하게 하기도 합니다. 태자마마가 장차 전륜성왕이 된다면 이 나라를 더욱 큰 나라로 만들어서 모든 작은 나라들을 공격해서 천하를 통일할 수도 있을 것입니다. 전륜성왕이 세상에 흩어져 있는 나라를 시찰할 때는 신성한 흰코끼리나 유백색의 말을 타고 다니거나 금장식을 한 수레를 타게 될 것입니다. 흰 코끼리와 말은 하늘을 날고 강을 건넙니다. 그것 또한 신의 뜻입니다."

의혹

농경제전에서 돌아온 싯다르타는 가슴에 일어나는 의혹과 울적한 마음을 달랠 길이 없었다. 그는 태자궁의 마루에 우두커니 앉아 망고나무의 가지 사이로 보이는 가지 색깔의 하늘을 멍히 바라보고 있었다. 멀지 않은 곳에서 개구리들의 울음소리가 들려왔다. 별들이 총총 빛났다. 그 별들이 개구리 울음소리를 쏟아놓는 듯싶었다. 노란 별 파란 별 붉은 별 들의 반짝임을 신의 눈빛이라고 스승 비슈바미트라가 말했었다.

그날 낮에 농경제를 마치고 돌아오는 길에 싯다르타는 마부 찬타카에게 잠시 쉬어 가자고 명했다. 찬타카가 말을 세웠고 그는 땅으로 내려섰다. 이때도 그는 찬타카의 부축을 받고 내렸다. 찬타카는 말고삐를 잡은 채 서 있었다. 찬타카는 싯다르타가 아마 소변을 보고 싶어 그러는 거라고 생각했다. 싯다르타는 잠시 잠부나무 숲으로 돌아선 채 소변을 보았다. 뒤따르는 두 스승은 말을 멈추고, 싯다르타가 하는 행동을 보고 있었다.

잠부나무 숲에서 까마귀들이 울었다. 숲 속은 까옥까옥 소리로 가득 찼다. 싯다르타는 까마귀들을 바라보고 서 있다가 논둑과 밭둑을 타고 걸었다. 들판 한가운데로 들어섰다. 무작정 걸었다. 세상은 알 수 없는 의혹으로 가득 차 있었다. 울적했다. 싯다르타는 뒤를 돌아보지 않고 걷기만 했다. 찬타카는 말을 이끌면서 싯다르타를 뒤따라 걸었다.

싯다르타는 들판 한가운데 우뚝 선 채 북쪽의 흰 눈에 덮여 있는 히말라야 산의 정봉을 바라보았다. 그는 히말라야 산과 대면하고 있었다. 그 하얀 산은 그의 어머니가 그를 잉태할 때 가슴에 품었다는 흰 코끼리의 신성을 가지고 있는 듯싶었다. 하늘을 쳐다보았다. 허공이었다. 허공은 짙푸렀고 한없이 깊었다. 신은 어디에 살고 있을까. 히말라야 산의 정봉 어디인가에 살고 있을까. 저 하늘의 허공 속 어디에 살고 있을까. 그 신은 어찌하여 내 어머니가 나를 낳자마자 죽게 했을까. 그 신은 어찌하여 찬타카를 내 마부로 만들고, 칸타카를 말로 만들고, 나를 이 왕국의 태자로 만들었을까. 농경제전에 양의 피를 뿌리던 브라만 사제들은 신의 존재를 알고 있을까. 그 사제들은 신을 보았을까. 신의 손을 잡아보았을까. 신은 형체가 있을까 없을까. 만일 형체가 없는 존재라면, 어떻게 형체를 가지고 있지 않은 신이 형체를 가지고 있는 사람을 지배할까. 싯다르타는 보이지 않는 신을 이해할 수 없었다. 신의 존재를 믿을 수 없었다. 눈에 보이는 것도 그것의 확실함을 믿을 수 없는데, 어떻게 눈에 보이지 않는 신을 믿는단 말인가. 신은 없는 것인지도 모른다. 싯다르타는 두 발로 땅을 굳게 디디고 선 채 하늘을 쳐다보았다. 저것은 신의 세상이 아니고 다만 짙푸른 허공일 뿐일 터이다. 확실하게 장담할 수는 없지만 아마 짙푸른 허공, 별들이 숨어 있는 시공일 것이다.

"태자마마, 그만 궁으로 돌아가시지요. 두 스승이 저기에서 기다리고 있습니다."

등 뒤에서 찬타카가 말했다. 찬타카의 뒤에는 하얀 말 칸타카가 꼬리를 저어 파리를 쫓으며 서 있었다. 싯다르타는 말안장을 잡고 한 발을 등자에 끼우면서 중얼거렸다. 신은 존재하지 않는 허상일 것이다. 신은 사람이 인간의 형상으로 만든 허상이다. 사실은, 신은 없다. 신들이 사는 세상도 없다. 찬타카가 싯다르타의 엉덩이를 두 손으로 감싸면서 말안장 위쪽으로 떠밀어 올렸다. 만일 신이 있다면, 그 신이란 것은 사람이 타는 말 같은 것, 사람이 부리는 일소 같은 것일지도 모른다. 내가 장차 왕이 된다면, 나는 신을 일소처럼 부리는 왕이 되어야 한다.

스승 비슈바미트라는 농경제전에 참여하고 돌아오는 길에, 싯다르타가 들판 한가운데 서서 히말라야 산과 하늘을 내내 바라보고 있는 것을 보았었다. 바야흐로 감수성이 예민한 사춘기에 들어 있는, 그러면서도 아주 조숙한 싯다르타의 심경에 알 수 없는 변화가 일어나고 있다는 것을 그는 감지했다. 싯다르타는 의혹이 많은 소년이다. 세상의 모든 철학이란 것은 의혹적인 사유로부터 시작된다. 싯다르타는 어느 날 문득 태자 자리를 버리고 사문이 되어 부처의 길을 가게 될지도 모른다. 그럴 가능성은 충분히 있다. 아, 그렇게 된다면 어찌 되는가. 스승 비슈바미트라는 눈앞이 아찔했다. 힘껏 도리질을 하며 아니라고 부정했다. 싯다르타가 사문이 되어 부처의 길로 나아가는 것을 상상하기 싫었다. 가슴이 우둔거렸고 눈앞이 어질어질했다. 눈살을 찌푸리고 마른 입술에 침을 발랐다. 자기가 상상하기 싫어한다고 고쳐질 일이 아니었다.

저녁밥을 먹은 다음 스승 비슈바미트라는 싯다르타를 찾아갔다. 싯다르타에게 신성한 베다의 설화를 이야기해주고, 찬가를 들려주곤 하는 그는 음유 시인이면서 종교 철학자였다. 싯다르타의 의혹에 사로잡혀 있는 마음을 돌리고 싶었다. 설득을 통한 회유 말고는, 의혹에 대한 치유의 약이 없다고 생각되었다.

"태자마마는 늘 무엇을 그렇게 응시하곤 하십니까?"

싯다르타는 대답하지 않고 허공을 쳐다보았다. 시인으로서의 감성이 부드럽고 풍부하고 지혜로운 스승 비슈바미트라는 싯다르타의, 예측할 수 없는 의혹으로 가득 차 있는 울적한 마음을 명랑하게 바꾸어주고 싶었다.

"태자마마, 지금 아스라하게 들려오고 있는 저 개구리 소리를 듣고 계십니까?"

귀를 기울여보니, '개굴 개구르르 개굴 개구르르……' 개구리 울음소리가 하늘과 땅 사이에서 아스라하게 메아리치고 있었다.

"개구리는……" 하고 비슈바미트라는 문득 노래하듯이 천천히 읊었다. "개구리는 침묵한 채 결제에 들어 수도하는 사람과 같이, 한 해 동안 죽치고 있다가 이제 나와, 소리를 질러 비(雨)의 신의 잠을 깨우고 있습니다."

찬가 한 대목을 읊는 비슈바미트라의 목소리는 어웅한 동굴을 울리고 나오는 것처럼 고왔다. 부드럽게 흐르는 듯한 가락을 가지고 있었다. 어떤 대목에서는 통소처럼 가늘어졌고, 어떤 대목에서는 굵었다. 노래하듯이 말을 끝내고 난 스승이 말했다.

"태자마마, 비의 신이 잠에서 깨어날 터이므로 머지않아 비가 내릴
것입니다."

언젠가 비가 작달작달 내리는 날 비슈바미트라는, 싯다르타가 정원
의 비 맞고 있는 풀밭을 멍히 바라보고 있는 것을 한동안 지켜보고 있
었다. 풀잎은 굵은 빗방울들에게 두들겨 맞고 춤을 추듯이 통통거리고
있었다. 사실은 빗방울의 가학(加虐)과 풀잎의 피학(被虐)이 교차되고 있
는데, 그것은 일정한 율동을 가지고 있었다. 싯다르타는 어떤 사실이든
지 예사로 보지 않았다. 두려울 만큼 세상의 모든 일들을 날카롭게 뚫
어보는 것이었다. 그는 그것을 칭찬해주고 싶기도 했다.

"태자마마, 빗방울은 풀잎을 두들기고

풀잎은 통통 춤을 춥니다."

비슈바미트라는 이렇게 시를 암송하듯이 말해주고 싶은 것을 참았
다. 싯다르타는 장차 전륜성왕이 될까, 출가를 하여 사문이 된 다음 깊
고 드높은 회의와 사유와 명상을 거쳐 부처처럼 큰 깨달음을 얻게 될
까. 그의 예감으로는 아무래도, 전륜성왕보다는 부처 쪽으로 성장할 듯
싶었다. '나의 예견이 적중하면 어찌할까.' 하고 스승 비슈바미트라는
가슴이 철렁했지만, 잠시 심호흡을 한 다음 태연스럽게 찬탄하듯이 싯
다르타를 향해 말했다.

"태자마마, 하늘에서 떨어지는 빗방울을 맞은 풀잎이 통통거리는
것, 저것도 신의 뜻입니다."

싯다르타는 깊은 생각에서 깨어나 스승을 향해 말했다.

"그럴까요? 정말, 신의 뜻일까요, 스승님?"

싯다르타가 신에 대하여 의심을 하고 있다고, 스승 비슈바미트라는 생각했다. 스승은 싯다르타의 영혼 속에 신의 존재를 깊이 심어줄 필요가 있다고 생각했다. 그는 단호하게 말했다.

"그렇습니다. 분명 신의 뜻입니다. 하늘에서 떨어지는 빗방울은 풀잎을 학대하고, 풀잎은 그 학대를 즐깁니다. 통통거리는 것은 풀잎의 춤입니다. 세상의 모든 것들은 서로 학대하고 그 학대를 받곤 하는데, 그 학대를 즐기도록 점지되어 있습니다. 사람이 말을 타는 것은 말을 학대하는 것이고, 말은 그 학대를 즐기면서 사람을 태우고 다닙니다. 그것이 다 신의 뜻입니다. 까마(사랑)라는 것이 사실은 그와 같은 것입니다."

농경제전에 다녀온 이날, 싯다르타의 머리는 의혹으로 가득 차 있었다. 그 의혹을 억눌러 참을 수 없었다. 그 의심을 스승 비슈바미트라에게 내뿜었다.

"스승님, 약한 것을 강한 것이 잡아먹는 것, 그것도 가학과 피학인 것이고, 신의 뜻입니까? 강하고 큰 것에게 잡혀 먹히는 작고 약한 것은 잡혀 먹히면서 즐기는 것입니까? 브라만 사제가 희생물을 목 자르고 신에게 피를 바치는데, 그 경우에도 양은 죽음을 즐기는 것입니까? 신은 왜 연약한 것들을 보호해주지 않습니까? 사람은 왜 희생제를 지내고, 신은 왜 희생물의 피를 좋아합니까? 그렇다면 신은 자비로운 존재가 아니고 잔인한 존재이지 않습니까?"

스승 비슈바미트라는 속으로 놀랐지만 일부러 대수롭지 않게 말했다.

"신은 자비롭지도 않고 잔인하지도 않습니다. 신은, 자신이 만들어 놓은 만물이 계급대로 살아가는 것을 엄정하고 냉혹하게 다만 묵묵히 지켜볼 뿐입니다."

그 말에, 싯다르타는 오래전부터 물으려고 작정해온 것을 따져 물었다.

"사람들에게 계급이 있도록 한 것이 신인가요? 찬타카가 말을 관리하는 마구청 대장에게서 늘 꾸중을 듣고 채찍으로 구타를 당하곤 하는 것도 신의 뜻인가요? 큰 나라가 작은 나라를 침략해서 멸망시키고 자기 식민지로 만드는 것도 신의 뜻인가요? 약한 나라가 큰 나라에게 저항하는 것, 그리하여 전쟁이 일어나는 것도 신의 뜻인가요? 제가 만일, 장차 전륜성왕이 되어 군대를 이끌고 약한 나라를 쳐 멸망시킨다면, 그것도 신의 뜻인가요?"

싯다르타의 말로 인해 스승 비슈바미트라는 가슴이 꽉 막히는 듯싶었다. 싯다르타의 가슴에, 인간으로서 신에 대한 저항이 싹트고 있다고 스승은 생각되었다. 싯다르타는 모든 세상의 현재 질서를 의심하고 분노하고 있는 것이다. 의심으로 인해서, 싯다르타는 장차 전륜성왕의 길로 나아가지 않고, 사문의 길을 거쳐 부처의 길로 나아갈지도 모른다. 그렇다면 싯다르타는 장차 출가를 하게 될 것이다. 싯다르타가 출가를 하면 슈도다나 왕의 뒤를 누가 이을 것인가. 싯다르타는 사문이 되어 부처의 길로 나아가게 됨으로써 장차 사카족의 왕국을 망하게 할지도 모른다. 스승 비슈바미트라는 예측 불가능한 두려움 속으로 빠져들었고 속으로 진저리를 쳤다. 그렇지만 느긋하고 태연스럽게 말했다.

"태자마마, 우주 만물에게 계급이 있는 것은 아주 당연한 것입니다. 또한 강한 것이 약한 것을 잡아먹는 것 또한 순리입니다. 고양이가 쥐를 잡아먹고, 호랑이는 양을 잡아먹고, 양은 연약한 풀을 뜯어 먹습니다. 물총새는 벌레를 잡아먹고, 매는 물총새를 잡아먹습니다. 바이샤 계급은 수드라 계급을 지배하고, 크샤트리아 계급은 바이샤 계급과 수드라 계급을 지배하고, 브라만 계급은 신의 뜻에 따라 세상의 모든 계급을 지배합니다. 사람의 몸에서 머리가 몸통과 내장과 팔다리와 손과 발을 지배하듯이."

싯다르타가 물었다.

"왜 반드시 그래야 합니까?"

어느 사이엔지 스승 크샨티데바가 다가와 싯다르타 옆에 서 있었다. 그는 비슈바미트라 대신 "그것은 당연히 신의 뜻에 의해서 점지된 것입니다." 하고 말한 다음 자리를 잡고 앉으며 말을 이었다.

"인간의 정의라는 것은 신의 뜻에 의한 것입니다. 신은 브라만 계급에게 신을 찬양하는 입을 주고, 크샤트리아 계급에게 정의의 칼을 쥐여주었습니다. 크샤트리아 계급은 정의의 칼을 신의 뜻에 따라 사용합니다. 장차 싯다르타 태자가 전륜성왕이 되어 세상을 통일하려고 할 때, 손에 잡게 될 그 칼도 정의를 위해 사용될 것인데, 그것 또한 신의 뜻입니다."

비슈바미트라가 마른 입술에 침을 바르고 나서 말했다.

"우리 인생에는 신이 마련해준, 브라만과 크샤트리아가 행사할 정의를 위한 네 가지 목표가 있습니다."

싯다르타에게 신을 깊이 심어주고 싶은 비슈바미트라는 싯다르타 앞에 무릎을 꿇고 나서, "이제부터 이 스승은 태자마마에게 신의 뜻을 전하려 합니다. 신의 뜻을 받들기 위해서는 태자마마도 무릎을 꿇어야 합니다." 하고 말했다.

싯다르타는 비슈바미트라 앞에 무릎을 꿇었다. 스승과 제자가 무릎을 꿇은 채 마주 앉았다. 크샨티데바도 무릎을 꿇고 앉았다. 비슈바미트라가 격앙된 목소리로, "인간이 살아가는 데에는 신이 마련해준 네 가지 목표가 있습니다." 하고 근엄하게 읊듯이 말했다.

망고나무 숲 사이로 별들이 반짝거렸다. 살랑바람이 불어왔고, 멀지 않은 곳에서 개구리들이 울고 있었다. 곧 비가 올 것이다.

사람은 무엇으로 사는가

"인생의 목표, 그 네 가지 목표 중에서 첫째는 아르타(Artha)입니다. 행복해지기 위하여 무엇인가를 소유하는 것입니다."

하고 나서 스승 비슈바미트라는 침을 꿀꺽 삼켰다. 그 꿀꺽 소리가 싯다르타의 가슴을 울렸다. 스승은 한 번 길게 심호흡을 한 다음 말을 이었다.

"신은 몸뚱이를 가지고 있는 사람이 아름답고 향기로운 꽃을 예뻐하고 음악을 감상하고 음식을 먹고 즐기도록 점지했습니다. 몸뚱이를 가지고 있지 않은 신과는 다르게, 몸뚱이를 가진 사람은 무엇인가를 소유하고 누릴 수 있어야 행복해질 수 있습니다. 크샤트리아 계급인 왕은 나라와 백성을 다스리고 나라의 모든 재산을 향유합니다. 바이샤나 수드라 계급인 일반 백성들은 가정을 가지고, 아내와 아들딸을 가지고, 재산을 가지고 풍요를 즐기는 것입니다. 돈을 가지고 보석을 사고, 말과 수레를 사서 부리고, 사랑하는 사람과 좋은 음식을 나누어 먹고 술에 취하여 춤추고 노래하며 즐기는 것입니다. 이 모든 것이 신의 뜻입니다."

이지적이면서도 감수성이 예민하고 영민한 싯다르타는 가르침의 말을 뱉고 있는 비슈바미트라의 두 눈을 응시하며 귀를 기울였다. 그의 감수성이 부챗살처럼 사방팔방으로 펼쳐질 때 그의 신경망은 해와 달과 별에 닿고 땅속의 천만 길 아래의 수맥과 광맥에 맞닿았다. 비슈바미트라의 흰자위에 둘러싸인 진한 갈색 눈동자는 검은 보석처럼 사방의 빛을 한데 모아 되쏘았다. 고양이의 눈을 본 적이 있다. 눈의 진한 갈색을 띤 검은자위가 사방에서 날아온 빛을 한데 모아 되쏘는 것은 무엇일까. 그렇다. 눈동자가 그 빛들을 흡수하여 분해하고 즐기고 내뿜는다는 것이다. 비슈바미트라의 눈이 한데 모아 되쏘는 빛은 무엇일까. 지식일까 지혜일까. 내 눈도 사방팔방에서 날아온 빛을 모아 비슈바미트라를 향해 되쏘고 있을까. 그렇다면 비슈바미트라가 가르쳐준 지식과 지혜를 내가 향유한다는 것일까. 싯다르타는 비슈바미트라가 지혜를 설파하는 기능 좋은 혀를 소유하고 있다고 생각하며 그의 말에 귀를 기울였다.

"태자마마, 한 나라의 왕이 국토와 백성들을 소유한다는 것은, 그것을 둘러싸고 있는 하늘과 신을 함께 소유한다는 것입니다. 세상은 신이 관장하는 하늘에서부터 시작됩니다. 신은 언제나 능력 있고 강한 왕의 편입니다. 신은 그러한 강한 왕에게 정의의 칼을 내려줍니다. 전륜성왕의 정의는 그 전륜성왕이 손에 든 칼에 의해 행사됩니다."

싯다르타가 문득 물었다.

"그렇다면 호랑이의 정의는 호랑이의 이빨과 발톱에 의해 행사되고

독수리의 정의는 비둘기를 잡는 날카로운 발톱과 칼끝 같은 부리에 의해 행사됩니까?"

비슈바미트라는 당황했다. 잠시 말을 멈추고 생각했다. 싯다르타 말을 수긍하지 않을 수 없었다. 싯다르타는 무서운 상상력과 추리력과 논리력을 가지고 있었다.

"그렇습니다. 그것도 신의 뜻입니다."

하고 나서 비슈바미트라는 잠시 심호흡을 하고 마른 입술에 침을 바르고 나서 말을 이었다.

"두 번째로 신이 인간에게 마련해준 목표는 카마(kama)입니다."

스승은 흥분해 있었다. 흥분은 콧구멍을 커지게 했다. 검은 어둠을 담고 있는 그의 콧구멍이 거대한 벌레의 입처럼 벌름거렸다. 까만 콧수염 몇 개가 머리를 내밀고 있었다. 싯다르타는 그의 콧구멍 속에 담긴 어둠에 대하여 생각했다. 저 어둠은 어디에 뿌리를 두고 있을까. 그 무한대한 어둠의 시원은 어디에 있을까. 밤에 그 뿌리가 있을까. 저것도 신의 뜻일까.

비슈바미트라가 말을 이었다.

"카마, 그것은 사랑입니다. 카마는 신이 준 일종의 화살입니다. 그 화살은 그것을 당기는 시위가 없어도 목표물을 향해 정확하게 날아가 박힙니다. 상대방에게 사랑을 느끼면, 그 사랑은 화살이 되어 그 상대방의 가슴으로 날아가 박힙니다. 그러면 화살을 맞은 상대방은 사랑의 균을 품게 되고, 그 균으로 인해 사랑의 열병을 앓게 됩니다. 사랑의 균은 콩을 메주로 변질시키고, 밀을 누룩으로 변질시키고, 쌀과 우유를

술로 변질시키는 균처럼 사람들의 가슴과 영혼을 뜨겁게 달아오르도록 촉구합니다. 카마는 욕망의 화신입니다. 그것은 열병을 앓게 하는 힘으로 세상을 지배합니다. 이 세상에는 카마수트라가 있는데 그것은 사랑을 가르치는 교과서입니다. 사랑을 가르치는 교과서는 사람들이 결혼을 하긴 했지만, 그 부부 생활이 원활하지 못했을 때 그것을 치유해주는 경전이고 황홀하게 하는 미약(媚藥)입니다. 태자마마께서 장차 아리따운 처녀와 결혼을 하기 위해서는 카마수트라를 공부하지 않으면 안 됩니다. 카마수트라는 인생을 황홀하게 하는 책입니다. 그것은 인간 세상을 멸하지 않게 하고 번성하게 하는, 신이 준 오묘한 선물입니다. 인간은 혼자서 살 수 없습니다. 반드시 남녀가 짝을 이루어, 육체와 육체, 영혼과 영혼이 한데 어우러져 뜨겁게 사랑하여 아들딸을 낳아 키우고 교육시키며 살아야 합니다. 태자마마의 아버지이신 슈도다나 왕과 생모이신 마야 왕후 사이에도 그 사랑의 화살이 서로의 가슴으로 날아다녔고, 그 결과 싯다르타 태자마마가 탄생한 것입니다. 태자마마께서도 장차 아리따운 여자들과 결혼을 해야 하고, 서로 뜨거운 사랑을 한 결과 예쁜 아기들을 낳아야 합니다. 사랑은 인생의 아주 중요한 목표입니다. 그런데 사실은 사랑도 일종의 소유인데, 그것은 향유하고 황홀하게 즐기는 것입니다."

눈동자를 빛내면서 열정적으로 말을 하는 비슈바미트라의 입에서 싯다르타 태자의 한쪽 볼로 침방울 하나가 날아왔다. 순간 싯다르타는 깜짝 놀랐다. 그 침방울이 그의 콧구멍 속의 까만 어둠 한 가닥을 내포하고 있을지도 모른다고 생각되었다. 싯다르타는 진저리를 쳤다. 자기의 침방울로 인해 싯다르타가 진저리를 치고 있다고 생각한 비슈바미트라는 자기가 너무 흥분되어 있다고 생각했고, 곧 목소리를 낮추고 말을 이었다.

"인간은 사랑을 너무 진하게 함으로써, 너무 많은 것을 소유하려 함으로써 자기 본연의 참된 자아를 잃어버릴 수도 있습니다. 그래서 신은 그것을 방지하기 위하여, 세 번째로 다르마(dharma)라는 목표를 내려주었습니다. 다르마는 종교적으로, 도덕적으로 의무를 가지는 것입니다. 신이 내려준 네 계급…… 숭엄하게 사제로서의 성직을 수행하는 브라만, 나라를 다스리는 왕족과 귀족인 크샤트리아, 상인과 농업인인 바이샤, 노예로서 상전을 지극정성으로 섬기는 수드라 들은 창조주의 가르침에 따라 자기들이 해야 할 구실이 있습니다. 살아갈 만한 가치가 있는 세상을 만들기 위해서 네 계급의 사람들이 각기 지키고 치러야 할 권리와 의무가 있는데 그것이 다르마입니다. 그것은 도덕적 행위의 거울, 말하자면 법칙, 사람의 집을 빙 둘러싼 울타리 같은 것입니다. 신이 이러한 법칙을 인간에게 내린 것은 황홀한 사랑에만 취해 있지 않게 하고, 또 많은 것을 가지려는 욕망에만 빠져 있지 않게 하려는 것, 일종의 차가우면서도 성스러운 율법입니다."

너무 열정적으로 말을 한 까닭으로 비슈바미트라는 입술이 바싹 말라 있었다. 그는 빨간 혀를 내밀어 입술에 침을 바르느라고 말을 멈추었다. 싯다르타는 비슈바미트라의 반짝거리는 두 눈을 바라보았다. 비슈바미트라는 싯다르타의 형형한 눈빛이 무서웠다. 그는 눈살을 찌푸리면서 말을 이었다.

"소유의 욕망으로 인해 눈이 어두워지고, 사랑으로 인해 황홀해진 인간, 다르마라는 준엄한 법칙과 도덕으로 인해 차갑고 딱딱해진 인성을 부드럽고 깨끗하게 풀어주기 위해 신은 모크샤(moksha해탈)라는 네 번째 목표를 내려주었습니다. 그것은 영적인 해방 혹은 구원입니다. 말하자면 욕망이나 사랑의 환혹과 미몽이나 딱딱함과 건조함에서 벗어나도록 해방시켜주는 것입니다."

싯다르타는 흥분한 채 뱉어내는 스승 비슈바미트라의 가르침 앞에 꿇어앉은 채 어둠을 응시하고 있었다. 싯다르타의 의식은 초롱초롱 맑아지고 있었다. 한순간 허공으로부터 싯다르타의 머리칼로 번개처럼 번쩍 날아와 걸리는 것이 있었다. 그것은 전율처럼 머릿속으로 파고들었다. 그것이 심장을 요동치게 했다. 그것은 비슈바미트라가 뱉어내고 있는 말의 결과 무늬가 싯다르타의 감각의 결과 무늬와 서로 어울리지 않는다는 증거였다. 싯다르타는 순간적으로 구역질을 느꼈다. 비슈바미트라는 싯다르타가 몸담고 있는 인간 세상의 짜임새를 이야기하고 있었지만, 싯다르타는 그 인간 세상의 짜임새가 왜 그렇게 신의 의지에 따라 갑갑하고 답답하게 짜였는가 하는 것을 이해할 수 없었다.

인간 세상의 짜임새는 인간이 인간의 손으로 짜야지 왜 신의 뜻에 의해 짜인단 말인가. 인간 세상의 얼거리를 신이 짰다는 것은 잘못된 것이다. 사실은 인간이 자기 내면에 감추어져 있는 마성으로 인해 잘못 짜놓고 그것들을 신이 짰다고 핑계를 대고 있는 것이다. 그것은 인간의 간사함이고 무책임이고 잔인함의 한 단면이다. 하층 계급에 속한 사람들은 그 계급이라는 잔인한 얼거리에 짓눌려 고통을 당하고 있고, 상층 계급에 속한 사람들은 짓눌려 있는 그들을 부리면서 즐기고 있는 것이다. 그리하여 이 세상은 공평하지 못하다.

비슈바미트라가 싯다르타를 향해 물었다.

"알겠습니까, 태자마마?"

싯다르타는 한동안 고개를 떨어뜨리고 앉아 있다가 문득 도리질을 하면서 차가운 어조로 또렷또렷하게 말했다.

"스승님, 우리 인간의 삶의 구도가 어째서 우리들의 눈에 보이지 않는 신에 의해 짜였단 말입니까? 만일 제가 왕이 된다면, 육체적인 존재인 인간인 저의 힘으로 신이 잘못 짜놓은 인간 세상의 구도를 새로 짜겠습니다. 스승께서는 얼마 전에 '마하 사마두'에 대하여 말했습니다. '마하'는 위대하다는 뜻이고, '사마두'는 '모든 백성들이 다 함께 일치된 의견으로 떠받드는 존재'라는 뜻이라고 말했습니다. 그러니까 '마하 사마두'라는 것은 '모든 백성들이 민주적으로 내세운 지도자'라는 뜻입니다. 저는 그 민주에 반한, 신의 의지에 따라 내세워진 왕의 칼에 의해 행사되는 정의를 인정할 수 없습니다. 저는 절대로, 신의 뜻에 따라 잔인한 칼을 든 전륜성왕이 되지 않을 것입니다."

비슈바미트라는 말을 잃고 멍히 싯다르타의 두 눈을 응시했다. 지금의 인간 세상의 구도를 헝클어버리고, 전혀 새로이 판을 짜겠다는 싯다르타의 말은 얼마나 무서운 것인가. 만일 이 말을 브라만의 사제들이 듣는다면 어찌 되겠는가. 싯다르타에게서 태자의 자리를 빼앗으려고 들 것이다. 옆에 앉은 크샨티데바도 말을 잃었다. 그들은 벌어진 입을 닫지 못했다. 싯다르타의 영혼은 범상한 영혼이 아니었다. 그들이 생각하기로 싯다르타는 장차 전륜성왕이 되지 않고 사문이 된 다음 부처의 길로 나아갈 듯싶었다. 두려움으로 인한 진저리가 두 스승의 육체와 영혼을 흔들었다.

그날 밤 싯다르타는 알 수 없는 꿈을 꾸었다. 아득한 광야에 홀로 서 있는데 새까만 먹구름이 끼어 있는 하늘에서 번쩍 번개가 치고 우르릉 꽝꽈르릉 뇌성벽력이 울고, 비가 억수로 쏟아졌다. 장대 같은 차가운 빗줄기가 정수리와 얼굴과 팔다리를 두들겨댔다. 온몸이 흠뻑 젖었다. 새까만 어둠을 뚫고 궁으로 돌아가기 위해 빗줄기를 뚫고 나아가는데 시퍼런 강줄기가 앞을 가렸다. 소용돌이치고 용솟음치고 소쿠라지고 펑퍼져 흐르는 강물이었다. 맹렬한 소용돌이 때문에 속이 메스꺼울 정도로 어지러웠다. 타고 건너갈 배도 없고, 뗏목도 없고, 다리도 없었다. 상류로 올라가면 신을 벗고 건너갈 수 있는 옅은 여울목이 나타나지 않을까, 하고 생각하며 강변을 따라 상류 쪽으로 발밤발밤 걸었다. 얼마쯤 걸었을까. 이번에는 강줄기가 사라지고 가파른 산기슭이 앞을 막아섰다. 비탈길을 타고 넘는데 가시밭과 험준한 너덜경이 나타났다. 너덜경을 타고 나아가자 하늘 닿게 치솟은 절벽이 앞을 막아섰다. 절벽을 기어 올라가고 또 기어 올라가다가 발을 헛디디고 아득한 천 길 아래로 떨어졌다. 소스라쳐 놀라 꿈에서 깨었을 때 싯다르타의 몸은 땀으로 흠뻑 젖어 있었다.

스승들의 항복

비슈바미트라는 크샨티데바와 무릎을 마주 대고 싯다르타의 신에 대한 날카로운 의혹과 부정에 대하여 심각하게 논의했다.

"크샨티데바 선생, 솔직하게 말하겠습니다. 저는 신을 부정하는 태자마마를 감당할 수 없습니다. 저는 태자마마가 내놓는 논리가 두렵고 무섭습니다. 태자마마는 저의 사상, 저의 철학의 뿌리를 송두리째 흔들어놓고 있습니다. 저는 제 심장을 꿰뚫는 태자마마의 예리한 눈빛이 무섭습니다."

비슈바미트라의 얼굴은 일그러져 있었다. 태자를 올바르게 이끌 수 없다는 것은 태자 교육청 교사로서의 존재 의미가 없어진다는 것이었다. 태자를 교육시킨다는 것은, 그를 교사가 만든 가두리 그물 안에 넣고 일정한 프로그램에 따라 양육한다는 것인데, 싯다르타는 그들의 가두리 그물 밖으로 나가 자유로이 멋대로 유영하고 있는 것이었다. 그들이 동으로 이끄는데 태자는 서쪽으로 가고 있었다.

비슈바미트라의 말에 크샨티데바는 얼른 대꾸하지 않고 고개를 숙였다. 크샨티데바도 뾰족한 수가 없기는 마찬가지였다. 그의 얼굴에는 어두운 그늘이 드리워 있었다. 그는 빨간 혀를 내밀어, 바싹 마른 입술에 침을 바르기만 했다. 한동안 무거운 침묵이 맴돌았다. 침묵이 심연처럼 깊어졌다. 깊은 생각에 잠겨 있던 비슈바미트라가 조심스럽게 침묵을 깨뜨렸다.

"이제야 말을 합니다만, 저는 오래전부터 이 문제를 깊이 생각해 왔습니다. 태자마마는 제가 공부한 학문의 한계 밖으로 진즉 높게 혹은 넓게 벗어나 버렸습니다. 아니 넘쳐 버렸습니다. 솔직하게 저의 진실을 말씀드린다면, 저는 태자마마를 감당할 수 없습니다."

크샨티데바가 말했다.

"싯다르타 태자마마는 예사 사람이 아닙니다. 한번은 태자마마가 저에게 이렇게 말했어요. '스승님, 이상한 꿈을 꾸었어요. 밤하늘에 자잘한 노란 별 파란 별 붉은 별 들이 있지 않아요? 다른 별들보다 유다르게 큰 북극성도 있지 않습니까? 그런데 북극성만 한 별 하나가 저를 따라 다녔어요. 제 머리 위에 늘 떠 있어요. 낮에도 밤에도 그 별이 늘 제 머리 위에 떠 있곤 해요.' 태자마마의 말을 듣고 생각했습니다. 그 별이란 것이 무엇일까. 태자마마의 운명을 이끄는 별이 아닐까. 별은 무엇입니까, 알 수 없는 외계의 신 아닐까요?"

비슈바미트라가 크샨티데바를 빤히 건너다보며 말했다.

"우리 이러고 있을 때가 아닙니다. 우리 함께 슈도다나 왕을 찾아갑시다. 가서, 솔직하게, 우리 두 사람의 능력으로는 태자마마를 감당할 수 없음을 말씀드리고, 좋은 길을 찾아보자고 제안하는 것이 좋을 것 같습니다."

크샨티데바가 말했다.

"저는 다른 나라에서 박사 한 사람을 구해다가 태자마마의 스승을
삼았으면 좋겠습니다."

싯다르타의 두 스승은 슈도다나 왕을 찾아갔다. 슈도다나 왕이 그
들을 맞이한 것은, 바야흐로 국세를 담당하는 대신과 나라 살림을 관장
하는 다리나 재정대신과 더불어, 더욱 많은 세금을 추징하는 문제를 숙
의하고, 국방대신과 군대의 총수인 장군과 더불어 국경을 수비하는 문
제, 밀수를 단속하는 문제 들을 논의하고 난 다음이었다.

"어서 오시오. 스승님들."

슈도다나 왕은 복잡한 경제 문제와 국방 수비 문제와 밀수 문제로
지쳐 있었지만 두 스승을 반갑게 맞았다. 왕의 얼굴은 창백했고, 눈빛
은 흐려 있고, 눈자위에는 피곤한 그늘이 서려 있고, 입술은 메마른 데
다 희끗희끗한 보풀이 일어나 있었다. 왕은 장차 전륜성왕이 될 것임에
틀림없는 명석한 싯다르타가 하루빨리 넓은 세계와 나라 안의 정사에
눈을 뜨게 되기를 기대하고 있었다. 싯다르타가 정사에 눈을 뜨면 싯다
르타를 앞장세워 나라를 다스리게 하고 자기는 이선으로 물러나 있고
싶었다. 그에게는 싯다르타의 명석함이 검은 구름장들 사이로 비치는
새 아침 햇살 같은 희망이었다.

"우리 태자가 요즘 어떻습니까? 이 아비를 대신해서 정사를 맡아볼
수 있도록 안목이 높아지고 밝아지고 마음이 드넓어졌습니까?"

왕은 성급하게 물었다. 스승들은 고개를 숙인 채 한동안 입을 열지 못했다. 크샨티데바는 비슈바미트라가 먼저 입을 떼기를 바랐고, 비슈바미트라는 크샨티데바가 먼저 말을 꺼내기를 기다렸다. 스승들의 머뭇거리는 태도와 주저하는 눈빛이 심상치 않다고 느낀 왕이 물었다.

"왜 우리 태자에게 무슨 일이 있습니까?"

크샨티데바가 고개를 숙이면서 입을 열었다.

"대왕마마, 솔직하게 말씀 아뢰겠습니다. 저희들은 싯다르타 태자마마를 감당할 수 없습니다. 싯다르타 태자마마는 신이 점지해주신 인간 세상의 질서를 인정하려 하지 않습니다. 그것은 신에게 저항하는 것이고, 고대로부터 흘러내려 오는 우리 세상의 율법, 즉 다르마를 거부하는 것입니다."

비슈바미트라가 맞장구를 쳤다.

"며칠 전날 밤에 저는 태자마마에게 천체 우주를 가르쳤습니다. 땅에 신들이 있듯이 하늘에도 신들이 있는데, 반짝거리는 별들은 신들의 눈빛이라고 말했습니다. 그 별들은 시바신의 눈이고 인드라와 아트만의 눈이라고…… 그리고 하늘에서 내리는 비와 안개와 바람도 신들의 뜻이라고 가르쳤습니다. 그런데, 태자마마는 고개를 젓더니, 이렇게 질문을 했습니다. 우리 인간은 우주 자연 속에서 우뚝 서 있는 독자적인 존재인데, 왜 신들의 뜻, 신들의 질서에 따라 살아야 하느냐고요. 그래서 저는, 인간이 이 세상에 나기를 신들의 뜻에 따라 점지되었기 때문에 그럴 수밖에 없다고 말해주었습니다. 그러자, 태자마마가 저에게 따져 물었습니다. 신은 마야 왕후의 배 속에 자기를 잉태하게 해놓고서,

왜 순산하지 못하게 하고 어의로 하여금 칼로 배를 갈라 아기인 자기를 꺼내게 하고 끝내 그 어머니의 목숨을 잃게 했느냐고, 그것이 신의 뜻이라면 너무 잔인한 것이 아니냐고, 신의 뜻이 그토록 잔인한 것이라면 그것은 크게 잘못된 것이라고, 인간이 살아가는 것, 만물이 존재하는 것은 신의 뜻이 아닐 것이라고 말했습니다……. 이렇게 신의 존재를 부정하며 하나하나 따지고 드는 태자마마를 저는 감당할 수 없었습니다. 저의 학문, 저의 철학과 종교적인 지식으로는 태자마마를 더 가르칠 수가 없습니다."

크샨티데바가 왕에게 말했다.

"대왕마마, 저도 태자마마를 감당할 수 없습니다. 만일 이 나라 안에 마땅한 교사가 없다면, 다른 나라에서라도 더욱 지혜로운 박사 한 사람을 구해다가 태자마마를 맡기는 것이 좋을 듯합니다."

슈도다나 왕은 눈살을 찌푸리고 고개를 저으며 단호하게 목소리를 높여 말했다.

"절대로! 그것은 절대로, 안 될 말씀입니다. 이 나라 안에서, 지금 우리 태자를 가르치고 있는 두 스승보다 더 훌륭한 스승은 없다고 들었습니다. 두 스승이 머리를 짜 더 좋은 쪽으로 인도하시기 바랍니다. 나는 태자의 생각이 현존하는 종교적인 다르마나 철학이나 과학을 뛰어넘고 있지 않은가 하는 생각이 듭니다. 태자의 생각이 그런 쪽으로 더 이상 뻗어 나가지 않게 하고, 현실과 유리되는 쪽으로 생각이 현격하게 깊고 높아지지 않도록 해야겠습니다. 그리하여 이 땅 이 나라 사람들의 보통의 상식을 뛰어넘지 않도록, 세속적인 즐거움 속에 취하고 묻히도록 한

사코 즐거운 놀이를 하도록 했으면 좋겠습니다."

크샨티데바가 말했다.

"대왕마마, 정말 지혜로운 말씀입니다. 자고로, 사유의 시작, 철학의 시작은 의혹입니다. 제가 우려하는 것은, 모든 것에 의혹이 많은 태자마마가 장차 전륜성왕이 되려 하지 않고, 사문이 되어 부처의 길로 나아가지 않을까 하는 것, 바로 그것입니다……. 그러니 서둘러 아름답고 예쁜 신부들을 골라 결혼을 시키는 것이 좋지 않을까 생각됩니다."

비슈바미트라가 맞장구를 쳤다.

"태자마마의 이성과 날카로운 감성과 의혹을 마비시키는 것은, 얼굴이 예쁘고, 가슴이 풍성하고 치마폭이 드넓은 아리따운 여성일 것입니다. 생모를 잃고 이모 밑에서 자란 태자마마에게는, 가슴이 한사코 풍성하고 아름답고 고혹적으로 예쁜 여성이 나타나야 합니다. 그 여인과 사랑하며 살게 하는 것이 좋을 듯합니다. 태자마마를 포용할 수 있는 여성은 태자마마가 전륜성왕이 되는 데도 절대적인 도움을 줄 수 있을 것입니다."

슈도다나 왕은 고개를 끄덕거리고 나서 말했다.

"옳은 말씀입니다. 저도 오래전부터 생각해온 바가 있습니다. 곧 태자의 혼례청을 신설하고 태자의 결혼을 서두르도록 명하겠습니다."

혼례

싯다르타의 혼례는 일사천리로 진행되었다. 슈도다나 왕의 동생이며 재정대신인 다리나에게 딸이 셋 있었는데 그들을 모두 싯다르타의 아내로 삼기로 했다. 다리나의 첫째 딸은 고비카였고, 둘째 딸은 야소다라였고, 셋째 딸은 고타미였다. 다리나에게 세 아내가 있는데, 그 아내들이 각기 딸 하나씩을 낳은 것이었다.

　그 혼례는 나라 안의 권력 구조에 따라 이루어졌다. 슈도다나 왕의 유일한 왕자인 싯다르타를 사위로 삼는 것, 그것은 다리나 재정대신이 오래전부터 바라던 바였다. 다리나 재정대신은 야심이 많은 사람이었다. 그는 형인 슈도다나 왕 밑에서 재정대신을 하며 은밀하게 부를 축적했고, 세 아내에게 호화로운 삶을 살게 했다. 어린 시절부터 그의 형 슈도다나 왕이 차지한 옥좌를 넘보며 아쉬워했었다. 장차 싯다르타가 왕이 된다면 아들 아난다와 데바닷타가 대신의 자리에 앉게 되고, 싯다르타와 자기의 딸들 사이에 왕자가 태어난다면 왕의 자리가 자기의 손아귀에 들어오는 셈인 것이고, 앞으로의 남은 삶이 더욱 풍족한 탄탄대로에 들어서게 되는 것이었다.

고비카는 다리나 대신의 첫째 아내의 딸인데 열일곱 살이고, 야소다라는 둘째 아내의 딸인데 열여섯 살이고, 고타미는 셋째 아내의 딸인데 마찬가지로 열여섯 살이었다. 둘째 아내에게는 아난다라는 아들이 있는데 열다섯 살이었다. 성정이 여자처럼 순했고 외출을 잘 하려 하지 않았고, 방에 들어앉아 책만 부지런히 읽었다. 셋째 아내에게서는 데바닷타라는 아들이 태어났는데 열세 살이었다. 데바닷타는 투정이 심했고, 성질이 급하고 거칠어 누님들과 자주 다투었고, 다툴 때마다 머리채를 잡아 흔들고 주먹을 휘둘러 누님들을 울려놓곤 했다.

둘째 딸인 야소다라는 조숙하여 첫째 딸인 고비카보다 체구가 훨씬 더 컸다. 셋째 딸 고타미는 체구가 작달막했고 앙증스러웠다. 고비카와 고타미는 얼굴이 둥글납작하고 가무잡잡했고, 야소다라는 얼굴이 갸름하고 살갗이 희었다.

야소다라의 코는 오뚝했고, 목이 길었고, 눈이 초롱초롱 빛났다. 그녀는 가슴이 풍만했고, 허리가 잘록했고, 다리가 길었다. 고비카는 가슴이 작았고, 허리가 굵었다. 그녀는 몸단장도 수수하게 하고, 코걸이 귀걸이 팔찌 들을 간소하게 했다. 속눈썹이 유달리 긴 야소다라는 금과 은과 옥으로 된 장식품들을 주렁주렁 달았다. 고비카와 고타미는 머리를 짧게 잘랐지만, 야소다라는 가슴과 등허리까지 내려오도록 치렁치렁 늘어뜨렸다. 고비카는 향수를 쓰지 않았는데, 야소다라와 고타미는 진한 향수를 썼다. 고비카의 목소리는 약간 굵었는데, 야소다라의 목소리는 현악기의 음률처럼 가늘면서 쩽 울리는 데가 있고, 콧소리가 짙게

섞여 있었고, 고타미의 목소리는 작은 방울 소리처럼 여리고 가늘었다. 고비카는 몸짓이 남성처럼 뻣뻣한데, 야소다라는 야들야들 부드럽게 휘어지고 요염하고, 고타미는 작고 귀염성스러웠다.

슈도다나 왕은 동생의 세 딸을 가끔 보았다. 다리나 재정대신은 세 딸과 아들 아난다와 데바닷타를 왕궁으로 오게 해서 슈도다나 왕과 싯다르타 태자에게 인사를 시키곤 했다. 슈도다나 왕은 각기 다양한 아름다움과 귀염성을 지니고 있는 동생의 세 딸 고비카와 야소다라와 고타미를 싯다르타와 결혼시킨다면, 그들 셋이 싯다르타의 마음을 사로잡으리라고 생각했다. 그는 특히 야소다라에게 기대를 걸었다. 궁중 연회 때 야소다라는 무희들과 어울려 춤을 추었고 노래를 불렀는데 사람들이 모두 환호성을 질렀다. 요염하기도 하려니와 사람을 사로잡는 매력이 있었다.

슈도다나 왕은 자기 아들 싯다르타가 부디 사문이 되려 하지 않고, 부처와 같은 초탈의 삶을 살지 않고, 전륜성왕 같은 세속적인 영웅이 되어 온 누리를 휘어잡기를 바랐다.

태자 교육청의 스승 크샨티데바는 싯다르타 속에 전륜성왕이 들어 있다고 예언했는데, 다른 스승 비슈바미트라는 싯다르타 속에 부처가 들어 있다고, 사문이 되어 출가할 가능성이 많다고 예언했다. 태자 교육을 맡고 있는 그들 두 스승의 말 중 누구의 예언이 옳을까. 비슈바미트라의 말이 옳다면 어찌할까. 싯다르타가 출가를 하여 사문이 될 수도 있다니, 왕궁을 누구에게 넘겨주고 출가를 한단 말인가. 그것은 끔찍한 일이었다.

'세상살이가 얼마나 즐겁고 달콤하고 황홀한 것인가를 알게 해야 한다. 황홀한 꿈속에서 깨어나지 못하게 막아야 한다.'

슈도다나 왕은 싯다르타의 장인이 될 다리나 재정대신에게 신신당부를 했다. 딸들의 신부 수업을 철저하게 시키라고. 아내로서의 예절 교육은 물론이고, 남자의 마음을 사로잡는 방법, 남자가 여성에게 깊이 빠져들게 하는 사랑의 기교를 습득하게 하라고. 싯다르타가 초월적인 삶 속으로 빠져들지 않도록 한사코 달콤한 일상 속에 젖어들게 하라고. '카마수트라'를 충분히 습득하게 하라고. 그리하여 장차 남편을 꽃의 음습한 둥지에 깊이 빠지게 하고, 향기로운 늪 속에서 무지개의 꿈을 꾸도록 하라고.

슈도다나 왕의 명에 따라 태자 혼례청이 설치되었다. 태자 혼례청은 싯다르타의 혼례 상대로 다리나 제정대신의 세 딸을 지목했다. 싯다르타가 열여섯 살 되는 해, 아소카나무의 꽃이 피는 철에 상현달이 아름다운 상서로운 길일을 혼례 날짜로 잡았다.

혼례는 일사천리로 진행되었다. 의전대신은 나라 안팎의 귀빈들을 초청했다. 왕궁 전체가 꽃동산으로 변했다. 허공에 거미줄같이 줄을 치고 거기에 주렁주렁 아소카나무 꽃송이들을 매달았다. 악사들이 현악기와 관악기와 타악기로 아악을 연주했고, 무희들이 너울너울 춤을 추었다. 나라 안에서 가장 뛰어난 요리사들이 모여들어 산해진미의 혼례 잔칫상을 차렸다.

혼례식은 사흘에 걸쳐 진행되었다. 첫날은 싯다르타와 큰딸 고비카의 혼례였다.

신랑이 탈 흰 코끼리의 머리와 허리와 꼬리와 안장과, 신부가 탈 백마의 머리와 갈기와 안장과 꼬리에는 금과 은의 장식물을 달았고, 울긋불긋한 꽃을 달았다. 신랑에게는 진분홍의 예복을 입히고, 신부 고비카에게는 아소카나무 꽃송이 같은 색깔의 예복을 입혔다. 머리에는 샛노란 금구슬, 하얀 은구슬, 붉은 옥구슬, 푸른 비취옥구슬을 달고, 금목걸이와 은팔찌를 주렁주렁 걸었다.

신랑의 혼주인 슈도다나 왕 내외와 신부의 혼주인 다리나 재정대신 내외, 그리고 일반 대신들은 화려한 붉은 옷들을 입고 혼례청에서 귀빈들을 맞았다. 수백 명의 시녀와 시종들은 연분홍 색깔의 옷을 입고 머리에 꽃을 꽂은 채 신랑과 신부를 에워쌌다.

치마 모양의 흰색 도포를 입은 브라만 사제의 주례로 예식이 진행되었다. 사제는 먼저 베다 한 대목을 암송하고 나서, 이 결혼이 신의 뜻에 의해 이루어지고 있음을 숭엄하게 선포했다. 이어 신들에게 희생물이 바쳐졌고, 무희들이 찬가를 불렀고, 사제가 신의 뜻에 따라 근엄한 목소리로 주례의 덕담을 했다.

"신랑 싯다르타 태자는 하늘과 땅과 강과 바다를 관장하는 모든 신의 뜻에 따라, 장차 전륜성왕이 되어 온 세상을 통일하게 될 것이고, 고비카 신부는 남편을 보필하면서 왕자와 공주들을 줄줄이 생산하여 이 나라를 영원히 부강하고 창성하게 지킬 것입니다. 모든 신들은 신랑 신부의 가정에 길이 행복과 화평이 가득하게 은혜를 베풀 것입니다."

귀빈들은 그 덕담에 대하여 우레 같은 박수와 환호성으로 화답했고, 시녀와 시종들은 신랑과 신부를 향해 꽃가루를 흩뿌렸다. 신랑과 신부는 초례청에 가득 찬 귀빈들과 시녀와 시종들이 던지는 꽃가루 세례를 받으면서 천천히 시위를 했다. 앞장선 신랑 싯다르타를 신부 고비카가 뒤따랐다.

　해가 지평선 너머로 떨어지고 그 위로 피처럼 새빨간 노을이 피어올랐다. 노을빛에 신랑과 신부의 얼굴이 붉게 물들었다. 귀빈들은 음식을 먹고, 술을 마시고, 아악에 맞추어 춤을 추었다. 시종들과 시녀들도 음식을 먹고 술을 마시고 춤을 추었다. 날이 어두워졌을 때, 신랑과 신부를 둘러싼 귀빈들과 시녀와 시종들은 악마를 쫓는 폭죽을 터뜨리면서 괴성을 질러댔다.

환혹

신부의 궁은 셋이었는데 하나는 망고나무 숲 무성한 뒷동산의 남쪽에 있고, 다른 하나는 그 뒷동산의 동쪽에 있고, 또 다른 하나는 그 뒷동산의 서쪽에 있었다. 세 신부의 궁은 이 백여 걸음씩이나 서로 떨어져 있는데 삼각형의 꼭지점에 놓여 있었다. 이날 밤에는 남쪽의 고비카 궁에만 초롱들이 환히 켜져 있었다. 고비카 궁에는 두 사람의 시녀가 시중을 들었다.

신랑 싯다르타와 신부 고비카는 남쪽 신부의 궁으로 들어갔다. 신랑이 좌정했고 신부는 신랑 앞에 오체투지의 절을 했다. 신랑은 신부의 예복을 벗겨주었다. 고비카의 하얀 속옷에 감싸인 거무스레한 알몸이 드러났다. 가끔 보아온 사촌 누이 고비카였지만, 이날 밤 성장한 그녀는 생소하게 느껴졌다. 살갗이 딱딱하고 뻣뻣할 것 같은 예감이 들었다. 신부가 신랑의 예복을 벗겨주었다. 하얀 명주 속옷이 드러났다. 싯다르타는 스승 크샨티데바에게서 배운 대로 합환의 술상을 가운데 놓고 마주 앉았다. 신부가 두 개의 잔에 술을 따랐고, 둘은 잔을 들어 마셨다. 사랑의 미약이 들어 있는 술이었다. 멀지 않은 곳에서 축하의 노랫소리가 들려왔다. 그들은 가슴이 심하게 우둔거렸고, 눈앞이 황홀해졌다. 잠자리 날개 같은 망사 커튼이 늘어뜨려져 있는 침실로 들어갔다. 이제 신랑 신부는 알몸이 되어, 카마수트라를 통해 배운 대로 성애를 치러야 할 차례였다. 한데 신부가 알몸 되기를 거부했고 무릎을 꿇고 앉은 채 슬피 울었다. 달거리 중이어서 잠자리를 함께할 수 없다는 것이었다. 그들은 알몸이 되지 않은 채 어색한 몸짓으로 자리에 누웠다. 하루 동안의 기나긴 행사로 지친 싯다르타는 깊은 잠 속으로 빠져들었다.

다음 날 두 번째 신부를 맞이하는 혼례식이 거행되었다. 이날의 신부는 다리나 재정대신의 둘째 딸 야소다라였다. 첫날처럼 화려한 혼례식이 치러졌다. 신랑 신부가 터지는 폭죽들을 뒤로하고 동쪽에 있는 야소다라 궁을 향해 갔다.

이날 혼례식을 치르는 동안 내내 싯다르타는 '왜 신부가 셋이어야 하는가.' 하는 의혹을 떨칠 수 없었다. 이틀에 걸쳐 시행되는 혼례식으로 인해 그는 지쳐 있었다. 싯다르타의 얼굴은 굳어져 있었다. 싯다르타의 속마음을 꿰뚫은 이모 프라자파티가 옆으로 다가와서 말했다.

"태자, 얼굴을 펴시오. 크샤트리아인 태자는 운명적으로 세 아내를 거느려야 합니다. 세 아내를 거느렸다고 해서 밤마다 세 아내와 함께 잠자리를 같이할 필요는 없습니다. 태자는 어느 날 밤이든지 마음이 가는 대로, 첫째 신부 고비카를 선택할 수도 있고, 둘째 신부 야소다라를 선택할 수도 있고, 셋째 신부 고타미를 선택할 수도 있습니다. 태자는 어느 누구의 눈치도 보지 말고, 조금도 망설임 없이 마음 가는 대로 한 신부를 선택할 권리가 있습니다. 일단 어느 한쪽을 선택하여 그 궁으로 들어가시면 그 궁에서 그 신부하고 그날 밤을 지내야 합니다. 물론 다음 날은 다른 신부의 궁으로 가서 그 신부와 즐긴 다음 그 신부와 더불어 잠들 수 있고, 그렇게 하지 않고 다시 첫날 잠자리를 함께했던 그 신부의 궁에서 또 잠들 수도 있습니다. 세 신부는 자매 사이입니다. 세 자매가 신랑인 싯다르타 태자를 가운데 두고 서로 차지하려고, 서로를 질시하고 투기하고 싸우지 않도록 태자는 공평하게 세 신부를 사랑해야 합니다. 그렇지만 태자의 마음에 조금치라도 싫은 정이 드는 신부가 있다면, 그 신부에게는 가지 않아도 됩니다. 물론 그런 슬픈 일은 없어야 합니다. 부담 가지지 말고 마음을 편안하게 가지시오."

그 말을 남기고 프라자파티는 왕후의 궁으로 돌아갔다. 그때 스승 크샨티데바가 다가와 말했다.

"전륜성왕은 지상 최대의 영웅입니다. 영웅은 현재 시간 한가운데서 과거 시간과 미래 시간을 아울러 융합하는, 이 세상에서 가장 위대한 남성인 것입니다. 장차 천하를 통일하게 될 전륜성왕은 신부 셋을…… 아니 열도 더 거느릴 수 있습니다. 전륜성왕은 호쾌하게 사랑을 나눌 수 있어야 합니다. 전륜성왕은 사랑 행위를 부끄러워하지 않아야 합니다. 태자는 장차 전륜성왕이 될 것입니다. 모든 행위를 투철하고 과감하게, 떳떳하게 하십시오."

크샨티데바는 싯다르타를 향해 눈을 찡긋거려주고 돌아갔다.

싯다르타는 그 자리에 우두커니 서 있었다. 머리 위에서 별들이 반짝거렸다. 그는 붉은색을 띤 별을 찾아냈다. 그 별에는 여신의 이름이 붙어 있었다. 카마 여신이었다. 사랑은 화살과 같다고 스승 비슈바미트라가 말했었다.

야소다라 신부 궁의 문 앞에서 기다리고 있던 두 연분홍색 옷의 시녀가 머리와 허리를 깊이 숙여 신랑 신부를 맞이했고 궁 안으로 모셔들였다. 궁 안에는 연분홍색의 등, 진분홍색의 등, 진홍색의 등, 노란색의 등, 하얀 등 들이 켜져 있었다. 아소카꽃 색깔의 예복을 입고 화관을 쓴 야소다라 신부는 방 한가운데에 들어선 다음 신랑을 좌정하게 하고 오체투지의 절을 했다. 야소다라의 얼굴은 싯다르타가 전에 가끔 대면하여 온 터이지만, 이날 밤 요염한 색등 불빛 아래에 앉은, 예복을 입고 진하게 화장을 한 신부로서의 얼굴은 낯설었다. 그녀의 성스러운 화려한 장식과 그녀에게서 풍겨오는 진한 향기도 낯설었다. 싯다르타는 크샨티데바가 가르쳐준 대로 신부의 예복을 벗겼다. 얄따란 하얀 속옷이 드러났다. 잠자리 날개 같은 반투명의 속옷이었다. 알몸이 어렴풋하게 드러났다. 속옷 차림을 한 신부가 몸을 일으키고 싯다르타의 예복을 벗겼다. 그의 하얀 속옷이 드러났다.

방 한쪽에 황금빛이 나는 탁자가 놓여 있었다. 그들은 탁자를 가운데 놓고 마주 앉았다. 탁자 위에는 칠보 술병과 잔이 놓여 있었다. 신부 야소다라가 두 개의 잔에 술을 따랐고, 싯다르타와 야소다라는 술잔한 개씩을 들었다. 술을 마셨다. 그것은 사랑의 미약이 들어 있는 달콤새큼한 술이었다. 미약에 취한 그들은 가슴이 설레었다. 서로의 눈에서 날아간 사랑의 화살이 상대의 가슴에 꽂히고 있었다. 그들은 침실로 들어갔고, 사랑의 교과서, 카마수트라를 통해 배운 사랑 놀음을 하기 시작했다. 신랑은 스승 크샨티데바에게서 카마수트라를 배우고, 신부는 어머니에게서 카마수트라를 배웠다. 카마수트라에는 성행위의 여러 가지 자세와 남녀의 체위와 성감대에 대하여, 그림과 글로 설명해놓고 있었다. 그들은 그것을 통해 배운 대로 서투르고 어설프게 실천하고 있었다. 칠색의 무지개다리를 따라 하늘로 날아 올라가는 황홀한 사랑 놀음이었다.

다음 날 셋째 신부를 맞이하는 혼례식이 거행되었다. 이날의 신부는 다리나 재정대신의 셋째 딸 고타미였다. 이날 싯다르타는 더욱 피곤했고 짜증이 났다. 혼례식이 거행되는 동안 졸음이 밀려들었다. 다 뿌리치고 야소다라의 궁으로 들어가 그녀를 끌어안고 잠들고 싶었다. 그렇지만 참고 혼례식이 끝나기를 기다렸다.

날이 저물었고, 신랑과 신부는 터지는 폭죽들을 뒤로한 채 서쪽의 고타미 신부 궁을 향해 걸어갔다. 시녀들이 그들을 모셔 들였고, 그는 신부의 오체투지 절을 받은 다음 그녀의 예복을 벗겼다. 그녀가 그의 예복을 벗겼고, 그들은 합환의 술을 마셨다. 그는 미약이 들어 있는 술을 양껏 마셨고, 취해버렸다. 고타미는 체구가 작달막했고, 가슴이 작았고, 가무잡잡한 얼굴은 앙증스러웠다. 침실로 들어가자마자 그는 잠에 떨어졌다. 자다가 소피가 마려워 일어나니 고타미가 그의 옆구리에 얼굴을 묻은 채 자고 있었다. 붉은 촛불의 음영에 어른거리는 고타미의 잠들어 있는 얼굴이 흉했다. 머리가 헝클어지고 화장이 지워지고 일그러져 있는 데다 입을 벌리고 있었다.

싯다르타의 궁은 삼각형의 꼭지 부분에 있는 세 신부의 궁 한가운데 있었다. 다음 날 밤 그는 어느 신부를 선택할까, 망설였다. 고비카는 얼굴 살갗이 거무스레하고 목석처럼 딱딱하고 건조하고 뻣뻣하게 느껴졌다. 그런데다 달거리로 인해 그를 거부하고 나서 슬피 울던 기억이 생생했다. 야소다라는 가슴이 풍성했고, 갸름한 얼굴 살갗이 희고 부드럽고 말랑말랑하고 촉촉했고 속살이 뜨거웠다. 고타미는 아직 어린 티가 났고 앙증스러울 뿐 가슴을 저리게 하는 사랑의 정이 느껴지지 않았다.

하늘의 별들이 금방 쏟아져 내릴 듯이 수런거렸다. 어느 신부를 선택할까. 싯다르타는 한동안, 고비카에게 갈까, 야소다라에게 갈까, 고타미에게 갈까 망설였다. 등 뒤의 어둠 속에서 한 목소리가 들려왔다. '오늘은 첫째 신부에게 가고, 내일은 둘째 신부에게 가고, 모레는 셋째 신부에게 가야 합니다.' 그것은 그의 가슴에서 들리는 다르마의 목소리였다. 한데 싯다르타는 달거리로 인한 구중중한 냄새와 뻣뻣하게 느껴지는 고비카가 싫었다. 그의 의식 근저에서 들려오는 소리가 있었다. '가슴이 풍성하고, 얼굴이 희고 살결이 야들야들한 야소다라에게로 가야 합니다. 야소다라는 태자마마를 오래전부터 사랑했습니다. 가슴이 가장 뜨거운 여성입니다. 야소다라는 가슴 조이며 기다리고 있습니다.' 싯다르타의 머리에 고비카와 야소다라와 고타미의 얼굴이 나란히 떠올랐다. 고비카가 거무스레한 버섯이라면 야소다라는 샛노란 하늘복숭아이고 고타미는 암갈색의 알밤 한 알이었다. 싯다르타는 그래, 하고 마음의 결정을 하고, 동쪽 야소다라 신부의 궁을 향해 성큼성큼 나아갔다. 등 뒤에서 지키던 그림자 같은 시종들은 바람처럼 사라졌다.

야소다라

야소다라의 야들야들하면서도 탄력이 있는 입술과 뜨거운 침은 다디달았고, 그녀의 부드러운 혀는 싯다르타의 전신에 전율이 일어나도록 뜨거웠다. 그녀의 봉싯한 젖가슴의 싱싱한 오디 같은 보라색 유두가 그의 가슴을 아리게 했고, 성합은 어지러운 가운데서 이루어졌다. 그것은 전율의 연속이고, 정신을 깜박 잃어버리게 하는 황홀이었고 환혹이었다. 그녀의 몸에 뚫려 있는 모든 구멍들은 싯다르타의 감각과 시간을 마비시켰다. 시간이 그와 그녀를 먹어대고 있었다. 그는 멍해진 채 진저리를 치거나 눈을 감은 채 무지개를 타고 날아갔다. 자는 것도 아니고, 깨어 있는 것도 아닌 몽롱한 시간이 그들의 몸과 마음을 야금야금 먹었다. 한없이 깊고 높고 너른 허공을 꽃구름처럼 둥둥 떠서 헤매었다.

야소다라는 사람이 아니고, 싯다르타를 홀리는 하얀 과즙의 달빛 같은 거품으로 만들어진 여신이었다. 그녀의 품에 안기어 있으면 두 스승 크샨티데바나 비슈바미트라에게서 배운 제왕학, 문학, 음악, 미학, 윤리학, 논리학, 철학, 종교학 들이 흐물흐물 녹아버렸다. 여신의 맨살

앞에서는 세상의 모든 일들이 아무런 의미도 없게 느껴졌다. 슈도다나 왕이나 이모 프라자파티는 아득한 먼 세상에 사는, 아지랑이로 만들어진 허깨비들인 듯싶었다. 세상에는 오직 여신 같은 야소다라와 그만 존재하는 듯싶었다. 그들은 밤인지 낮인지 모르고, 식음을 전폐하고 사랑에 빠졌다. 자고 일어나서, 배고픔을 간단한 음식으로 달래고는 다시 사랑을 하고, 그 사랑을 끝내고 나서는 죽음처럼 깊은 잠의 수렁 속으로 빠져 들어갔다.

그들의 사랑 속에서 시간은 흐름을 멈추었다. 시간이 그들을 삼키고, 세상은 맴을 도는 어질어질한 혼돈이었다. 혼돈의 심연이 그들을 안고 회전하는 물레방아 바퀴처럼 맴돌았다. 몇 날 며칠이 흘러갔는지 그들은 알 수 없었다. 깊이 잠이 들어 있는데 밖에서 시녀의 목소리가 들려왔다.

"태자마마께 아룁니다. 오늘 왕후마마께서 다녀가시면서 명하셨습니다. 이제 그만 기침을 하시고, 고비카 신부 궁과 고타미 신부 궁에도 들르셔야 한다고……."

야소다라는 살가우면서도 알뜰하고 섬세하고 치밀하고 정갈한 여자였다. 그녀는 곤히 잠들어 있는 싯다르타를 깨우려 하지 않고, 혼자서 살며시 일어나 얼굴과 몸을 씻고, 헝클어진 머리를 매만지고 산뜻한 새 옷으로 갈아입고 가벼운 화장을 다시 하고 향수를 뿌린 다음 싯다르타의 머리맡에 앉아 지키고 있곤 했다. 야소다라의 친정어머니는 그녀에게 신신당부를 했었다. 태자마마의 마음을 변함없이 사로잡으려면 한사코 정갈하고 섬세하고 부지런해야 한다고 했다. 함께 사랑을 나누다가 깊이 잠이 들면, 중간에 살며시 일어나 사랑 놀음으로 지저분해 진 얼굴과 몸을 씻고 머리를 만지고 다시 화장을 한 다음 새로운 향수를 뿌리고 새 옷을 갈아입은 채 남편이 잠에서 깨어나기를 기다리고 있어야 한다고 했다. 그 어떠한 경우에도 환혹 속에서 깨어난 태자마마에게, 정갈하지 못하고 아름답지 못한 모습을 보여주어서는 절대로 안 된다는 것이었다. 아내가 사랑 놀음으로 지저분해진 모습을 그대로 남편에게 보여주면 남편은 곧 다른 신선한 여자를 찾아 떠난다는 것이었다. 그리고 남편에게 다른 아내를 투기하는 모습을 보여도 안 된다고 했다. 한사코 천사처럼 너그럽고 사근사근하고 자비스러운 마음으로 다른 신부의 처지를 이해하고 감싸주는 모습을 보여야 한다고 했다.

야소다라는 이제 싯다르타 태자를 다른 두 신부에게, 극히 형식적으로 한두 차례씩은 보내주어야 한다고 생각했다. 태자를 내내 붙잡고 있으면, 왕후 프라자파티와 자매인 다른 두 신부에게 밉보일 수도 있는 것 아니겠는가. 어차피 싯다르타의 마음을 사로잡고 차지한 처지이고, 앞으로도 태자의 마음이 쉽사리 고비카나 고타미에게 기울어지지 않을 터이므로, 자기는 넉넉하고 자비롭게 두 신부에게 관용을 베풀어야 할 듯싶었다. 그래야 태자의 마음을 잃지 않을 것 아닌가. 그녀는 몸을 일으키고 싯다르타 태자 앞에 무릎을 꿇고 말했다.

"태자마마, 욕심 많고 어리석은 소녀가 태자마마의 사랑에 빠져 그만 넋을 잃고 있었습니다. 태자마마께서는 정신을 가다듬으시고, 어서 두 신부 궁에 가시어, 외로워하고 있는 그들을 달래주십시오. 그리고 이 야소다라가 보고 싶으시면 언제든지 다시 또 오십시오."

싯다르타는 눈을 뜨고 눈앞에 다소곳이 앉아 있는 야소다라를 바라보았다. 간밤에 본 야소다라가 아니었다. 전혀 다른 신선한 여신이 강림해 있는 듯싶었다. 또한 전에 맡았던 향기가 아닌 전혀 새로운 향기가 야소다라에게서 풍겨왔다. 그는 야소다라를 끌어안으면서 문밖의 시녀에게 차갑고 퉁명스럽게 명령했다.

"고약하구나. 나는 이 나라의 태자이다. 태자는 세 신부 가운데 어느 한 신부를 선택할 권한이 있다고 했느니라. 프라자파티 왕후가 말씀하시기를, 내 마음 가는 대로 신부 궁을 선택하라고 하셨고, 만일 가기 싫은 신부 궁에는 가지 않아도 된다고 하셨느니라. 고비카 신부와 고타미 신부에게 가서 전하도록 하여라. 태자는 지금 피곤해서 갈 수 없다고 일러라."

문밖이 잠잠해졌을 때, 싯다르타는 야소다라의 품에 얼굴을 묻었다. 야소다라는 가볍게 앙탈하며 말했다.

"태자마마, 이래서는 안 됩니다. 어서 일어나서 다른 신부 궁으로 가서 외로워하고 있는 그들을 달래주십시오."

싯다르타는 그 말을 아랑곳하지 않고 야소다라의 가슴을 더듬으며 눈을 감았다. 그는 어린 시절, 아물아물한 기억 속의 유모의 풍성한 젖무덤을 연상하며, 그녀의 가슴과 꿀맛 같은 육체와 싱그러운 향기에 빠져들었다.

말타기와 활쏘기

다음 날 아침에 싯다르타는, 시녀가 문밖에서 "태자마마, 날이 밝았습니다." 하고 아뢰어서야 잠에서 깨었다. 시녀가 말을 이었다.

"태자 교육청의 두 스승님이 시종을 보내왔습니다. 태자마마께서 이렇게 몇 날 며칠 동안 밤낮으로 침실 안에만 계시니, 건강이 상하실까 걱정이 된다 하옵고, 이제는 그동안 미뤄두었던 공부를 계속해야 한다고 전해드리라 합니다."

창문에 비친 흰 햇살에 눈이 부셨다. 싯다르타는 그렇다, 공부를 너무 오랫동안 잊고 있었구나, 하고 생각하며 몸을 일으켰다. 눈앞이 어질어질했고 창문과 천장이 기우뚱거렸다. 싯다르타는 휘청거렸다. 연분홍의 새 옷을 차려입고 정갈하고 상큼하게 머리단장 얼굴단장을 한 야소다라가 들어와 한쪽 팔을 부축해 일으켜주었다. 옷을 갖추어 입고 밖으로 나가자, 태자 교육청의 시종이 머리와 허리를 깊이 숙이고 있었다. 야소다라가 뒤따라 나와서 아침을 들고 가셔야 한다고 말했다. 야소다라의 치맛자락이 산들바람에 팔랑거렸다. 그녀의 뒤에 시녀들이

서 있었다.

태자 교육청으로 가자 크샨티데바와 비슈바미트라가 싯다르타를 기다리고 있었다. 비슈바미트라가 싯다르타의 부석부석한 눈매를 보며 말했다.

"태자마마, 신혼의 단꿈이 아직 덜 깬 모양입니다."

싯다르타는 부끄러워 스승의 얼굴을 마주 보지 못했다. 크샨티데바가 말했다.

"단꿈이 너무 길면 옥체에도 해롭고, 태자마마가 닦아야 할 제왕학 공부에도 지장이 있습니다. 태자마마는 장차 전륜성왕이 되실 거라는 것을 잊지 마셔야 합니다. 오늘은 신혼 전에 하셨던 마상에서의 칼 쓰기를 복습할 차례입니다. 오늘 공부는 무리하지 않게, 몸을 푸는 정도로만 하십시오."

싯다르타는 새빨간 승마복으로 갈아입고 승마용 장화를 신었다. 승마장에는 얼굴 가무잡잡한 마부 찬타카와 털이 하얀 말 칸타카가 싯다르타를 기다리고 있었다. 찬타카가 말고삐를 잡고 있다가 싯다르타를 향해 머리를 깊이 숙여 절을 했다. 백마 칸타카는 처녀 말이었다. 허리가 늘씬하고 목이 길고 털이 매끄러웠다. 말을 탄 지가 언제인가. 교육청의 조교가 그의 허리에 칼을 채워주었다. 금장식이 되어 있는 장도였다. 칼의 무게가 허리춤을 지그시 짓눌렀다. 승마 수련장의 가장자리에는 짚으로 만든 인형 표적 열 개가 드문드문 서 있었다. 말 머리로 가까이 다가온 크샨티데바가 한 손을 들어 널찍한 마장 안을 가리키며 말했다.

"먼저 한 바퀴 돌고 나서, 두 바퀴째 돌면서 저 표적들을 한 개씩 마상에서 자르십시오. 칼은 잘 벼리어 있습니다. 첫째는 등자를 디디는 양쪽 발과 무릎으로 말의 등을 힘껏 조이셔야 하고, 낙마하지 않도록 말이 달리는 율동과 탄력을 잘 이용해야 합니다. 둘째는 칼을 놓치지 않도록 자루를 단단히 잡으시고, 셋째는 휘둘러 치는 칼날에 말이 다치지 않도록 주의하십시오. 넷째는 칼자루가 새와 같다는 것을 명심하십시오. 너무 힘주어 잡으면 죽고, 너무 가벼이 잡으면 날아가 버립니다. 한사코 알맞은 힘으로 잡고 유연하게 사용해야 합니다.”

싯다르타는 '칼자루는 새하고 같다.'는 말뜻을 잘 알고 있었다. 너무 힘주어 잡으면 죽는다는 말은 새가 죽는다는 뜻이 아니다. 칼을 잡은 손에 너무 많은 힘을 주면, 그 칼을 쓰는 자가 칼을 자기의 기량껏 운용할 수 없는 까닭으로 적의 칼에 죽는다는 것이다. '너무 가벼이 잡으면 날아간다.'는 것은 칼을 쓰다가 칼자루를 놓치게 된다는 것이다.

그는 먼저 말에게로 가서 두 손바닥으로 말의 양쪽 볼을 감싸주었다: 말의 체취가 콧속으로 날아들었다. 민물고기의 비린내 같기도 하고, 분꽃 향기 같기도 하고, 잘 구워진 양고기의 고소한 냄새 같기도 했다. 그는 킁킁 말의 체취를 즐기며, 두 팔을 벌려 말의 머리를 가슴에 안았다. 그의 가슴에 안긴 말은 눈을 끔벅거리고 코를 실룩거리면서 그의 체취를 들이켜고 흥흥거렸고, 머리를 잔망스럽게 흔들었다. 윤기 있는 말 갈기가 찰랑거렸고, 털들이 미세하게 떨렸다. 말이 진저리를 치고 있었다. 그의 체취를 알아보고 즐기면서 반가워하는 것이었다. 그는 한 손으로 말의 목을 쓸어주고 토닥거려주었다. 두 손으로 말안장 가장자리를 잡고 왼쪽 다리를 힘껏 들어 올려 등자 속에 발을 집어넣었다. 그 발에 힘을 싣고, 동시에 말안장을 당기면서 오른발로 땅을 힘껏 걷어차 밀며 몸을 말 잔등 쪽으로 날렸다. 마부 찬타카가 재빨리 그의 엉덩이를 두 손으로 떠받쳐 올려주었고, 그는 말 잔등 위의 안장에 올라앉았다. 그의 몸을 태운 말이 몸의 중심을 잡느라고 잠시 네발을 조금씩 옮겨 디뎠다. 은으로 만든 타원형의 등자에 끼워 넣은 두 발에 지그시 힘을 주면서 무 릎으로 말의 양쪽 배와 갈빗대를 조였다. 안장은 얇은 천이었고, 천 밑 에는 말 잔등의 털이 있었다. 그의 엉덩이가 말의 보풀보풀한 털과 맞닿 았다. 그는 엉덩이를 살짝 들어 올렸다가 놓으며 앉음새를 바로잡았다. 순간 야소다라의 야들야들한 뱃살이 떠올랐다. 그는 달콤한 물결 같은 전율 속에 빠져들었고 눈앞이 어질어질했고 숨이 가빠졌다. 야소다라의 뱃살은 매끄럽고 부드럽고 탄력이 있었다. 야소다라는 그를 끝도 갓도 없는 환혹 속으로 이끌고 심연 같은 깊은 곳으로 가라앉아갔다. 그가 환 혹 속에서 깨었을 때면, 그녀는 언제든지 진즉 깨어 일어나 그를 내려다 보고 있곤 했다. 머리를 곱게 빗고, 산뜻한 새 옷을 온전하게 갖추어 입 고 새 얼굴, 새 머리 모양이 되어 있었다. 그녀는 자기의 벌거벗은 몸을 그에게 보여주지 않았다. 그는 그녀와 알몸을 섞은 일들이 꿈만 같았다. 그녀의 속살은 달콤하기도 하고 새콤하기도 했다.

고개를 저어서 야소다라에 대한 생각을 떨어버리고, 수련장 가장자 리에 늘어서 있는 짚으로 만든 인형 표적들을 바라보았다. 표적은 모두 열 개였다. 오늘 저것들을 다 실수 없이 베어야 한다.

왼손으로 고삐를 잡고 오른손으로 칼자루를 잡으면서, '칼은 새와 같다. 너무 힘주어 잡으면 죽고, 너무 가벼이 잡으면 날아간다.'는 스승의 말을 떠올렸다. 양쪽 등자에 찌른 발에다 힘을 주고 두 무릎으로 말의 갈비뼈를 양쪽에서 조이며 몸의 균형을 잡고 고삐를 흔들어 말을 몰았다. 말이 고개를 꼿꼿이 쳐들면서 달렸다. 먼저 수련장을 한 바퀴 돌고 나서 표적 앞으로 달려가도록 고삐를 살짝 오른쪽으로 잡아챘다. 훈련이 잘된 말 칸타카는 표적을 치기 좋도록 달려주었다. 싯다르타는 어깨와 팔뚝의 힘이 칼날 쪽으로 흘러가 맺히게 하면서, 말의 탄력 좋은 율동을 이용하여 춤을 추듯이 휘둘러 내리쳤다. 표적의 중동이 베어지면서 윗부분이 땅으로 흘러내렸다. 표적은 스무 걸음쯤의 간격으로 늘어서 있었다. 그는 다시 칼을 치켜들었다가 두 번째 표적을 내리쳤다. 두 번째 것은 정확하게 베었는데 세 번째 것을 놓쳤고, 네 번째 다섯 번째의 표적을 베고, 여섯 번째 것을 놓쳤다. 일곱 번째 표적, 여덟 번째 표적, 아홉 번째 표적을 베고, 열 번째 것을 놓쳤다. 크샨티데바가 말 위의 싯다르타를 향해 소리쳐 말했다.

"베지 못한 표적들을 다시 돌아가서 베십시오."

싯다르타는 수련장을 한 바퀴 돈 다음 베지 못한 표적들을 향해 말을 몰았다. 이번에는 베지 못했던 것들을 모두 베었다. 출발선으로 돌아온 싯다르타는 말에서 내리자마자 말 칸타카의 앞으로 가서 두 팔을 벌려 머리를 안아주고, 볼을 가져다가 말의 볼에 대었다. 한 손으로 갈기에 덮여 있는 말의 목을 토닥거려주었다.

수련장의 시종들이 베어진 표적들을 치우고 새 표적들을 세웠다. 크샨티데바가 싯다르타에게 말했다.

"전륜성왕은 하얀 말을 타고 적진으로 뛰어들어 적들을 베고 적장의 항복을 받아야 합니다. 태자마마는 지금부터 세상의 적을 베는 훈련을 해야 합니다."

크샨티데바는 잠시 말을 끊었다가 전보다 더욱 견고한 목소리로 말을 이었다. 목소리에 쇳소리가 섞여 있었다.

"지금부터 제가 하는 말씀을 명심하십시오. 세상의 적만 적이 아닙니다. 남자에게는 자기의 영혼을 환혹 속에 빠지게 하고 달뜨게 하는 달콤한 여신의 사랑도 적일 수 있습니다. 적들은 미인계로 상대편 장수의 목숨을 노리기도 합니다. 그들은 고혹적인 미녀 기사를 앞장세워 전륜성왕을 공격하기도 합니다. 여성과 사랑이란 것은 좋은 치유의 약이면서 동시에 독입니다. 사랑이 독일 경우 그것은 남자의 가장 큰 적입니다. 여성은 황홀한 기쁨 속에 빠지게 하는 존재이지만, 너무 오랫동안 그 속에 빠져 있으면 남자의 기를 쇠하게 합니다. 신혼 후 얼마 동안 태자마마는 황홀한 무지개 꿈속에서만 살았습니다. 사랑은 남자의 칼날을 무디어지게 합니다. 남자는 사랑을 얼싸안을 줄도 알아야 하지만 칼로 과감하게 베어 자를 줄도 알아야 합니다. 저 표적들 앞에 섰을 때는 사랑을 베어 자른다는 생각을 가져야 합니다."

크샨티데바는 다시 잠시 말을 끊고 심호흡을 한 다음 입을 열었다.

"태자마마는 야소다라 비에게만 너무 오랫동안 깊이 빠져 있었다고 들었습니다. 한 여자의 사랑은 끌어안아야 하는 것이기도 하지만 단칼에 순간적으로 베어 잘라야 하는 것이기도 합니다. 한 아내에게만 사랑을 주면 다른 아내가 시기 질투를 하고 슬퍼합니다. 한 여자가 가슴에 한을 품으면 그 한이 한여름에 무서리를 내리게 한다는 속담이 있습니다. 한사코 공평하게 세 아내를 사랑해주기 위해 한 아내에게로만 쏠리는 사랑을 과감하게 칼로 잘라야 할 필요가 있기도 합니다."

열 개의 표적이 다시 늘어서 있었다. 크샨티데바는 싯다르타에게 엄히 명령했다.

"이번에는 한 놈도 살려두지 마시고, 실수 없이 한달음에 모두 베십시오. 남자는 스스로 가슴에서 외곬으로 불타는 애욕을 과감하게 자를 줄도 알아야 합니다. 그것이야말로 칼 잘 쓰는 전륜성왕의 당당하고 올곧은 자세입니다."

싯다르타는 등자 속에 찌른 발에 힘을 주었다. 무릎과 발끝으로 말의 등과 배를 조이고 오른손으로 칼자루를 잡았다. 마찬가지로 칼은 새하고 같다는 말, 너무 힘주어 잡으면 죽고, 너무 가벼이 잡으면 날아간다는 말을 떠올렸다. 고삐를 당기고 흔들면서 등자에 끼운 발뒤꿈치로 말의 배를 힘껏 자극했다. 말이 달렸다. 한 바퀴를 돌고 나서 표적 옆으로 말을 몰았다. 이를 악물고 혼신의 힘을 다해 칼을 거듭 내리쳤다. 탄력 있는 말의 율동감과 휘둘리는 칼의 율동감을 즐기면서 한달음에 열 개의 표적을 모두 베었다.

이날 크샨티데바는 슈도다나 왕에게 싯다르타 태자의 무술이 발전하는 것으로 보아 장차 전륜성왕으로 거듭날 것임에 틀림없다고 아뢰었다.

제왕 연습

싯다르타가 열아홉 살 되는 해 봄의 어느 날, 슈도다나 왕은 태자의 재능과 지혜와 경영 능력을 시험하기로 작정했다. 대신들이 모두 모인 조회 석상에서, 자신의 건강이 좋지 못하다며, 싯다르타 태자에게 정사를 맡기고 자기는 이선으로 물러나겠다고 선포했다. 그것은 슈도다나 왕이 오래전부터 궁리한 것이었다. 모든 대신들이 놀라 세차게 도리질을 하거나 눈을 크게 뜨고, 태자는 아직 어리니까 안 된다고, 한 나라의 제왕이 정사를 펴는 데에는 손톱만큼의 실수도 있어서는 안 된다고, 명을 거두어주라고 주청했다. 슈도다나 왕은 너그럽게 웃으면서 대신들에게 말했다.

"장차, 만일 내가 어느 날 갑작스럽게 세상을 뜨게 된다면, 제왕 노릇을 해보지 않은 우리 싯다르타 태자는 크게 당황하게 될 것이오. 당황한 채 정사를 맡게 된다면 뜻밖의 큰 실수를 할 수도 있을 것 아니겠소? 나는 미리, 태자에게 제왕의 연습을 하게 하려는 것이오. 태자에게 전륜성왕으로서의 자질을 습득하게 하려는 것이니, 모든 대신들은 내

뜻을 이해하고 태자에게 협조해주시오."

슈도다나 왕은 당장 그날부터 싯다르타에게 모든 결재를 하도록 하고, 나라의 모든 살림을 주도적으로 경영하게 했다. 그것은 싯다르타에게 일종의 멍에를 걸어놓겠다는 의도였다. 싯다르타에게 딴생각을 하지 못하게 하려는 것이었다. 그러는 데에는 태자의 두 스승 크샨티데바와 비슈바미트라의 권유가 크게 한몫을 했다.

싯다르타는 아버지의 갑작스러운 처사에 당황했다. 하늘과 땅, 온 세상이 몸을 짓누르고 옥죄는 듯싶었고 숨이 막혔다. 그는 슈도다나 왕 앞에 나아가 무릎을 꿇고 아뢰었다.

"아바마마, 제발, 소자에게 정사를 맡게 하는 명령을 거두어주십시오. 저는 아직 철들지 않았고, 나라 안과 밖의 현실에 대하여 물정이 어둡습니다. 소자가 알고 있기로, 농업 소출은 많지 않고 세금은 걷히지 않아서 나라 안의 경제 사정은 어려운데, 가뜩이나 이웃 나라가 밀수로 이 나라 경제를 어지럽게 한다고 들었습니다. 그 모든 것을 소자의 힘으로는 감당할 수가 없습니다."

슈도다나 왕은 빙긋 웃으면서 도리질을 하며 말했다.

"네 스승들이 네 속에는 이미 전륜성왕이 들어 있다고 예언을 했느니라. 이제 너 스스로 겉껍질을 벗고, 속에 들어 있는 전륜성왕이 드러나게 해야 한다. 장차 봉황이 되려고 하는 네 속의 병아리는 지금 두꺼운 껍질 밖으로 나오려고 안에서 비비적댄다. 이때 밖에서 부리로 쪼는 어미 닭의 노력이 함께해야 병아리의 출현이 더욱 빨라지는 법이다. 나는 이제 늙었고, 정치 경제 문화 산업 국방 외교 등 모든 부면에서 지혜와 감각이 무디어지고 많이 낡았다. 그 구태로 인해 나라 살림살이는 번창하지 못하고 침체해 있다. 이 나라에는 젊고 참신한 너와 같은 인재가 새바람을 일으켜야 한다. 부디 생각과 지혜가 낡은 이 아버지의 명을 기꺼이 수행하기 바란다."

슈도다나 왕의 말에는 애원과 강압이 들어 있었다. 싯다르타는 태자 교육청의 두 스승에게로 달려가 말했다.

"스승님들께서 아바마마에게 가서, 저에게 제왕 노릇을 대신하라는 명을 거두어달라고 주청해주십시오. 저는 아직 나라의 정사를 감당할 수 없습니다."

크샨티데바가 잠시 생각에 잠겨 있다가 도리질을 하고 나서 말했다.

"아닙니다. 저는 오래전부터 싯다르타 태자마마의 몸 안에 들어 있는 날카로운 감수성과 번뜩거리는 신성을 읽고 있습니다. 태자마마는 세상에서 가장 눈과 귀가 밝고, 기억력이 출중하고, 영민하고, 먼 앞날을 내다보는 혜안을 가지고 있는데 그것은 운명적으로 타고난 것입니다. 슈도다나 왕께서도 태자마마의 그러한 성정을 환히 알고 있으므로, 오래전부터 백성들의 농사와 이웃 나라와의 교역과 국경 수비 문제를 싯다르타 태자에게 맡기고 싶어 했습니다. 태자마마는 지난해 농경제전을 치르고 돌아와서 슈도다나 왕에게 몇 가지 주청을 드린 바 있다고 들었습니다. 저수지를 만들어 물을 가두고, 수로를 만들어 논과 밭으로 물을 대는 문제를 고려하라는 것, 뽕나무밭을 조성하고 백성들에게 누에를 길러 명주를 생산하도록 권장하라는 것, 양떼를 나누어주고 그것을 기르도록 장려하고, 털을 깎아 카펫을 만들어 수출하라는 것, 그것은 농부들에게도 좋은 일이지만 나라 안의 장사꾼들에게도 좋은 일이 될 것이라는 말씀……. 또 국경의 수비를 변두리의 지방민들에게만 맡기지 말고, 군대를 양성해서 군대로 하여금 지키게 해야 한다는 것, 이 땅에 태어난 남성은 누구든지 다 의무적으로 일정 기간 동안 군대에 몸을 담고 충성을 하게 해야 한다는 것, 그 군대를, 평화시에는 농사를 짓게 하고, 수로 사업이나 도로 건설 사업을 하는 데 투입하라는 주청도 드렸다고 들었습니다. 그날 밤 슈도다나 왕은 저와 비슈바미트라를 불러 '우리 싯다르타 태자는 과연 장차 전륜성왕이 될 인물이오.' 하고 말씀하시었습니다."

싯다르타는 어찌할 수 없이 그날부터, 아버지가 사용하는 옥좌 앞에 설치한 책상 한가운데에 앉아 정사를 보았다. 바쁜 결재를 하다가 잠시 쉬는 그의 머리에 번개처럼, 정국을 새롭게 바꾸어놓을 묘안이 떠올랐다. 가장 먼저 착수하고 싶은 것은 빈민을 구제하는 것이었다. 내무대신을 앞세우고 국고를 살폈다. 이튿날 그는 모든 대신들을 모아놓고 자기의 새로운 정국 구상을 말했다.

"제가 국고를 살펴보니, 유사시에 쓰기 위해 쌓아놓은 양곡은 지금 곰팡이가 슬고 있습니다. 그 양곡을 방출하여 굶주리는 가난한 사람들에게 배급을 주어야 합니다. 배급을 받아먹은 건강한 백성들을 동원하여 황무지를 개간하게 하고, 그 개간한 밭 일부에는 밀을 심고 다른 일부에는 뽕나무를 심게 해야 합니다. 또 다른 백성들은 방죽을 만들어 빗물을 가두게 하고, 수로를 만들어 논과 밭에 물을 댈 수 있게 해야 합니다. 밭으로 개간할 수 없는 야산에는 양의 먹이를 재배하여 양치기를 장려하기로 하겠습니다. 농사에 연구가 깊은 학자들을 데려다가 뽕나무 묘목을 만들게 하고, 다산성의 양의 종자를 만들어내든지, 이웃 나라에서 수입을 하든지 하여 크게 번성하도록 사업을 벌이겠습니다."

수염이 허옇고 주름살이 깊은 농수산대신이 도리질을 하면서, 태자 마마가 벌이려는 잠업과 수로 건설과 양치기 사업의 부당성을 지적했다. 백성들이 허약하고 게을러 그러한 거창한 사업에 응하지 않는다는 것이었다. 둘째 이유는 오랜 전통의 계급제도로 인해 브라만 계급, 크샤트리아 계급과 일부 부유한 바이샤 계급 사람들이 말을 듣지 않을 거라는 것이었다.

"일을 할 수 있는 계급 사람들은 가난한 바이샤와 수드라와 불가촉천민들뿐인데, 그 일을 그들은 감당하지 못할 것입니다."

싯다르타는 반대를 하는 소극적인 늙은 농수산대신에게 말했다.

"농수산대신은 많이 늙으셨으므로 자리에서 물러나는 것이 좋을 듯합니다."

그는 과감했다. 늙은 농수산대신을 물러나게 하고, 그 밑에 있는 젊고 적극적인 부대신을 대신으로 기용했다. 싯다르타는 장인인 다리나 재정대신에게 재정 지원을 하게 하고, 내무대신에게 적극적인 행정 지원을 하게 했다. 그리고 젊은 농수산대신을 앞장세우고 몸소 농장과 묵어 있는 황무지로 나갔다. 모든 농장에는 수드라 계급 사람들뿐이었다. 싯다르타는 생각했다. 귀족 계급과 바이샤 계급 사람들이 참여하지 않으면 그 어떠한 사업도 성공할 수 없다고 생각했다. 그는 아버지인 슈도다나 왕에게 달려갔다.

"나의 자랑스러운 태자야, 무슨 일로 이렇게 찾아왔느냐?"

싯다르타는 간곡하게 말했다.

"아바마마, 수드라 계급 사람들만으로는 그 어떤 사업도 할 수 없습니다. 카스트 계급을 타파하게 해주십시오. 크샤트리아와 바이샤 계급 사람들도 뽕나무 키우는 사업과 누에치기 사업과 양치기 사업과 제방 쌓고 수로 내는 사업에 참여해야 합니다. 대왕마마의 이름으로 계급 철폐를 선포해주십시오."

슈도다나 왕은 얼굴을 일그러뜨리고 도리질을 하며 말했다.

"계급 철폐, 그것은 절대로 안 된다. 태자야, 다 되어도, 계급을 철폐하는 것만은 절대로 안 된다. 그것은 신의 뜻을 거역하는 것이므로, 만일 그것을 강행한다면 신과 인간이 동시에 반란을 일으킬 것이고, 우리 왕국은 하루아침에 힘없이 무너질 것이다."

싯다르타는 절망했다. 무릎을 꿇고 하소연했다.

"크샤트리아는 그만두고라도, 모든 바이샤 계급 사람들은 적극 참여하라고 명하렵니다. 허락해주십시오."

슈도다나 왕은 마지못해 말했다.

"바이샤들이 불쾌해하지 않도록 조심스럽게 설득하여 동원하기 바란다. 브라만이 머리라면 크샤트리아는 몸통이고, 바이샤는 팔과 다리에 해당한다. 팔과 다리가 말을 듣지 않으면 사람은 움직일 수가 없는 법이다. 바이샤가 반란을 일으키지 않도록 잘 설득하고 달래어 다스리도록 하여라."

싯다르타는 말했다.

"귀족 계급 사람들도 원한다면 참여하라고 권유해 보겠습니다."

슈도다나 왕은 말했다.

"세상의 모든 제왕들이 사업을 벌이는 데에 가장 문제가 되는 것은 신의 뜻에 따르는 것이냐, 그렇지 않느냐 하는 것이다. 태자야, 한사코 신이 노여워하지 않도록 신의 뜻을 거역하지 않는 범위 안에서 사업을 하기 바란다. 신의 뜻을 거역하면 재앙이 생기고, 재앙은 나라의 천년 사직을 위태롭게 할 것이다."

싯다르타는 나라에 영을 내렸다. 바이샤 계급 사람들은 국가의 백년대계를 위하여 밀 농사와 잠업과 양치기 사업과 수로 사업에 기꺼이 참여해야 한다는 것이었다. 거기 참여한 사람들은 국가의 주력 사업인 명주 생산업에 참여하게 하고, 이웃 나라와의 교역에 앞장서게 하겠다는 것이었다. 가난에 찌든 수드라 계급 사람들과 불가촉천민들에게는 배급을 주면서 물을 가두기 위한 제방 쌓는 사업과 관개 사업에 의무적으로 참여하게 했다.

풍년

싯다르타가 농수산 정책을 편 이후 해마다 풍년이 들었다. 예년과 다르게 홍수와 가뭄이 줄어들었고, 가끔씩 적당량의 비가 내려주었다. 남풍과 서풍에 푸른 물결이 일던 밀밭은 황금색으로 익어갔고, 농업기술자들은 뽕나무 묘목을 부지런히 만들었고, 광활한 밭에 드문드문 옮겨 심은 뽕나무 묘목들은 무럭무럭 자랐다. 한 해에 겨우 한두 마리의 새끼들을 낳던 양들은 싯다르타가 농수산 정책을 펴고 양치기 사업을 장려한 이후부터는 한 해에 새끼들을 서너 마리씩 낳았고, 양들은 병치레를 하지 않고 기름지게 잘 자랐고, 농부들은 털을 깎기에 바빴다. 농부들은 부풀어 오른 마음을 주체하지 못한 채 수확을 했고, 잠사의 누에들은 꿈틀거리며 뽕잎을 먹고 나서 튼튼하게 고치를 지었다. 잠사 안에 들어서면, 누에의 뽕잎 갉아먹는 소리가 들판에 비 내리는 소리처럼 들렸다. 농부들은 먹고 남은 밀을 도시로 냈고, 바이샤 계급 사람들은 명주 공장을 차렸다. 누에고치를 실로 만들어 명주를 부지런히 짰고, 양털로 실을 만들어 옷을 짓거나 카펫을 만들었다. 외무대신은 교역을 강화했고, 명주와 카펫은 이웃 나라로 수출되었다. 해마다 세수가 늘었으므로 싯다르타의 장인인 다리나 재정대신은 입이 벌어졌다. 크샤트리아 계급 사람들의 자금이 바이샤 계급 사람들이 운영하는 명주 공장과 카펫 공장과 무역상들에게 들어가 있었다. 농정이 잘되자 크샤트리아와 바이샤 계급 사람들의 호주머니가 두둑해졌다.

농부들은 경제적인 여유가 생기자 밀로 누룩을 만들어 술을 빚었고, 빵과 과자를 만들어 먹고 즐겼다. 혼사를 호화롭게 치렀고, 생일과 신께 올리는 제사를 지내면서 춤추고 노래하며 즐겼다. 봄철에 여는 농경제전은 떠들썩한 축제가 되었다. 사문들은 밝은 얼굴로 시내를 나돌면서 탁발을 하고, 음식과 의복을 시주하는 사람들을 축복해주었다. 덩달아 크샤트리아들은 자기들의 영지에서 세금을 올려 받았고, 더욱 화려한 생활을 즐겼고, 수드라를 부렸다. 수드라는 부림을 당하면서도 푸짐하게 먹고살 수 있는 세상이 된 것을 즐거워했다.

싯다르타는 일복으로 갈아입고 양치는 농장들을 찾아다니며 양이 새끼 낳는 것을 돌보고, 손수 털을 깎고, 뽕나무 묘목 만드는 농사기술자들을 찾아가 격려했다. 손수 뽕나무 묘목을 만들어보고, 그것을 옮겨 심어보고, 잠사에 들어가서는 누에들에게 뽕잎을 썰어서 뿌려주고, 누에들이 먹는 것을 구경하며 다 자란 누에들이 고치 짓는 것을 살폈다. 신통하게도 싯다르타가 한번 다녀가고 나면, 밀밭이나 잠사나 뽕밭이나 양치기 농장에는 눈에 띄게 변화가 일어나곤 했다. 밀들은 신의 축복을 받은 듯 살랑바람에 춤을 추며 자랐고, 누에들은 미친 듯이 뽕잎을 먹고 자라 하얀 고치를 지었고, 뽕나무들은 잎사귀들을 유들유들 빛내며 잘 자랐고, 양의 털은 수북수북 자랐고, 새끼들이 순조롭게 태어 났고, 부풀어 오른 젖을 빨아 먹고 무럭무럭 잘 자랐다. 싯다르타가 명 주 짜는 공장에 들렀다가 가면 명주실 한 오라기도 떨어지는 일 없이 베가 매끄럽게 잘 짜였고, 그 명주는 도시나 이웃 나라로 불티나게 팔 려나갔다. 카펫 공장에 들렀다가 가면 공원들이 더욱 손 빠르게 카펫을 짰다. 카펫도 나라 밖으로 줄줄이 팔려나갔다.

싯다르타는 밀 추수 현장에서, 잠사에서, 명주 짜는 공장에서, 양치 기들의 움막에서, 카펫 공장에서 농부들이 빚은 술을 농부들과 더불어 마시고, 얼근하게 취한 채 그들을 얼싸안고 노래하고 춤을 추었다.

해마다 풍년이 들었고, 도시와 이웃 나라로 팔려나가는 양모 의복과 카펫과 명주의 수량이 부쩍부쩍 늘어났다. 명주 공장과 카펫 공장을 운 영하거나 무역을 하는 모든 바이샤들은 부자가 되어 으스댔다. 바이샤들 뒤에는 자본을 댄 크샤트리아 계급이 도사리고 있었다. 크샤트리아들은 가만히 앉아서 바이샤들을 통해 들어오는 세수를 즐기고 있었다.

슈도다나 왕은 싯다르타가 벌이는 모든 사업들이 번창하고 있는 것 을 흡족해하였다. 그것을 자랑으로 여기고 늘 웃음으로 날을 보냈다. 싯다르타의 장인이자 재정대신인 다리나와 두 스승 크샨티데바와 비 슈바미트라를 불러 만찬을 즐겼다. 한 달에 한 차례씩은 모든 대신들을 불러 모아놓고 잔치를 베풀었다. 왕궁 안에는 아악이 울려 퍼지고, 웃 음소리가 떠날 새 없었다.

다리나 재정대신은 야망이 생겼다. 그는 슈도다나 왕에게 그 야망을 아뢰었다.

"대왕마마, 이제 나라 살림이 넉넉해졌으므로 싯다르타 태자로 하여금 군병을 양성하게 하여 코살라의 간섭에서 벗어나도록 하고, 천하를 손아귀에 넣도록 해야 합니다. 싯다르타 태자가 왕좌를 물려받게 되면 장차 틀림없이 전륜성왕의 풍모를 가지게 될 것인 바, 커다란 해의 빛 바퀴를 머리 위에 굴리면서 원정을 하면 코살라나 마가다 왕들이 무릎을 꿇을 것입니다. 그러면 온 세상이 싯다르타 태자의 손에 들어올 것입니다."

크샨티데바가 도리질을 하고 나서 조심스럽게 아뢰었다.

"지금 그러한 주청은 너무 성급한 일입니다. 설사 싯다르타 태자가 전륜성왕의 모습을 한 채 여기저기 원정을 하며 세상을 거머쥐는 날이 올지라도 그것은 아주 순조롭게 싯다르타 태자가 완전한 성인이 되고, 나라가 더 부강해진 다음 스스로 판단하여 하실 일이지, 지금 옆에서 부추김으로 인해 그렇게 되어서는 안 된다고 생각됩니다."

비슈바미트라도 맞장구를 쳤다.

"싯다르타 태자는 태어날 때 흰 코끼리의 신성한 정기를 받고 잉태되었고, 태 속에서 온 세상의 풀과 나무들을 시들게 하고 자라셨는데, 그것은 두 가능성을 가지고 있습니다. 그 하나는 세속적으로 전륜성왕이 될 가능성인 것이고, 다른 하나는 세속을 초탈해서 부처가 될 가능성인 것입니다. 전륜성왕이 되는 것도, 부처가 되는 것도 태자의 운명입니다. 지금 대왕마마를 대신하여 신선한 젊은 감각으로 나라를 부강하게 일으키고 있으므로, 혹시라도 위에서나 아래에서나 옆에서나 그 어떠한 바람도 불어넣어서는 안 될 것이라고 생각되옵니다. 이 태평성 대가 오래오래 지속되도록 지켜보아야 마땅할 것이옵니다. 부디 통촉 하시옵소서."

슈도다나 왕은 비슈바미트라의 말이 가장 이치에 합당하다고 생각 했다. 싯다르타의 장인 다리나 재정대신은 야심이 너무 많다고, 그 야 심은 싯다르타의 앞날에 검은 구름을 덮게 할지도 모른다고 우려했다.

"그렇소, 지금 한창 이 나라의 백성들은 적극적으로 농사에 매달리 고 있고 경제적으로 풍요로워지고 있습니다. 지금은 다만 조용히 지켜 보는 것이 좋을 듯싶습니다."

환락가

나라 살림이 풍요로워지자 도시에는 일반 술집과 미희들을 거느린 고급 요정과 창녀들을 거느린 환락가들이 생겨났다. 술집과 요정과 환락가는 불야성을 이루었다. 포주들은 농촌의 일하기 싫어하는 수드라 계급의 어린 처녀, 굶주리는 불가촉천민의 딸들을 꼬여 끌어다가 술 접대하기와 춤과 노래를 가르친 다음 남자들을 유혹하게 했다. 환락가로 몰려든 남자들은 술에 취하여 창녀들과 노래하고 춤을 추었다. 장사에 눈이 밝은 바이샤 계급 사람들은 크샤트리아 계급 권력자들의 비호를 받으며 요정과 환락 업체를 확장시켰다.

싯다르타는 젊은 대신들과 어울려 환락가엘 가보았다. 요정에 들어 있는 모든 남자들은 술에 취해 곱게 성장한 아리따운 미희들을 얼싸안고 춤을 추기도 하고 그들의 속살을 거침없이 희롱하기도 했다. 미희들은 겉저고리와 겉치마를 걸쳤을 뿐 속옷을 입지 않았다. 취한 남자들은 술에 취한 미희들을 희롱했고, 미희들은 몸을 비비꼬면서 교성을 질렀다. 싯다르타는 눈살을 찌푸렸다. 사람들은 풍요로워지면 술을 마시고 방탕해진다.

농수산대신이 앳된 여인을 희롱하고 있는 남자를 가리키며 말했다.

"태자마마, 저기 저 남자가 바이샤인데, 명주와 카펫 무역을 해서 갑부가 된 사람입니다. 궁궐 같은 집이 세 채이고, 아내가 셋이랍니다. 나라 안의 거의 모든 뽕나무밭을 다 사들였답니다. 저 사람은, 아내가 셋이나 되는데도 그게 부족해서 저렇게 다른 여자를 삽니다."

그때 거지 둘이 술집 안으로 들어왔고 주인의 눈을 피해 미희를 희롱하는 갑부 남자에게 가서 무릎을 꿇고 적선해달라고 빌었다. 그들은 불가촉천민들이었다. 갑부인 남자가 "야아, 주인 놈은 뭘 하고 있는 거야! 이 냄새나는 것들을 쫓아내지 않고!" 하고 호통을 쳤다. 시종들이 달려갔다. 주인이 기용한 불량배인 그들은 와살스럽게 거지의 멱살을 잡아 개처럼 끄집었다. 마당으로 끌어낸 거지를 경비하는 시종들이 두들겨 패기도 하고 발길로 차기도 했다. 거지는 피투성이가 된 채 땅바닥에 뒹굴었다. 싯다르타가 달려가서 거지들 앞에 서면서 두 팔을 벌리고 시종들을 막았다. 시종들이 싯다르타를 향해 덤벼들면서 "너는 뭐야!" 하고 소리쳤다. 농수산대신이 성이 나 있는 시종들에게 "이분은 이 나라 태자마마이시다." 하고 말했지만, 시종들은 "태자가 뭐 하는 놈이야!" 하고 대들었다. 술집 밖에 대기하고 있던 경호원들이 달려와서 싯다르타를 둘러싸고 덤벼드는 시종들을 제압했다. 주인 남자가 달려와서 싯다르타 앞에 무릎을 꿇고 잘못을 빌었다.

실망

실망한 싯다르타는 찬타카가 이끄는 백마 칸타카를 타고 궁으로 돌아갔다. 말 칸타카가 고개를 끄덕거리며 발을 옮김에 따라 싯다르타의 몸은 흔들렸다. 하늘에서 반짝거리며 수런대는 별들을 쳐다보면서 문득 생각했다. 아, 지금 저 환락가의 어지러운 세상은 무엇으로 인한 것인가. 내가 벌인 농수산 사업으로 인한 것 아닌가. 그렇다면 나는 무엇인가. 내가 백성들을 위해 벌인 누에치기, 명주 짜서 파는 것, 양을 쳐서 털을 깎아 카펫을 짜서 파는 것, 밀 농사짓기, 그리하여 백성들이 모두 부자가 되어 술을 마시고 노래하고 춤추며 사는 것, 그것들은 과연 올바른 것인가. 사람들은 왜 먹을 것이 넉넉해지면 방탕하게 되는 것인가. 왜 사람들은 배가 부르면 성을 사고파는 것인가.

싯다르타는 바야흐로 스물다섯 살이었다. 아버지를 대신한 임금 노릇으로 나라 살림은 풍족해지고 있었다. 백성들은 싯다르타가 대리 정치를 잘해서 이렇게 잘살게 되었다고, 아주 슈도다나 왕이 물러나고 싯다르타가 새 왕이 되어야 한다고들 말했다. 대신들 가운데는 싯다르타가 새 왕이 되면 전륜성왕이 될 것이고, 나라가 더욱 부자가 될 거라고, 세상의 모든 나라가 혜성같이 나타난 새 전륜성왕의 밑에 모여들 것이라고 말했다. 코살라, 마가다 따위의 강대국들도 전륜성왕의 말발굽 아래서는 초토화될 것이라고 했다. 사람들의 욕심은 끝이 없었다. 그 끝없는 욕심을 싯다르타는 감당할 수 없었다.

싯다르타는 슬펐다. 그가 정사를 아무리 잘 베풀지라도, 그가 설사 전륜성왕이 되어 온 천하를 손아귀에 넣고 다스릴지라도, 근본적으로 해결되지 않는 것이 있다고 생각했다. 세상 사람들이 모두 평등하게 잘 살게 하려면 전혀 다른 조치를 취해야 한다고 생각했다. 쌀이나 밀의 생산, 늘어나는 뽕나무밭과 잠업으로 인한 명주의 생산과 수출, 양치기와 양털로 카펫을 짜는 사업, 그것들의 수출로 나라가 부강하게 되는 것이 사람들을 근본적으로 구제하는 길은 아니라고 생각되었다.

싯다르타는 하늘을 쳐다보고 한숨을 쉬며 중얼거렸다. '아, 나는 지금 더 큰 실패 앞에 직면해 있는지도 모른다.'

불가촉천민의 마을

여러 해 전, 농촌의 이 마을 저 마을, 이 집 저 집에 뽕나무 심기와 양치기와 밀밭 조성을 한창 권장하고 다니던 무렵의 어느 날 밤, 싯다르타는 찬타카가 끄는 말을 타고 뽕나무밭과 양치기 농장과 밀 농사짓는 농가들을 둘러보고, 지친 몸으로 돌아가다가 불가촉천민들이 사는 마을엘 들른 적이 있었다. 길을 잘못 들어 헤매다가 우연히 들르게 된 것이었다. 그 마을은 양쪽에 드높은 산이 있는 협곡 속의 드넓고 평평한 분지에 있었다. 일찍이 사람들의 눈에 띄지 않은 공간이었다.

한밤중이었다. 하늘에는 붉은 별 푸른 별 노란 별 들이 반짝거렸다. 눈앞의 어둠 속에 거무칙칙하고 음습하고 구중중한 냄새가 나는, 불길한 분위기의 으스스한 분지가 나타나자 찬타카가 말을 돌리려고 황급히 고삐를 잡아당겼다. 나중에 안 일이었지만, 찬타카는 피곤에 찌든나머지 눈을 감은 채 말이 가는 대로 따라 걸었던 것이다. 그러다가 길을 잘못 들었던 것이다.

싯다르타도 눈을 감고 있기는 마찬가지였다. 말이 황급히 돌아서고 있음을 알아챈 싯다르타가 눈을 떴다. 거무스레한 안개가 끼어 있는 분지 양쪽 끝에 아스라하게 검은 산줄기가 뻗어 있는데, 말이 바야흐로 그곳으로 들어서려 한 것이었다. 그 분지 한곳에 야울야울 타고 있는 작은 모닥불 하나가 싯다르타의 눈에 들어왔다. 싯다르타는 말을 황급히 돌리고 있는 찬타카에게 물었다.

"왜 말을 돌리느냐……, 여기가 어디냐?"

찬타카가 황송해하며 떨리는 목소리로 말했다.

"태자마마 제가 길을 잘못 들었습니다. 여기는 들어가서는 안 되는 불가촉천민들이 사는 지옥 같은 곳입니다."

싯다르타는 불가촉천민에 대해서 잘 알고 있었지만 아직 그들이 사는 마을을 직접 한 번도 들어서 보지는 못했다. 불가촉천민이란 상공업 농업 따위에 종사하는 바이샤 계급과 노예처럼 일하고 사는 수드라 계급에도 들지 못하고, 짐승 대접을 받고 사는 족속을 말하는 것이었다.

찬타카가 말을 이었다.

"신으로부터 버림을 받은 사람들이 사는 곳입니다. 만일 이 빈민촌 사람들과 접촉을 하면, 문둥병이나 결핵, 옴 같은 나쁜 병을 옮을 수도 있고, 자칫 불한당 놈들에게 몽둥이로 두들겨 맞을 수도 있습니다. 이곳은 야만스러운 무법천지, 아귀지옥입니다. 이곳 사람들은 자기들의 법에 따라 사람 고기를 먹기도 하는데 그것을 당연하게 생각한다고 들었습니다."

찬타카의 말에 싯다르타는 눈이 번쩍 뜨였다. 말을 듣고 보니 그 분지에서 곰팡이 냄새처럼 음습하고 비릿하고 구리고, 썩은 시신에게서 나는 악취가 날아오는 듯싶었다. 눈을 크게 벌려 뜨고 어둠에 잠긴 분지를 둘러보았다. 분지 한쪽에 타고 있는 모닥불에 비친 마을의 모습이 어슴푸레하게 드러났다. 넓은 들판을 앞에 두고 있는 언덕에 굴들이 뚫려 있었고, 그 속에는 새까만 어둠이 담겨 있었다. 모닥불 빛이 미치지 않은 어둠 속에 검은 그림자 둘이 한데 엉키어 움직거리는 것이 보였다. 순간 싯다르타의 정수리와 앙가슴과 겨드랑이에 섬뜩한 전율이 일어났고 머리끝이 곤두섰다. 깜깜한 어둠 속에서, 이해할 수 없는 무슨 일인가가 벌어지고 있다고 싯다르타는 생각했다.

아, 아버지 슈도다나 왕의 나라 안에 이러한 지옥 같은 곳도 있다니……. 이곳은 나라의 통치 권력이 미치지 못한 채 버려진 곳이다. 내가 샅샅이 둘러보고 조처를 해야 한다. 이런 곳을 바르게 통치하지 못한다면, 그것은 아버지 대신 왕 노릇을 하는 나의 불찰이고 부덕이고 슬픈 무능이다. 그는 찬타카에게 명했다.

"그렇다면 잘되었다. 저리로 들어가서 세세히 둘러 살피고 가야 한다. 지금 저 모닥불 옆에서 꿈틀거리는 저들이 대관절 무얼 하고 있는지 알아보자. 저 어둠에 잠겨 있는 마을로 안내해라."

찬타카는 당황했다. 몸을 청결하게 보존해야 하는 싯다르타 태자를 이 더러운 마을로 들어서게 한 것은, 길을 잘못 안내한 마부의 책임인 것이었다. 찬타카는 말고삐를 잡은 채 싯다르타를 쳐다보며 말했다.

"태자마마, 이 미련한 놈이, 정신을 똑바로 차리지 못하고 졸면서 오느라고 죽을 잘못을 저질렀습니다. 태자마마, 이 마을로 들어가자는 명을 거두시고 그냥 궁으로 가셔야 합니다. 존귀하신 태자마마가 이 밤에 경호원도 없이 이런 더러운 무법천지인 지옥으로 들어가시면 절대로 안 됩니다. 이곳 사람들은 사람이라고 할 수 없습니다. 그야말로 접촉을 해서는 안 되는 신의 저주를 받은 천한 야만의 족속입니다. 그들은 도둑질을 하고, 구걸해온 것을 서로 많이 먹으려고 싸우고, 서로 싸우다가 죽으면 그 시체를 뜯어 먹는다고 들었습니다. 그들은 카스트 네 계급에도 들지 못하는, 사람 아닌 사람들입니다. 그들은 전생에 너무 많은 죄를 짓고 이승에 태어났기 때문에 사람으로 대접을 받지 못하는 것이라고 들었습니다. 그들의 간절한 희망은, 한시바삐 죽어진 다음 새 세상에서 바이샤나 수드라 계급으로 태어나는 것이랍니다. 그들은 아기를 낳으면, 어서 죽어 다른 계급으로 태어나라고 강물에 던지거나 생매장을 하여 빨리 죽게 하기도 한답니다. 그리고 이 지역에는 많은 사람들이 문둥병 환자이고 창병이나 임질이나 결핵이나 옴에 걸려 있습니다. 탁발을 다니는 사문들도 이 마을을 피해간다고 들었습니다."

싯다르타는 찬타카의 말을 듣자 그들이 더욱 가엾어졌고, 그 가엾음으로 인해 가슴이 아렸다. 그는 그들의 마을로 들어가 속속들이 살펴보고 싶었다. 왕의 통치라는 것은, 바로 이러한 가엾은 사람들을 구제해주어야 비로소 완성되는 것이라고 생각했다. 그는 단호하게, "아니다. 저 마을로 이끌어라." 하고 불가촉천민들이 사는 빈민가로 갈 것을 재촉했다. 찬타카는 고삐를 잡은 채 두 손을 비비면서 애원했다.

"태자마마, 저는 차마 이 밤에 저 껌껌한 지옥 같은 곳으로 신성하신 태자마마를 모시고 갈 수 없습니다. 정히 가시고 싶으시면 다음 날 환한 낮에 많은 경호원들의 호위를 받으면서 가도록 하십시오."

싯다르타는 찬타카의 고집을 꺾을 수 없다고 생각했다. 그는 분연히, "네가 그렇다면 내 발로 걸어서 갈 수밖에 없다." 하며 말에서 뛰어내렸다. 찬타카는 급히 싯다르타의 앞을 막아서며 말했다.

"태자마마, 제가 그곳으로 모시겠습니다. 어서 다시 말에 오르십시오."

싯다르타는 찬타카를 밀쳐내 버리고 뚜벅뚜벅 걸어서 나아갔다. 찬타카가 말의 고삐를 이끌고 그의 뒤를 따랐다.

얼마쯤 나아가자, 희미한 모닥불 빛에 불가촉천민들 마을의 실체가 드러났다. 마을은 가파른 언덕을 등에 지고 있었다. 언덕에는 검은 굴들이 뚫려 있고 입구에는 주렴 같은 거적문이 달려 있었다. 세모꼴의 움막들도 늘어서 있었다. 움막 안에서 인기척이 들렸다. 앓는 소리 같기도 하고, 남녀가 속삭이거나 소리 죽여 우는 소리 같기도 하고, 중얼중얼 기도하는 소리 같기도 했다. 언덕 위에는 거무스레한 나무들이 울창했다. 모닥불 빛이 미치지 못한 곳에는 별빛이 쏟아지고 있었고, 그 근처에서 안간힘을 쓰는 소리가 들려왔다. 그 소리가 들려오는 쪽의 어둠 속에 두 물체가 서로 엉키어 뒹구는 모습이 모닥불 빛에 희미하게 드러났다. 그들은 서로를 쓰러뜨리기 위해 단말마의 안간힘을 썼고, 서로를 치고받았다. 싯다르타가 "찬타카야, 지금 저들은 무얼 하고 있는 것이냐!" 하고 물었다. 찬타카가 밭은 침을 삼키며 말했다.

"목숨을 걸고 싸우고 있는 것입니다. 저들 중 하나가 죽어야 싸움은 끝이 날 것입니다. 그래서 마을 사람들은 지금 아무도 저들을 말리지 않습니다. 사람들은 자기네 집 안에서 저 싸움을 구경하고 있을 것입니다."

싯다르타는 두 사람이 엉키어 싸우는 곳으로 갔다. 찬타카가 말을 이끌며 그의 뒤를 따랐다. 모닥불 빛에 아랫도리를 무슨 천으로인가 겨우 가렸을 뿐인 두 남자의 모습이 보였다. 체구가 큰 남자가 밑에 깔린 약간 더 작은 듯싶은 남자의 목을 두 손으로 조이고 있었고, 밑에 깔린 남자는 두 발을 버둥거리면서 숨을 쉬지 못하고 캑캑거렸다. 그러다가 사력을 다해 몸을 힘껏 외틀어 상대의 손을 뿌리쳤다. 위에서 누르고 있던 남자가 모로 휘청 쓰러졌다. 그들은 다시 서로를 안고 뒹굴었다. 두 남자는 지쳐 있었지만, 싸움을 그만두려 하지 않고 계속 싸웠다. 둘이 다 피투성이가 되어 있었다. 희미한 모닥불 빛은 그들의 모습을 어둠 속에서 어렴풋하게 드러내주었다.

"오늘 밤에 너는 내 밥이다!"

체구 큰 남자가 체구 작은 남자에게 말했다. 체구 작은 남자가 말했다.

"마음대로 될 줄 아느냐. 내가 네놈을 먹을 것이다."

둘은 한데 엉기어 뒹굴며 서로의 살을 물어뜯었다. 그들에게서 피 냄새가 날아왔다. 싯다르타는 몸서리를 쳤다. 그는 엉키어 있는 두 사람 사이로 끼어들어 뜯어말리며 소리쳤다.

"이러면 안 돼요. 그만 싸우시오!"

그 순간 등 뒤에 선 찬타카가 소리쳤다.

"태자마마 피하십시오."

싸움을 말리고 있는 싯다르타의 등 뒤로 한 남자가 몽둥이를 들고 다가간 것이었다. 싯다르타는 반사적으로 몸을 피했다. 한 시꺼먼 남자가 몽둥이로 싯다르타를 내리쳤다. 그렇지만 그 몽둥이는 싯다르타가 재빨리 피하는 바람에 허공을 후려쳤을 뿐이었다. 싯다르타는 자기도 모르는 사이에 크샨티데바에게서 배운 수벽치기의 무술로 상대의 몽둥이 잡은 손을 공격하였다. 몽둥이를 놓친 남자는 뒤로 물러서면서 소리쳤다.

"왜 말리는 거야! 말리면 안 돼!"

이 마을에서는 두 남자가 싸우는 것을 말리면 안 된다는 불문율이 있는 것이었다. 찬타카가 다급하게 말했다.

"태자마마, 어서 여기를 떠나셔야 합니다. 태자마마는 이곳 법을 어겼으므로 사람들이 떼로 덤벼들지도 모릅니다."

싯다르타는 아랑곳하지 않고, 자기를 몽둥이로 치려 한 남자의 손 하나를 잡아 비틀면서 이끌었다. 그 남자가 버둥거리며 뻗댔지만, 싯다르타는 그를 계속 끄집어 당겼다. 마을 입구로 빠져나갔다. 찬타카가 말을 끌고 따라갔다. 그때 검은 안개 낀 마을에서 우우 소리가 났다. 다른 남자들이 싯다르타에게 끌려가는 남자를 구하기 위하여 몰려나오고 있었다. 싯다르타는 자기를 공격한 남자를 이끌고 산언덕 위로 도망을 갔다. 칙칙한 어둠 속에 남자를 주저앉히고 그 남자에게, 그들이 왜 싸우느냐고, 그들의 싸움을 내가 말리려 하는데 너는 왜 나를 공격했느냐고 물었다. 그 남자가 비틀린 팔의 아픔을 어찌하지 못한 채 말했다.

"덩치 큰 놈이 우리 마을의 왕이다. 왕은 사납고 모질고 사악한 놈이다. 가만히 앉아서 다른 사람들이 얻어온 밥을 독차지해 먹고, 밥을 구하러 간 사이에 다른 남자의 아내를 하나씩 하나씩 범한다. 아까 그 키 작은 놈의 아내도 범했다. 왕은 우리 동네 모든 여자를 다 차지하려고 하고, 제 놈의 씨를 퍼뜨리려 한다. 왕은 누구의 손에 죽든지 죽어야 한다. 만일 키 작은 놈이 죽은 다음에는 내가 덤벼 그 왕을 쳐 죽여야 한다. 왕은 물론 내 여자도 범했다. 오늘 밤 이 싸움은 왕이 죽어야 끝날 것이다. 그 싸움을 말리려고 하는 자는 우리들의 적이다."

말을 뱉고 난 그 남자는 싯다르타의 손을 뿌리치자마자 지옥 같은 자기 마을로 달려갔다. 찬타카가 싯다르타 앞을 가로막으며 말했다.

"태자마마, 아랑곳하지 말고 그만 궁으로 돌아가셔야 합니다. 이곳은 짐승 같은 자들이 사는 지옥 같은 세상입니다."

싯다르타는 초롱초롱한 별들을 쳐다보며 생각했다. 소유한다는 것은 무엇인가. 하나를 가진 자는 둘을 가지려 하고, 둘을 가진 자는 셋을 가지려 한다. 사랑도 따지고 보면 소유이다. 소유의 욕망과 사랑이 싸움을 만든다. 이 세상에는 다르마가 없다. 그는 찬타카를 뿌리치고 조금 전에 사라진 남자의 뒤를 따라 달려갔다.

싸움이 끝나 있었다. 체구 큰 남자가 체구 작은 남자의 시신을 모닥불 옆으로 끌고 가서, 칼로 그의 간을 꺼내 먹고 있었다. 아무도 체구 큰 남자의 그러한 행위를 꾸짖으려 하지 않았다. 사방은 쥐 죽은 듯 조용했다. 그때 싯다르타를 몽둥이로 내려친 남자가 살금살금 체구 큰 남자의 등 뒤로 다가갔다. 그의 손에는 몽둥이가 들려 있었고, 그는 체구 큰 남자의 정수리를 후려쳤다. 체구 큰 남자는 나무둥치처럼 쓰러졌다. 순간 사방에서 겨우 사타구니만 가린 남자들이 모여들었다. 여자들도 모여들었다. 체구 큰 남자를 쓰러뜨린 남자가 칼을 들고 왕의 가슴을 절개했고, 간을 꺼내 입속에 넣고 씹어 먹었다. 피범벅이 된 손을 치켜들면서 소리쳐 말했다.

"나, 꾸르메가 왕의 간을 먹었다."

다른 남자들이 칼로 죽은 자의 사지를 난자하고 살코기를 먹었다. 그러면서 미친 듯 춤을 추었다. 체구 큰 포악한 왕이 죽자 싸움은 끝난 것이다. 그 남자를 몽둥이로 쳐 죽인 남자 꾸르메는 두 팔을 벌리고 다시 소리쳤다.

"나, 꾸르메가 왕의 간을 먹었다. 이제는 이 꾸르메가 왕이다. 나 꾸르메는 우리 마을을 공평하고 평화롭게 민주적으로 다스릴 것이다. 나를 왕으로 받들 사람들은 이 포악한 놈의 살을 먹어라."

다른 남자들이 죽은 옛 왕의 살을 뜯어 먹었고, 꾸르메라는 남자를 얼싸안고 광란의 춤을 추었다. 그들은 피 묻은 손을 하늘로 치켜든 채, 새 왕이 승리하게 해준 신을 찬양했다.

싯다르타는 속으로 소리쳤다. '아, 어떻게 이 나라 안에 이러한 야만의 세상이 존재할 수 있었는가. 하아, 야만의 세상에도 신은 존재한다. 신은 피를 먹고 사는 존재인가.'

싯다르타는 이 마을을 그대로 두어서는 안 된다고 생각했다. 이 불가촉천민들의 마을을 어떻게 다스려야 할까. 왕이란 자를 죽이고 그의 간을 꺼내 먹은 자가 새로이 왕이 되는 이 야만의 세상을 어떻게 교화해야 할까. 이들의 마을을 어떻게 온전한 생각, 온전한 행실을 하는 사람들의 세상으로 바꾸어줄까.

야만의 치유

세상은 음습하고 두꺼운 어둠의 옷을 겹겹이 껴입고 있었다. 싯다르타는 찬타카가 이끄는 말을 타고 궁으로 돌아가면서 내내 눈을 감은 채 진저리를 쳤다. 그가 음습한 협곡 안쪽의 드넓은 분지에서 본 것은 꿈이 아니었다. 어떻게 이해하고 어떻게 해석할 수도 없는 광기 어린 지옥 같은 현실이었다. 눈을 뜨고 하늘에서 반짝거리는 별들을 볼 수 없었다. 의식 속에 절진해 있는 새까만 어둠을 번개 줄기 같은 빛살이 아프게 쪼아대고 있었다. 아픈 고뇌와 어지러운 혼돈이 소용돌이치고 있었다. 가슴이 먹먹했고 답답했다. 그 지옥 세상 같은 협곡 안쪽 분지의 불가촉천민들을 어떻게 해야 할까. 포악한 옛 왕을 죽이고 그 왕의 간을 꺼내 먹은 자가 그 마을의 새로운 왕이 되다니, 그게 있을 수 있는 일인가. 포악한 왕이 죽자 마을의 모든 사람들이 그 왕의 살코기를 뜯어 먹고 새 왕을 얼싸안고 춤을 추었다. 싯다르타는 정수리와 겨드랑이와 가슴이 떨렸다. 그들은 그 행위를 신의 뜻으로 여기고 있는지도 모른다. 어떻게 살육이 신의 뜻인가. 신은 인간에게 무엇인가. 신은 인간에게 잔인무도함을 합리화시키기 위해 존재하는 것인가.

이곳에서도 저곳에서도 사람들은, 신이 이 세상을 점지했다고 하면서, 신의 뜻에 따라 만사를 해석하고 있다. 그것은 신의 죄악인가, 인간의 죄악인가. 싯다르타는 이를 악물며 생각했다. 나는 그 해석을 지우고 인간의 말로써 이 세상을 해석해야 한다.

말이 멈추어 섰고, 찬타카가 "태자마마, 궁에 도착했습니다." 하고 아뢰었다. 눈을 떠보니 야소다라 궁 앞에 말이 서 있었다. 밤이 깊어 있었지만 궁 여기저기에는 찬란한 초롱불이 켜져 있었다. 말에서 내리자 야소다라의 시녀들이 싯다르타를 맞이했다. 궁 안으로 들어가자 야소다라가 그를 향해 머리와 허리를 깊이 숙여 절하고 나서 말했다.

"태자마마, 이제 오십니까. 송구하오나, 오늘은 고비카의 궁에 가서 주무십시오. 고비카와 고타미가 오늘 찾아와서 종일토록 울다가 갔습니다. 소녀는 같은 형제로서 그들이 슬퍼하는 것을 견딜 수 없습니다."

싯다르타는 그녀의 말을 아랑곳하지 않았다. 그는 밀려오는 피곤을 이길 수 없었다. 아내가 셋이라는 사실이 버겁고 성가시고 귀찮았다. 지친 몸을 침대에 눕히고 싶었다. 아무 생각도 하기 싫었다. 그냥 혼자 있고 싶었다. 죽음처럼 깊은 잠에 떨어져버리고 싶었다. 얼굴이 거무스레하고 작달막한 시녀가 등 뒤에서 말했다.

"목욕물이 준비되어 있습니다."

키 호리호리한 시녀가 초롱불에 비친 싯다르타의 옷을 보고 말했다.

"옷이 더럽혀 있고, 얼굴에도 오물이 많이 묻어 있습니다."

싯다르타는 지옥 세상 같은 야만의 마을에서 싸움을 말리고, 새로

이 왕이 된 꾸르메란 남자와 실랑이질을 하느라고 옷과 몸이 더렵혀졌음을 깨달았다. 욕실로 갔다. 두 시녀가 그의 옷을 벗겼다. 그는 어린 시절부터 늘 해오는 일이므로, 시녀들이 목욕시켜주는 것에 익숙했다. 욕조 속으로 들어가 눈을 감았다. 시녀들이 따스한 물에 잠겨 있는 그의 몸을 씻어주었다. 가슴과 등과 배와 팔다리를 씻어주고 사타구니와 남근을 씻고 겨드랑이를 씻어주었다. 그를 일으키고 몸의 물기를 수건으로 닦아주었다. 한 시녀가 말했다.

"태자마마, 야소다라 마마께서 태자마마를 고비카 마마의 궁으로 모시라고 하옵니다."

또 다른 시녀가 말했다.

"저희가 태자마마를 그리로 모시겠습니다."

싯다르타는 그들을 물리치고 침실로 들어갔다. 야소다라가 싯다르타의 앞을 막아서며 말했다.

"어마마마께서 저를 남편 욕심이 많은 여자라고 꾸짖을 것입니다. 오늘 하룻밤만이라도 언니 고비카에게 가서 주무십시오."

싯다르타는 "나 지금 피곤해 죽을 지경입니다. 제발 내 마음 가는 대로 하게 놔두시오." 하고 야소다라를 밀쳤다. 침실로 들어가 침대 위에 몸을 던졌다. 야소다라가 등 뒤에서 그를 끌어안았다. 그녀의 향기로운 체취가 콧속으로 밀려들었다. 끔찍한 살인과 사람의 간을 꺼내 먹는 현장을 보고 온 뒤 주체할 수 없도록 어수선한 마음을 가라앉히고 싶은데 마땅한 방법이 없었다. 잠 속으로 빠져들면 그 참담한 사건을 잊게 되지 않을까. 그는 끔찍스러운 상념으로 진저리를 치며 그녀에게로 돌아누워 그녀의 풍성한 가슴에 얼굴을 묻었다. 그녀가 몸을 떨면서 물기에 젖은 콧소리 많은 목소리로 말했다.

"태자마마께서 만일 제가 권하는 대로 언니 고비카에게로 가셨다면 저는 이 밤이 새도록 울었을 것입니다."

그는 그녀 품속으로 비비적대며 들어섰다. 풍성한 그녀의 부드러운 육체가 그를 받아들였고, 그들은 격렬한 성애 속으로 빠져들었다. 그가 본 피비린내 나는 살인과 죽은 자의 간을 꺼내 먹는 처참한 비극이 뜨거운 성애 속에서 얼음처럼 녹고 있었다. 열풍 같은 오르가슴이 가시고 나자 곧 죽음 같은 깊은 잠 속으로 빠져들었다. 그랬다가 문득 놀라 잠에서 깨어났다. 얼마쯤 잠을 잤을까. 의식이 초롱초롱 맑아졌다. 불가촉천민 마을에서 보았던 피비린내 나는 광기의 율동이 눈앞에 펼쳐졌다. 간을 꺼내 먹는 남자 꾸르메의 모습이 보였다. 슈도다나 왕이 통치하는 영토 안에 야만과 무법이 판치는 원시의 마을이 있다는 것은 슬픈 일이고 참을 수 없는 일이었다. 그는 골똘히 생각했다. 슈도다나 왕에게 그가 본 것을 보고하고, 그곳에 의원들을 투입해서 나병자, 매독 환자, 임질 환자, 창병 환자, 옴 환자 들을 구제하고, 구휼 곡식과 양들을 지원해주어야 한다. 그들의 의식을 바꾸어주어야 한다. 그 불가촉천민의 마을을 여느 수드라나 바이샤 계급 사람들의 마을과 똑같이 양치고 누에치며 풍족하게 사는 마을로 만들어놓아야 한다. 아버지에게서 받은 왕의 권한을 이용하여 그 불가촉천민의 마을을, 세상에서 가장 잘 다스려진 본보기 평화의 마을로 만들어야 한다. 그것을, 자신이 과연 전륜성왕이 될 수 있는가 없는가 하는 시험대로 삼아야 한다.

새 빛

이튿날 싯다르타는 슈도다나 왕에게 간밤에 보고 온 끔찍한 사건을 보고하고 나서, 다리나 재정대신과 농수산대신과 내무대신에게서 구호 식량과 새끼 양 오십 마리를 지원받아 수레에 실었다. 보건대신이 지원해준 의원들과 의약품과, 농수산대신이 지원해준 농업기술자들을 대동하고, 보안경찰대의 호위를 받으며 지난밤 끔찍한 사건이 일어난 그 불가촉천민의 마을을 찾아갔다. 농업기술자들은 뽕나무 묘목과 밀 씨앗과 농기구들을 가지고 싯다르타의 행렬을 뒤따랐다.

싯다르타는 보안경찰대장 비밀라에게 미리 전날 밤에 있었던 그 빈민가에서 일어난 참담한 비극을 말해주었다. 포악한 옛 왕을 죽이고 그 왕의 간을 먹은 자가 새 왕이 되는, 참혹한 그 마을의 율법 아닌 율법에 대해서도 말해주었다. 체구가 크고 헌걸찬 보안경찰대장 비밀라는 도저히 이해할 수 없다는 듯 눈을 크게 뜬 채 도리질을 하기도 하고 고개를 갸웃거리기도 했다.

"이 나라 안에 그러한 야만과 무법의 지옥 마을이 있다니 믿을 수가 없습니다."

보안경찰대장 비밀라는 주도면밀한 사람이었다. 이끌고 간 보안경
찰대로 하여금 빈민가를 에워싸게 하고, 마을 사람들을 한곳에 모이도
록 했다. 그 마을 사람들은 보안경찰이 손에 든 방망이와 창과 칼과 활
을 보고 불안에 떨었다. 싯다르타는 마을 사람들에게 말했다.

"나는 이 나라의 태자요. 이 나라에는 오직 슈도다나 왕 한 분이 있
을 뿐이고, 여러분은 슈도다나 왕의 신하들입니다. 태자인 나는 슈도다
나 왕의 명령에 따라, 이때껏 통치법권 밖에서 가난하고 비참하게 야만
적으로 살고 있는 여러분을 구제하고 치유하려고 왔습니다. 슈도다나
왕이 보내준 의원들이 여러분의 집안에 있는 병자들을 치료할 것이고,
굶주리는 여러분에게 배불리 먹을 수 있도록 양식을 나누어줄 것입니
다. 그리고 여러분이 황무지를 개간하여 밀 농사를 짓고, 양을 치고, 뽕
나무를 심어 가꾸고 누에를 쳐서 누에고치를 생산하고 그것을 팔아 자
급자족하는 방법을 우리 기술자들이 가르쳐줄 것입니다."

싯다르타는 이어서 그 빈민 마을에 흘러 내려오고 있는 야만적이고
도 참혹한 통치행위에 대하여 언급했다.

"나는 지난밤에 이 마을에서 일어난 원시적이고 야만적인 참혹한
비극을 내 눈으로 직접 보았습니다. 피비린내 나는 무도한 야만 행위를
한 왕을 죽인 사람이 그 왕의 간을 꺼내 먹고 새로운 왕이 되어 이 마을
을 통치하는 것은 있을 수 없는 일입니다. 이 마을에 왕은 존재할 수 없
습니다. 아까 내가 말했듯이, 이 나라에 왕은 오직 궁궐 안의 슈도다나
왕이 있을 뿐입니다. 이곳의, 왕을 죽이고 그 간을 꺼내 먹은 사람이 새

로운 왕이 되어 이 마을을 통치하는 것을 도저히 용납할 수 없습니다. 죽은 옛 왕의 살코기를 뜯어 먹는 것도 물론 용납할 수 없습니다. 그렇지만 이제부터 여러분이 그것이 극악무도하고 처참한 야만임을 알아차리고 다시는 그러한 일을 저지르지 않겠다고 약속하면 우리 행정부가 모든 것을 용서하고 새로운 삶을 살도록 식량을 지원하고 올바른 생활을 하도록 계도할 것입니다. 사람은 만물의 영장이기 때문에 절대로 사람의 고기를 먹으면 안 됩니다. 그러나 짐승의 고기를 먹을 수는 있습니다. 그래서 나는 정부에서 새끼 양 암수 쉰 마리를 지원받아 가지고 왔습니다. 그 양들을 무상으로 나누어줄 테니까 그것을 키우고 양털을 깎아 팔고 또 새끼를 낳아 불려가면서 부자 마을이 되도록 열심히 노력하기 바랍니다. 자급자족과 행복은 열심히 노력하는 자만 누릴 수 있습니다."

그러자, 전날 밤 몽둥이로 이 마을의 옛 왕을 살해하고 스스로 새 왕이 된 남자 꾸르메가 앞으로 당당하게 나서서 싯다르타를 향해 말했다.

"당신은 우리 마을의 실정을 모르기 때문에 지금 그러한 제안을 하고 있습니다. 우리 마을에는 우리 마을만의 엄정한 율법이 있습니다. 옛 왕을 죽인 사람은 반드시 그 죽은 왕의 간을 먹어야 합니다. 그래야 새 왕이 됩니다. 그리고 모든 마을 사람들은 이미 죽은 왕의 살코기를 먹음으로써 새 왕에게 충성을 맹세하는 것입니다. 그것이 우리들 신의 뜻입니다. 우리들은 이 세상에서 가장 천하고 슬픈 족속입니다. 우리들이 카스트의 네 계급 속에 들지 못하도록 태어난 것이 신의 뜻이듯이, 우리의 잔인하고 포악한 왕을 죽이고 그 왕의 간을 먹은 사람이 새로운 왕이 되어 이 마을을 다스리는 것 또한 신의 뜻입니다. 마을 사람들이 그 왕의 살을 뜯어 먹고 새 왕이 된 나에게 충성을 맹세하는 것도 신의 뜻입니다. 나는 신의 뜻에 따라 우리 마을의 새 왕이 된 것입니다. 이곳에서는 왕인 나의 말을 들어야 합니다. 그런데 만일 내가 왕 노릇을 민주적으로 잘하지 못한다면, 우리들 가운데서 누구인가가 나를 죽이고 내 간을 먹고 다시 새 왕이 될 것입니다. 그것이 우리 마을 사람들의 율법입니다."

싯다르타는 새 왕이라고 자처하는 꾸르메에게 말했다.

"나는 당신을 이 마을의 왕으로 인정할 수 없고, 다만 우두머리로 인정할 수 있을 뿐이오. 이 마을의 우두머리는 왕이 아니고 이 마을의 이장일 뿐인 것이오. 이장인 당신은 먼저 우리가 싣고 온 곡식을 굶주리는 사람들에게 고루 나누어주고, 우리가 끌고 온 새끼 양들을 한 가족에 한 마리씩 나누어주시오. 이 양은 잡아먹으라는 것이 아니고, 열심히 길러 새끼를 낳도록 하여 수를 점차로 불리어 가라는 것입니다. 그런 다음 철에 따라 양털을 깎아 팔거나 그것으로 카펫을 만들어 팔아서 양식을 구해다가 먹고살아야 합니다. 앞으로는 다시 살인이 일어나지 않게 하고, 근처의 평평한 황무지를 개간하여 밀 농사를 짓게 하고, 약간 비탈진 땅은 뽕나무밭으로 만들어 누에를 치고, 누에고치를 생산하고 그것으로 명주를 짜서 팔아 옷도 사서 입고, 양식도 사다가 배불리 먹으며 살도록 하시오. 우리 정부에서 앞으로 여러분이 살아가는 것을 지켜보면서 집도 지어주고, 그 밖에 더 지원할 것이 있으면 얼마든지 지원해줄 것입니다. 그렇게 할 수 있도록 우리 보안경찰대 일 개 분대가 여기 머무르면서 여러분의 삶을 지켜줄 것이오."

마을의 새 왕 꾸르메는 힘껏 도리질을 하고 나서 거연하고 당당하게 말했다.

"우리 마을에는 나병자들, 매독과 임질과 창병과 옴을 앓는 환자들이 많고, 마을 사람들은 늘 굶주린 까닭으로 힘든 농사일을 할 수 없습니다."

그 말에 싯다르타는 절망했다. 불가촉천민으로 살아온 그들과 쉽게 소통할 수 없다고 생각되었다. 그는 하늘을 쳐다보았다. 그의 가슴속에서, 그 왕이라고 자처하는 꾸르메를 설득하라는 말이 들려왔다. 싯다르타가 마른 입술에 침을 바르고 나서 천천히 말했다.

"우리 의원들이 병자들을 치료할 것입니다. 굶주린 마을 사람들을 배불리 먹이면 힘이 생겨 고된 일을 할 수 있을 것입니다. 우리의 농업 기술자들이 게으른 성정을 부지런하게 치료해주고, 뽕나무 묘목 만드는 것, 그것을 가꾸고, 잎을 따다가 누에를 쳐서 고치를 생산하는 것, 밭을 개간하여 밀을 심어 가꾸는 것도 가르쳐줄 것입니다. 여러분이 누에고치로 명주를 생산하고, 양털을 깎아 카펫을 만들어 팔 수 있도록 우리 정부가 도와줄 것입니다. 장담하건대 앞으로 한 오 년 동안만 부지런히 하면 여러분의 마을은 부자 마을이 될 것이고, 다시 오 년 동안 부지런히 하면 온 세상이 다 부러워하는 부자 마을이 될 것입니다."

꾸르메는 도리질을 하면서 거만스럽게 말했다.

"과연 그것이 신의 뜻인지 아닌지, 또 그것을 우리가 받아들일 것인가, 그렇지 않을 것인가 하는 것은, 왕인 내가 우리 신에게 물어보고 나서 결정할 문제입니다."

싯다르타는 기가 막혔다. 보안경찰대장 비밀라가 다가와서 귀엣말을 했다.

"저, 왕이라고 건방을 떠는 꾸르메라는 놈을 없애고 새 질서를 만들어 통치해야 합니다."

싯다르타는 그 말을 아랑곳하지 않고 다시 하늘을 쳐다보며 생각했다. 그렇다, 이들에게는 이들의 질서가 있는 것이다. 구름 한 점 없는 창공에 뜬 해가 밝은 빛살을 땅으로 쏟아 붓고 있었다. 사방에는 푸른 풀들이 바람에 너울거리고 있었다. 언덕에는 사라나무와 잠부나무와 망고나무, 아소카나무 들이 무성했다. 사라나무와 잠부나무와 망고나무는 연초록의 잎사귀로 햇빛을 되쏘고 있고, 아소카나무는 피워 올린 샛노란 꽃송이들로 햇살을 무지갯살로 만들고 있었다. 보안경찰대장 비밀라가 싯다르타에게 다시 귀엣말을 했다.

"태자마마, 제가 지금 저 왕이라고 건방을 떠는 무엄한 놈을 포박해서 끌어다가 감옥에 처넣겠습니다. 그러면 여타의 주민들은 저항하지 않고 순종할 것입니다. 순종하는 사람들 가운데서 이장을 선출하여 이 마을을 이끌어가도록 돌봐주어야 합니다."

싯다르타는 비밀라에게 도리질을 하고 나서 꾸르메에게 말했다.

"그럼, 어서 당신들의 신에게 물어보도록 하시오."

꾸르메는 자기의 부하들에게 제단으로 사용하는 사라나무 앞에 희생물을 바치게 했다. 부하들이 전날 옛 왕의 가슴을 가르고 간을 꺼낸 칼로 새끼 양 한 마리의 목을 찔렀다. 솟구쳐 흐르는 피가 하얀 털을 붉게 물들였다. 그 피를 사라나무 밑동에 뿌렸다. 꾸르메는 무릎을 꿇고 하늘을 향해 두 손을 모았다. 그는 인드라와 시바 신을 찬양하고 나서 말했다.

"세상을 지배하는 신이시여, 우리가 저들의 요구를 받아들일까요, 아니면 거부할까요, 저의 귀에만 들리도록 조용히 명을 내려주십시오."

주위는 조용해졌다. 마을 사람들 모두가 꾸르메가 하는 짓만 응시하고 있었다. 한동안 하늘을 쳐다보고 있던 꾸르메가 무슨 말을 들었는지 두 팔을 십자로 벌렸다가 두 손바닥을 한데 모아 잡았다. 격렬하게 악력을 가하며 안간힘을 썼다. 고개를 세차게 끄덕거리고 나서 싯다르타에게 말했다.

"우리들의 신께서 모든 것을 받아들이라고 허락하십니다."

싯다르타는 끌고 간 양들과 싣고 간 양곡과 농업기술자들이 가지고 간 뽕나무 묘목들을 꾸르메에게 전해주었다. 그의 부하들이 그것들을 받았다. 싯다르타는 마을 사람들에게 말했다.

"우리 정부는 여러분의 대표인 꾸르메가 마을의 여러분과 더불어 얼마나 뽕나무를 잘 키우면서 누에를 잘 치고 누에고치를 잘 생산하는지, 양들을 얼마나 잘 양육하여 수를 불리고 털을 잘 깎아내는지, 황무지를 개간하여 밀을 얼마나 잘 심어 가꾸는지 지켜볼 것입니다. 물론 우리 정부가 보낸 기술자들은 여러분의 농사를 힘껏 적극적으로 가르쳐주고 도울 것입니다. 또한 여러분의 마을이 자립할 때까지 부족하지 않도록 양곡을 지원해줄 것입니다."

싯다르타의 명에 따라, 의원들은 병자들을 찾아다니면서 치료해주고 약을 먹여주고, 환자들에게 약봉지를 안겨주며 앞으로 계속해서 먹으라고 가르쳤다. 농업기술자들은 건장한 남성들에게 뽕나무 심는 법, 양 키우는 법을 가르쳐주었다. 농업기술 반장은 마을 사람들을 모아놓고 말했다.

"뽕나무가 잘 자라면 누에의 알을 가져다주고 키우는 법과 고치 생산하는 법을 가르쳐줄 것이오. 양털 깎는 법도 가르쳐줄 것이오. 그런 다음에는 누에고치와 양털의 판로를 마련해줄 것이오."

싯다르타가 덧붙여 말했다.

"만일 여러분이 생산한 누에고치와 양털이 넘쳐나면 명주 짜는 공장, 카펫 짜는 공장을 세워줄 것입니다."

그날 해 질 무렵에 싯다르타는 보안경찰대 일부와 농업기술자들 몇 사람을 남겨놓고, 조마조마한 마음을 어찌하지 못한 채 궁으로 돌아왔다. 과연 그 불가촉천민들은 내가 마련해준 정부의 시책을 잘 따라줄까. 나는 그 마을을 부자 마을로 만들 수 있을까. 불안한 마음을 달래기 위해 그는 야소다라의 가슴에 얼굴을 묻은 채 잤다.

이튿날 아침 일찍이 보안경찰대장 비밀라가 찾아와 놀라운 사실을 토로했다.

"태자마마께 송구한 말씀을 올리겠습니다. 건방진 꾸르메란 놈을 그대로 두고는 그 마을을 다스릴 수 없다 싶었습니다. 그 살인자를 그대로 둔다는 것은 나라의 법에 크게 어긋난 일입니다. 저는 지난 새벽에 은밀하게 경찰 특공대를 이끌고 그 불가촉천민 마을로 들어가서, 잔인하게 살인을 저지르고 새로이 왕이 된 그놈을 체포해 끌어다가 감옥에 집어넣어 버렸습니다. 그 대신 순종 잘하는 한 남자를 이장으로 선정하고 그로 하여금 마을을 통치하게 했습니다. 태자마마의 명을 따르지 않고 독단으로 그렇게 일을 처결한 소장의 처사를 용인해 주십시오."

싯다르타는 멍해졌다. 나라의 법에 따라 그렇게 했다는 보안경찰대장을 꾸짖을 수 없었다. 그가 물었다.

"감옥에 처넣은 그 남자는 어찌 처리할 참이오?"

비밀라 대장이 말했다.

"남을 죽인 자는 나라의 법에 따라 자기도 죽어야 마땅한 일 아니겠습니까. 더구나 그놈은 잔인무도하게 한 남자를 죽이는 것도 모자라 그 남자의 간을 꺼내 먹은 흉악한 자입니다."

싯다르타는 눈살을 찌푸린 채 생각했다. 그렇다면 그 마을의 왕이라 자처하는 꾸르메라는 자를 죽이는 것은 누구인가. 슈도다나 왕이 다스리는 나라가 나라의 법에 따라 죽이는 것이니까 결국 나라가 사람을 죽이는 셈이다. 나라는 백성들에게 살인을 금하면서 스스로는 사람을 죽이는 것이다. 그 모순이 그를 혼란 속에 빠뜨렸다. 그가 물었다.

"이 싯다르타의 이름으로 그 남자를 살려주고 회개하여 새 삶을 살게 하면 안 되겠소?"

비밀라가 말했다.

"안 됩니다. 적어도 그 마을 사람들에게, 사람을 죽인 자는 자기도 죽게 된다는 본을 보여주고, 그 마을에 흘러내려 온 전통이란 것을 깨뜨려주어야 합니다. 그것이 신의 참된 뜻입니다."

싯다르타는 또 한 사람이 죽어가야 한다는 사실, 그의 아버지 슈도다나 왕이 다스리는 나라가 대신 복수를 해준다는 사실에 우울해졌다. 그는 절망 어린 목소리로 중얼거렸다.

"신의 뜻이라고 했소?"

비밀라가 당당하게 말했다.

"그렇습니다. 신의 뜻입니다."

싯다르타는 생각했다. 신은 참으로 편리한 존재이다. 인간은 많은 잘못을 저지르고 그것을 신에게로 돌려 합리화시킨다.

그날 아침 싯다르타는 행정대신과 농수산대신에게 말했다.

"아무쪼록 그 불가촉천민들의 마을이 평화롭게 다스려지고, 장차 자급자족하게 되도록 지원을 아끼지 말아 주시오. 이 나라의 모든 마을이 평화롭고 넉넉하게 살도록 하는 것이 슈도다나 왕의 뜻임을 그들에게 알게 해주시오. 나는 날마다 그들의 마을에 가서 그 사람들과 더불어 뽕나무를 가꾸고 밀밭에 김을 매고, 양을 칠 것이고, 양털 깎는 것, 누에치는 것을 가르칠 것이오."

뽕나무

싯다르타는 날마다 아침 일찍 그 야만의 불가촉천민 마을로 가서 살다시피 했다. 혼자 간 것이 아니고, 나라 안 여기저기에 뽕나무 밭을 조성한 이력을 가진 농업기술자들과 황무지를 개간하여 밀 농사를 지은 경력이 있는 농사꾼들과 양치기 기술자들과 함께 살았다. 그는 기술자들에게 말했다.

"우리 모두, 이 야만의 마을을 세상에서 가장 평화롭고 풍족한 마을로 만들겠다는 사명을 가지고 분투합시다."

싯다르타는 마을의 모든 사람들을 세 패로 나누었다. 한 패는 뽕나무 밭을 조성하게 하고, 다른 한 패는 밀 경작할 황무지를 개간하게 하고, 또 다른 한 패는 양을 치게 했다. 평평한 밭에는 밀씨를 뿌리고, 약간 경사진 밭에는 뽕나무 묘목을 심었다. 양들은 분지의 풀밭에 풀어놓고 길렀다. 싯다르타는 뽕나무 묘목에 입을 맞추고, 양들을 품에 안고 쓰다듬어주었다. 꾸르메가 없어진 다음 마을 사람들은 무기력했고 피동적이었다. 보안경찰대장 비밀라가 억지로 임명한 이장도 피동적이기는 마찬가지였다. 그들은 마지못해 싯다르타가 데리고 온 농업기술자들에게 이끌려 다니면서 노예처럼 시키는 일을 했다. 싯다르타는 수동적인 마을 사람들을 일깨워주어야 한다고 생각했다. 일을 하다가 쉬는 사이에 그는 그들에게 말했다.

"여러분, 뽕나무가 자라면 누에를 칠 것이고, 누에고치를 생산하게 되면 정부에서 사갈 것입니다. 그럼 그 돈은 모두 이 마을 주민인 여러분의 것이 되는 것입니다. 우리가 끌어다가 여러분에게 나누어준 양들도 당신들이 잘 키우면 모두가 당신들 것이 됩니다. 털을 깎아 놓으면 우리 정부가 돈을 주고 사갈 것이고, 여러분은 그 돈을 각자가 나누어서 깨끗하고 고운 옷을 사 입기도 하고, 맛있는 것을 사다가 먹기도 할 것입니다. 밀 농사, 뽕나무 농사, 양치기 농사를 잘 지으면 여러분은 부자가 되는 것입니다."

싯다르타는 농업기술자들에게, 농장 가까이에서 포장을 치고 기거하면서 그 마을의 농사를 일으키라고 명령했다. 그들은 우물을 파서 음용수로 쓰고, 뽕나무에 물을 주었다. 풀을 베어다가 퇴비를 만들어 밀밭에 뿌렸다. 뽕나무와 밀은 무럭무럭 자랐다. 양들은 곧 어른 양이 되어 새끼를 낳았고, 기술자들은 털을 깎았고 정부는 털을 사갔다. 기술자들은 뽕나무 가지를 잘라 삽목을 하거나 휘묻이를 해서 묘목을 만들어 뽕나무밭을 넓혔다. 마을 주위의 황무지는 뽕나무밭과 밀밭과 양치기 농장으로 변했다. 마을 사람들은 뽕나무밭이 조성되고 양들이 불어나고 밀밭이 바람에 물결치듯이 출렁이는 것이 신기하고 신 났다. 우물에서 물을 길어다가 마시고, 뽕나무에 물을 주었다.

농업기술자들과 보안경찰대를 거들떠보지 않고, 뽕나무 심는 일은 물론, 양치기 일에도, 밀 농사짓는 일에도 참여하지 않는 중년 아낙이 한 사람 있었다. 그녀에게는 열 살쯤의 아들이 있었다. 그녀는 유일하게 물소 모양의 덩치 큰 암소 한 마리를 소유하고 있었다. 그것은 몽둥이에 맞아 죽은 전 왕의 소유였다. 그녀는 죽은 남편을 생각하고 눈물을 흘리면서 그 소의 젖을 짜서 아들과 나누어 먹었고, 정부에서 배급해준 곡식을 받아먹으려고 하지 않았다. 그녀는 소가 싼 똥을 움막의 흙벽에 떡처럼 납작하게 붙여 말렸다. 질그릇 솥을 아궁이에 걸고, 그 밑에 쟁반 모양의 바싹 마른 똥을 넣고 불을 붙여 음식을 끓였다.

싯다르타는 그녀에게 배급해준 곡식으로 밥을 해 먹으라고 권하고, 다가가서 마을 사람들과 함께 농사일을 하라고 권했다. 그녀는 싯다르타의 말을 아랑곳하지 않았다. 그녀의 얼굴에는 아무런 표정도 나타나지 않았다. 보안경찰대장이 임명한 이장이 그녀에게 일하러 나오라고 권해도 들은 척 만 척했다.

어느 날 그녀의 소에게 문제가 생겼다. 병이 난 것이었다. 풀을 뜯어 먹지 않고 물을 마시지도 않고, 되새김질도 않고 줄곧 주저앉아만 있었다. 물론 젖을 짤 수도 없었다. 그녀는 풀을 베어다 입 앞에 대주고 물을 떠다가 앞에 놓아두었다. 무릎을 꿇고 앉아 신을 향해 비손을 했다. 열 살쯤의 아들도 어머니를 따라 무릎을 꿇고 앉아 비손을 했다. 그 비손은 효험이 없었다. 싯다르타는 농업기술자들에게 소를 돌보아주라고 명했다. 농업기술자는 소에게 마약을 먹였다. 소의 입을 벌리고 목구멍 속에 약을 넣어주었다. 그것도 효험이 없었고, 소는 사흘 뒤 해 저물녘에 숨을 거두었다. 그녀는 아들과 함께 죽은 소 앞에 앉아 있었다. 마을 사람들은 하나씩 둘씩 손에 칼을 든 채 죽은 소 앞으로 모여들었다. 누가 먼저랄 것 없이 그들은 소의 가죽을 찢고 살코기를 베어냈다. 여기 저기에서 모닥불이 타올랐고, 사람들은 고기를 구워서 먹었다. 그녀는 아들의 손을 잡은 채 자기네 움막으로 들어갔다. 싯다르타는 그녀의 움막 안에 곡식을 넣어주라고 비밀라 대장에게 명했다. 농업기술자에게 양 한 마리를 움막 앞에 묶어 놓으라고 했다. 한데 싯다르타가 궁으로 돌아갔다가 다음 날 그 마을에 왔을 때 그들 모자의 모습은 보이지 않았다. 싯다르타는 가슴이 쓰라렸다. 보안경찰대장에게 그들 모자를 찾으라고 명했다. 경찰대원들이 사방팔방으로 찾아 헤매었지만 찾지 못했다. 싯다르타의 뇌리에는 그들 모자의 모습이 가시처럼 박혀 있었다. 그들 모자는 어디를 떠돌고 있을까.

다음 해부터는 누에를 쳤다. 양잠 기술자들은 누에의 알판을 분양 받아다가 누에 새끼들이 알에서 깨어 나오게 한 다음 뽕잎을 실처럼 가늘게 썰어서 먹였다. 누에들이 먹고 자라게 하는 방석은 띠풀이나 억새풀을 베다가 말린 다음 발을 성기게 엮었다. 밀짚으로 발을 엮기도 했다. 마을의 불가촉천민들은 정부가 곡식을 대주었으므로 배불리 먹고 누에치는 것을 배웠다. 해는 쨍쨍 햇살을 퍼부었고, 윤기 나는 뽕잎은 바람에 고개를 흔들면서 잘 자랐다. 양들은 풀을 뜯어 먹고 짝짓기를 하고 새끼를 낳았다. 새파란 밀밭을 맡아 가꾸는 사람들은 잡초를 매었고, 밀들은 바람에 출렁거리며 잘 자랐다. 의원들은 나병환자들을 마을에서 멀리 떨어진 곳에 움막을 짓고 격리시켰다.

싯다르타는 주민들과 함께 뽕잎을 따 오고, 그것을 썰어서 누에에게 먹였다. 누에는 한 잠을 자고 나서 부지런히 먹었고, 다시 두 잠을 잔 다음 아귀아귀 먹었다. 뽕밭에서는 뽕의 향기가 났고, 누에에게서는 누에의 향기가 났다. 주민들의 얼굴이 밝아진 것, 그들이 웃음소리를 내는 것, 서로 말을 주고받는 것, 부지런히 뽕잎을 따 와 누에에게 먹이고, 누에를 아기처럼 보살피는 것을 지켜보는 싯다르타의 가슴은 환히 밝아졌다.

누에가 밀의 짚북데기와 발(簾)에 올라가 고치를 짓기 시작했다. 배부르게 잘 먹은 누에들이 고개를 저어가며 고치를 만드는 것이 신통했다. 사람들은 그것을 주시하며 즐거워했다. 보름 뒤에는 누에고치를 땄다. 그것을 가마니에 실어 출하했고 그 대금을 받아 나누어주었다. 양털을 깎아 가마니에 담아 출하하고 받은 대금도 고르게 나누었다. 누에가 모두 집을 짓고 올라간 다음에 한가해진 시간에 사람들은 도시로 나가서 옷과 생필품들을 사 왔다.

밀이 익자 수확을 했다. 밀짚으로 움막을 수선하고, 밀을 싸릿대로 만든 멱서리에 담아 집집이 나누었다. 시장에서 맷돌을 사다가 갈아서 빵을 만들어 먹었다. 밀 껍질로 누룩을 만들어 놓았다가 술을 빚었다. 술이 익었을 때, 싯다르타는 잔치를 벌이자고 했다.

달이 중천에 떴다. 새끼를 낳을 수 없는 늙은 수컷 양을 잡아 불에 구워 빵과 더불어 먹으며 술을 들이켰다. 주민들은 취하자 노래하고 춤을 추었다. 싯다르타는 그들과 어울려 춤을 추었다. 싯다르타는 그의 마부 찬타카를 사람들 속으로 끌어들여 노래하고 춤을 추게 했다. 마을 사람들과 친해진 키 작달막한 찬타카는 얼굴이 불콰해진 채 벙싯벙싯 웃으며 그들과 함께 어울려 즐겼다. 싯다르타는 아버지 슈도다나 왕에게서 왕 노릇하기를 물려받은 이래 처음으로 보람을 느끼고 가슴 두근거리는 환희를 만끽했다. 나라를 다스리고, 가난한 사람들을 구제한다는 것은 이렇게 즐거운 일이구나. 그는 이장과 마을 사람들이 권하는 대로 술을 들이켜고 노래하며 춤을 추었다.

야만적인 불가촉천민들의 가난하던 마을이 사람 살기 좋은 부자 마을이 되었다는 소문이 퍼지자 여기저기에서 집시처럼 유랑하던 불가촉천민의 무리가 모여들었다. 하늘과 땅, 이 세상 어디에서도 사람대접을 받지 못하던 그들이 가족들을 이끌고 줄줄이 몰려드는 것이었다. 싯다르타는 그들에게 움막집을 마련해주고 배급을 주고, 그들을 뽕나무 가꾸기와 밀밭에 김매기와 양치기와 털 깎기에 투입하고 서로 화합하도록 이끌었다.

유랑하다가 모여드는 그들로 인해 날마다 마을 주민이 불어났다. 두 마을이 형성되고 오래지 않아 세 마을이 형성되고, ……열 마을이 형성되었다. 싯다르타는 재정대신과 농수산대신과 행정대신과 보건대신에게 새로 생긴 마을을 위하여 거듭 지원해줄 것을 요청했다. 그 마을들 주위에는 새 뽕나무밭과 새 밀밭들이 생기고 또 다른 양치기 농장이 생겨났다.

싯다르타는 희망이 생겼다. 이 마을 일대를 불가촉천민들의 공동체 마을로 만들 생각이었다. 세상의 모든 불가촉천민들이 모여 평화롭게 살도록 할 참이었다. 그들이 부자가 되고, 사람대접을 받고 산다면 이 세상에 불가촉천민이라는 것이 사라지게 되지 않겠는가.

싯다르타가 이미 일으켜놓은 다른 농촌 마을들의 뽕나무 농사, 밀 농사, 양치기 농사는 저절로 잘 번창하고들 있었다. 이제 이 불가촉천민의 마을만 제대로 잘 번창한다면 이 세상 전체가 극락세계가 되는 것이었다.

싯다르타는 날마다 이 마을에 와서 뽕나무밭과 잠실과 밀밭과 양떼들을 둘러보았다. 왕 노릇 연습을 하게 해준 슈도다나 왕의 처사가 한없이 위대하게 생각되었다. 이 세상으로부터 따돌림을 받은 불가촉천민들까지도 잘 먹고 잘 사는 세상이 만들어진다는 것은 그야말로 황홀한 일이었다. 그는 자신감이 생겼다. 세상은 신의 뜻에 따라 만들어지는 것이 아니고 사람들이 뜻을 합쳐 분투하듯이 하는 노력으로 만들어지는 것이다. 참담한 야만 세상을 순한 인간의 도덕 세상으로 교화하는 것이 바로 인간의 의지인 것이다.

달밤

밤이 깊었을 때, 그는 찬타카가 이끄는 말을 타고 흔들리는 대로 몸을 맡긴 채 궁으로 돌아갔다. 중천에 뜬 만월이 그를 내려다보고 있었다. 하얀 만월 주위로 거대한 금가락지 같은 달무리가 떠 있었다.

'아, 저 달무리!'

그는 속으로 탄성을 질렀다. 그 달무리 속의 만월에서 한 여자의 얼굴이 나타났다. 한 번도 만나보지 못했지만 머리에 늘 그려지곤 하는 둥글고 하얀 얼굴, 그를 낳아준 어머니 마야 왕후였다. 마야 왕후를 모셨다는 늙은 시녀에게 물은 적이 있었다.

"나를 낳아준 어머니는 어떻게 생겼어요?"

그 시녀가 말했다.

"얼굴이 희고 동글납작했어요. 눈썹 밭이 까맣고, 속눈썹이 여치의 더듬이처럼 휘움하고, 두 눈이 약간 우묵한 듯싶었지요. 눈동자는 진한 갈색이고, 호수처럼 깊고 그윽하면서도 별처럼 반짝거렸어요. 또 목이 길고, 쇄골이 예쁘게 드러나고, 몸매가 늘씬하고, 웃으면 하얀 이빨이 빛났어요. 시종 시녀 들을 친딸이나 동생들처럼 아끼고 사랑했어요. 슈도다나 왕을 혼자서 독차지하려 하지 않고, 밤마다 자기를 찾아오곤 하는 대왕마마에게 늘 동생인 프라자파티를 외롭게 하지 말라고 말하곤 했어요. 하늘이 낸 천사이고 성녀였어요. 복부 절개로 태자마마가 태어난 뒤, 당신의 배가 통통 부어오르고 열이 설설 끓어, 의식이 가물 가물하신 때에도 마야 왕후마마는 갓 태어난 어린 태자마마만 걱정했어요. 한데 슬프게도, 마야 왕후마마는 운명하실 때, 아기인 태자마마를 한 번 안아보고 싶다고, 태자 아기에게 젖을 주고 싶다고 했어요. 그런데 어의들이 '안 되옵니다. 왕후마마께서는 몸이 부어 있으므로 왕후마마의 젖은 태자마마의 몸에 해로울 것이옵니다.' 하고 거절했어요. 마야 왕후마마가 젖은 물리지 않고 그냥 한 번 안아보기만 하겠다고 애절하게 말했지만, 그 소원마저도 들어주지 않았어요. 슈도다나 대왕마마의 한쪽 손과 동생인 프라자파티 왕후마마의 한쪽 손을 잡은 채 숨을 거두었어요. 불던 바람이 자듯이 숨이 잦아들었어요. 아주 잠들듯 편안한 천사의 얼굴이었어요."

싯다르타는 늙은 시녀에게 말했다.

"마야 왕후에 대해서 알고 있는 것을 다 말해주세요."

그는 어머니에 대한 이야기를 한없이 듣고 싶어 했다. 늙은 시녀는 말했다.

"마야 왕후는 데바다하에서 선왕마마 동생의 장녀로 태어나셨대요. 건조기의 둥그런 달이 중천에 환하게 떠 있을 때 태어났는데, 달은 거대한 금가락지 같은 샛노란 달무리를 하고 있었답니다. 그 달무리 때문에 이름을 '마야'라고 지었다고 합니다. 달무리는 실제 있는 것이 아니고 허상이지 않습니까? 저는 '마야'라는 말은, 이 세상에 없지만 있는 것처럼 보이는 허상을 뜻하는 말이라고 들었습니다. 마야 왕후는 어린 시절부터 아소카꽃을 사랑하여 늘 머리에 그 꽃을 꽂곤 했답니다. 시와 노래를 좋아하여 늘 시를 짓고 그것을 노래로 흥얼거리곤 했답니다. 슈도다나 대왕마마에게 시집을 오신 뒤로도 늘 머리에 꽃을 꽂고 살았고, 시를 짓고 노래를 흥얼거리곤 했습니다. 태자마마를 배 속에 잉태한 다음에는 꽃향기를 코로 들이켜곤 했는데, 그것은 배 속의 아기를 향기에 젖게 하려는 것이라고 했습니다. 배 속의 아기가 왕자일 경우, 꽃향기와 시와 노래에 젖은 채 자라면 장차 태어나 천하를 다스리는 전륜성왕이 될 것이고, 만일 공주로 태어난다면 전륜성왕의 왕후가 될 거라고 했습니다."

시녀들의 다툼

찬타카가 싯다르타의 말고삐를 끌고 태자궁에 이르렀을 때, 야소다라의 시녀들이 달려 나와 싯다르타를 맞이했다.

"태자마마 어서 오십시오. 지금 야소다라 마마가 궁 안에서 태자마마를 목이 빠지게 기다리고 계십니다."

한데 다른 시녀들 둘이 야소다라의 시녀들을 밀어내고 싯다르타 앞에 부복하면서 말했다.

"어서 오십시오. 태자마마, 지금 고비카 마마가 울면서 태자마마를 기다리고 계십니다."

싯다르타는 두 무리의 시녀들이 벌이는 실랑이로 인해 어리둥절한 채 말에서 내렸다. 그런데 또 두 시녀가 고비카의 시녀들을 밀어내고 싯다르타를 향해 허리와 머리를 깊이 숙이고 말했다.

"어서 오십시오, 태자마마. 저희들은 고타미 마마의 시녀들인데, 태자마마를 모시러 나왔사옵니다. 오늘은 태자마마께서 우리 고타미 마마 궁으로 가셔야 할 차례이옵니다."

싯다르타는 말에서 내린 다음 우뚝 선 채 시녀들을 둘러보았다. 자기를 끌어들이기 위해 적극적으로 나서고 있는 시녀들이 얄미웠다. 오늘 밤은 어떤 아내의 궁에도 가질 않고 태자궁에서 조용히 쉬고 싶었다. 태자궁을 향해 몸을 돌리는데 한 시녀가 뒤따르면서 말했다.

"고비카 마마는 지금 식음을 전폐하고 누워 계십니다. 태자마마의 버림을 받는다면 굶어 죽겠다고 하옵니다. 저희 고비카 마마를 살려주십시오."

또 한 시녀가 뒤를 따르면서 말했다.

"저희 고타미 마마는 태자마마를 은애한 나머지 상사병을 앓고 계십니다. 온몸에 열이 설설 끓고 있습니다. 그 병은 오로지 태자마마의 사랑만이 치유해줄 수가 있사옵니다. 우리 가엾은 고타미 마마를 살려주십시오."

그들을 뿌리치고 태자궁으로 가는데 이모 프라자파티가 앞을 막아서면서 말했다.

"태자, 오늘은 언니인 고비카 궁으로 가셔서 주무십시오."

고비카

싯다르타는 이모 프라자파티의 청을 뿌리칠 수 없어 고비카 궁으로 향했다. 고비카의 시녀들이 그를 안내했다. 시녀들에게서 올리브유 향기가 날아왔다. 고비카는 궁 앞에서 무릎을 꿇고 엎드린 채 싯다르타를 맞이했고, 흐느끼면서 말했다.

"태자마마께서 제 궁에 오셨으므로 저는 이제 죽어도 여한이 없사옵니다."

살갗이 희고 키가 헌칠한 야소다라에 비하여 고비카는 키가 작달막하고, 얼굴 살갗이 거무스레하고 가슴이 작고 허리가 굵었다. 표정이 목석처럼 딱딱하고 건조하고 뻣뻣하게 느껴졌다. 그렇지만 이날 밤 고비카는 한껏 곱게 치장을 하고 있었다.

시녀들이 무릎 꿇고 있는 고비카를 일으켰고, 고비카는 시녀들에게 태자를 어서 욕실로 모시고 향유 목욕을 시켜드리라고 명했다. 시녀들이 싯다르타를 욕실로 안내했다. 욕조에는 따사로운 물이 가득 담겨 있고, 그 물에는 아소카 꽃잎이 떠 있었다. 시녀들은 싯다르타의 옷을 벗기고 욕조 안으로 안내했다. 싯다르타는 욕조 속에 들어앉았다. 지금 야소다라는 울고 있을 것이다. 야소다라의 하얀 얼굴이 눈에 삼삼했다. 눈을 감았다. 아소카 꽃향기가 코를 통해 폐부로 밀려들었다. 시녀들이 그의 몸에 물을 끼얹었다. 시녀들이 목욕을 시켜주는 것은 어린 시절부터 익숙했다. 시녀들은 싯다르타의 겨드랑이와 오금과 사타구니와 양물까지도 속속들이 닦아주었다. 시녀들은 조심스럽게 마른 수건으로 싯다르타의 몸에서 물기를 닦아내고 하얀 명주 잠옷을 입혔다. 그를 식당으로 안내했다. 고비카가 탁자 앞에 앉아 그를 기다리고 있었다. 탁자에는 싯다르타를 위한 음식이 놓여 있었다. 그가 식사를 하고 나자, 시녀들이 그를 침실로 안내했다. 연분홍 커튼으로 가려진 침실 안에는 진분홍의 촛불이 켜져 있었다. 시녀들이 물러갔고, 고비카와 싯다르타만 남았다. 그는 말없이 침대 위로 올라가 누웠다. 살결이 거무스름한데다 표정이 우울하고 딱딱하게 굳어져 있는 고비카가 싫었지만 어찌할 수 없었다. 아내 셋을 거느린 자기는 세 아내에게 사랑을 고루 나누어주어야 하는 운명인 것이었다. 고비카가 그의 옆에 와서 누웠다. 그는 눈을 감은 채 고비카를 안았다. 머리에는 야소다라의 우윳빛 하얀 얼굴과 부드러운 표정이 그려졌다. 나는 왜 찾아가고 싶은 야소다라에게 가지 않고, 싫은 정이 드는 고비카의 몸을 끌어안고 있는 것인가. 왜 나는 마음 가는 대로 하지 못하는 것인가. 무엇이 문제인가. 그는 우유부단한 자기가 미워지기 시작했다. 고비카가 그의 품에 얼굴을 묻은 채 말했다.

"태자마마께서 이렇게 저의 궁에 드실 날이 영원히 없을 줄 알았습니다. 그런데 이렇게 찾아주시니 꿈만 같사옵니다."

싯다르타는 고비카의 낮고 쉰 듯한 목소리가 싫었다. 알 수 없는 향기에 젖어 있는 그녀의 체취도 낯설고 싫었다. 자기에 대한 미움증과 더불어 고비카에 대한 미움증이 고개를 들었다. 싯다르타는 고비카가 미우면서도 그녀의 가슴으로 얼굴을 들이밀었다. 그의 의식은 분열되고 있었다. 고비카의 몸은 열려 있었지만, 그의 몸은 차갑게 식어 있었으므로 고비카의 몸속으로 들어갈 수 없었다. 결혼식 첫날밤에 달거리로 인해 그를 거부하고 슬피 울던 고비카의 모습이 떠올랐다. 굳어져 있는 싯다르타를 끌어안은 채 고비카는 울었다. 싯다르타는 눈을 힘주어 감았다. 지금 야소다라는 그를 그리워하며 울고 있을 것이다. 그의 몸에는 주체할 수 없는 피곤이 몰려들었고, 그녀의 가슴에 얼굴을 묻은 채 죽음보다 깊은 잠 속으로 빠져 들어갔다. 억지로 고비카 궁으로 와서인지 악몽 속으로 빠져들었다.

그는 한 마을의 왕이 되어 있는데, 험상궂은 얼굴의 꾸르메가 그를 죽인 다음 간을 꺼내 먹고 왕이 되기 위하여 칼을 들고 덤벼들었다. 칼을 들고 있는 꾸르메의 두 손목을 잡았는데, 상대의 힘이 워낙 드세어서 밀쳐낼 수 없었다. 상대의 칼끝이 그의 가슴으로 다가왔다. 그는 안간힘을 쓰며 칼자루를 잡고 있는 꾸르메의 손목을 밀어냈다. 그러나 날카로운 칼끝이 그의 가슴속으로 파고들었다. 그는 악, 하고 소리치며 잠에서 깨어났다.

눈을 떠보니 꼭두새벽이었다. 고비카는 깊이 잠들어 있었다. 붉은 등불이 고비카의 얼굴에 비쳤다. 고비카는 입을 벌린 채 침을 흘리면서 자고 있었다. 입술과 눈자위와 볼의 화장이 일그러져 있었다. 얼굴에 광대를 그려놓은 듯싶었다. 고비카가 무서워졌다. 그는 살그머니 일어났다. 시녀들도 모두 잠들어 있으므로 궁 안은 고요했다. 그는 도둑처럼 발짝 소리를 죽이면서 밖으로 나갔다. 달이 서쪽 하늘로 기울고 있었다. 자기의 검은 그림자를 밟으며 야소다라의 궁을 향해 걸었다. 야소다라 궁 안으로 들어갔다. 모두가 잠들어 있었다. 야소다라의 침실로 들어갔다. 야소다라는 잠들지 못하고 침대에 앉아 울고 있다가 들어서는 그를 얼싸안았다. 그녀에게서 아소카 꽃향기가 날아들었다. 그는 그녀의 향기에 취해 그녀의 몸속으로 깊이 빠져들었다. 온 세상에 찬란한 쌍무지개가 소용돌이치고 있었다.

명주 도시

싯다르타가 손을 쓰기 시작한 지 7년 후 불가촉천민의 마을에 놀라운 변화가 일어났다. 뽕나무밭과 밀밭과 양치기 농장으로 둘러싸인 그 마을들은 이제 빈민촌이 아니었다. 밀려드는 유랑민들로 인해 근처에 새로운 마을이 거듭 생기고, 또다시 근처에 다른 새로운 마을들이 더 생겼다. 주민들은 부쩍부쩍 늘어났다. 인근에 새로 조성한 질펀한 뽕나무밭은 푸르러진 채 햇빛을 되쏘고, 여기저기에 누에치는 집들이 들어섰다. 생산되는 누에고치를 주체할 수 없었다. 장삿속으로 눈치가 빠른 바이샤 계급 사람들이 들어와 누에고치를 가지고 명주를 짜는 공장을 세웠다. 그들은 약빠르게 정부의 지원을 받았다. 어떤 바이샤들은 양털 실을 울긋불긋하게 염색하여 카펫 짜는 공장을 세웠다. 바이샤 계급, 수드라 계급 사람들이 몰려들어 공장을 운영했다. 공원으로 사용되는 노동자들은 그들이 데리고 들어온 수드라들이었다. 원주민인 불가촉천민들은 뽕나무 가꾸고 누에치고 양치고 밀 농사짓는 일을 할 뿐이었다. 명주와 카펫을 사다가 국외로 수출을 하려는 무역상도 들어왔다. 공장

사람들이 잠자는 숙소가 지어지고, 그들이 음식 사 먹고 술 사 마시는 가게도 들어섰다. 뽕나무는 뽕나무대로 미친 듯이 잘 자라고, 누에 또한 잘 자라 고치를 지었고, 명주 공장은 명주 공장대로 잘 돌아가고, 양들은 양들대로 잘 자라고, 카펫 공장은 또 그 공장대로 잘되었다. 공장노동자들과 상인들을 상대로 한 음식점과 술집들도 늘어나고, 그것들도 모두 다 잘되었다. 예전의 빈민촌은 작은 도시로 변해갔고, 밤에도 초롱불들이 환히 켜졌다.

싯다르타는 날마다 말을 타고 달려와서 뽕나무밭과 잠실과 명주 짜는 공장, 양치기 농장과 카펫 공장을 둘러보았다.

싯다르타는 긴장하지 않으면 안 되었다. 번성하는 새 도시를 보고 흐뭇해할 수만은 없는 일들이 벌어졌다. 이 도시에는 이미 크샤트리아 귀족 자본이 들어와 있었다. 그 자본은 바이샤 사람들을 앞세우고 들어왔다. 바이샤들은 수드라를 이끌고 들어와 공장을 돌리고, 바이샤 무역상들은 그것을 이웃 나라로 수출했다. 그 이익금의 일부는 크샤트리아 사람들 손으로 은밀하게 흘러 들어갔다. 원주민인 불가촉천민들은 노예처럼 일했고, 뽕나무밭과 잠실과 양들은 어느 사이엔가 모두 크샤트리아와 바이샤 수중으로 들어가 있었다. 그 도시에는 천천히 네 계급 사회가 확실하게 자리매김되고 있었고 불가촉천민들은 소외되고 있었다.

도굴

싯다르타가 명주 공장에 들어섰을 때, 한 중년 남자가 불가촉천민인 가무잡잡한 청년을 주먹으로 쥐어지르고 발길로 정강이를 걷어차고 있었다. 싯다르타가 다가가서 구타를 만류하며 물었다.

"당신은 누구인데 이 사람을 이렇게 구타하는 것이오?"

중년 남자는 흥분한 말투로 자기의 신분을 밝혔다. 중년 남자는 공장장이고, 구타당하는 청년은 불가촉천민 마을의 이장이었다. 싯다르타는 그 청년의 모습을 뜯어보았다. 눈에 익었다. 그는 정부의 지시에 따라 부지런히 일을 해옴으로써 빈민촌을 부자 도시로 만드는 데 주축이 되었던, 눈이 소의 눈처럼 크고 흰자위가 많은 순해빠진 청년이었다. 공장장은 흥분하여 씨근거리고만 있을 뿐, 싯다르타에게 구타하는 까닭을 말하려 하지 않았다. 싯다르타가 다시 물었다.

"왜 이러는 것이오, 공장장. 이렇게 이 사람을 구타하는 이유를 말하시오."

얼굴이 거무튀튀한 공장장이 심호흡을 하고 나서 말했다.

"이 자식이 우리 사는 세상의 위계질서를 무너뜨리고 있습니다."

싯다르타는 그들 두 사람을 사무실 안으로 데리고 들어가서 따져 물었다.

"이 사람이 무얼 어찌했는데, 우리 사는 세상의 위계질서를 무너뜨리고 있다는 것이오?"

공장장이 당당하게 대답했다.

"이 자식이 신의 뜻을 거역하고 있어요. 이런 놈은 패 죽여야 마땅합니다."

싯다르타는 눈살을 찌푸리며 공장장을 향해 물었다.

"신의 뜻을 거역하고 있다니요?"

'신의 뜻'이란 말을 하고 난 뒤부터 공장장의 기세가 등등해졌고 목소리가 덩달아 높아졌다.

"이 자식이 내가 지시하는 대로 따르질 않습니다. 우리 공장에다가 자기네 마을에서 생산한 누에고치를 납품하지 않겠다는 것입니다. 한없이 건방져요. 우리 공장에 납품하지 않으면, 내가 그것을 다른 도시로 팔지도 못하게 할 거라고 하니까, 이 자식이 그 누에고치들이 모두 썩어버려도 좋으니 그냥 쌓아놓고만 있겠다고 고집을 부리는 거예요. 실 뽑는 부서에서 일하는 모든 공원들이 합세를 해서 손을 놓아버렸어요. 그들은 모두 불가촉천민들입니다."

얼굴이 피범벅 되어 있는 이장이 무릎을 꿇고 머리를 조아리면서 말했다.

"태자마마, 이 공장은 우리 마을 사람들이 생산한 누에고치를 가져다 쓰면서 값을 제대로 쳐주지를 않습니다. 우리 마을 사람들은 노예처럼 땀 뻘뻘 흘리면서 불을 때고, 실 뽑는 일을 하지만 임금을 제대로 받지 못합니다. 저는 이장으로서 정당하게 누에고치값을 쳐주고 임금을 제대로 달라고 요구를 했습니다. 우리 마을 사람들이 제 말을 따라 적정한 누에고치값과 임금을 요구하면서 일을 하지 않고 버티었지요."

공장장이 싯다르타에게 하소연하듯이 말했다.

"태자마마, 이놈들이 요구하는 대로 들어주면 공장을 돌릴 수가 없습니다. 수지 타산이 맞지를 않아요. 이 더럽고 천한 놈들을 이 명주 도시에서 싹 쓸어내 버리고, 밖에서 수드라들을 데려다가 써야 할 것 같습니다. 태자마마, 사실대로 말씀드린다면, 이 공장의 실제 소유주는 태자마마의 궁 안에 계십니다. 태자마마께서는 이 공장 일에 대하여 모른 체하십시오."

싯다르타는 자기의 귀를 의심했다. '이 공장의 실제 소유주는 태자마마의 궁 안에 계십니다.' 싯다르타는 뒤통수를 한 대 얻어맞은 듯 어안이 벙벙했다. 그는 공장장에게 따져 물었다.

"아니, 그게 무슨 말이오?"

공장장이 말했다.

"저는 그 깊은 내막을 이 자리에서 자상하게 말씀드릴 수 없습니다."

코피를 훔치고 난 이장이 싯다르타 앞에 무릎을 꿇고 엎드려 울면서 말했다.

"태자마마, 우리 불쌍한 것들을 살려주십시오. 우리 마을 사람들은 모든 것을 다 빼앗겼습니다. 우리가 살고 있는 땅도, 뽕나무밭도 밀밭도

158

양들도 이제 우리 것이 아닙니다. 두 해 전부터 터무니없는 세금을 부과해 가지고, 땅, 뽕나무밭, 밀밭, 양들을 다 빼앗아갔고, ……우리는 뿌리 뽑힌 나무가 되고, 빈털터리가 되었습니다. 우리는 노예처럼 일하며 양 한 마리에서 깎은 털과 누에고치 하나하나에 세금을 물어야 했습니다. 지금도 마찬가지입니다. 우리는 간신히 입에 풀칠만 하고 삽니다. 견디다 못한 우리 마을 사람들은 어디론가 도망을 가고 겨우 몇백 명만 남았습니다. 우리 마을의 모든 것들은 이제 수드라, 바이샤, 크샤트리아 계급 사람들의 것이 되었습니다."

싯다르타는 기막혔다. 어찌하여, 뽕나무밭과 공장의 주인이어야 할 마을 사람들이 모든 것을 빼앗기고, 노예처럼 부려지고 있다는 것인가. 이것도 신의 뜻이란 말인가. 싯다르타가 공장장에게 말했다.

"뽕나무밭은 원래 이 마을 사람들이 정부 지원을 받아 조성한 것이고, 이 공장은 이 마을 사람들과 뽕나무밭을 이용하여 생산한 누에고치를 가공하기 위하여 정부의 지원을 받은 자들이 만든 것인데, 어떻게 해서 이 마을 사람들이 이 공장에서 노예처럼 일을 하고 또 이렇게 박해를 받아야 합니까?"

공장장이 말했다.

"태자마마께서는 아직 모르고 계셨습니까? 이곳의 농장들과 공장들은 오래전에 사실상 모두 파산을 했습니다. 그런 것을, 태자마마의 장인이신 다리나 재정대신이 태자마마의 아내이신 고비카 마마를 앞세워 사들였습니다. 그리고 새 자본을 끌어다 대고, 저를 비롯한 몇몇 능력 있는 바이샤들을 기용해서 운영하고 있는 것입니다."

싯다르타는 화가 머리끝까지 차올랐다.

"아니, 뭣이라고? 장인이 내 아내 고비카를 앞세워 사들여 운영하다니?"

공장장이 말했다.

"저는 다만, 다리나 재정대신 각하 댁 집사의 명에 따라 이 공장을 관리하고 있을 뿐입니다."

싯다르타는 가슴이 답답했고, 말을 잃어버렸다. 멍히 하늘을 쳐다보았다. 공장장이 당당하게 말했다.

"원래 천성이 천한 족속들은 어찌할 수 없습니다. 양들하고 카펫 공장과 밀 농사를 짓던 이 마을 사람들은 도박을 해서 며칠 밤사이에 거덜이 났습니다. 그것을 행정대신 동생이 모두 사들였고, 밀밭은 태자마마의 셋째 비이신 고타미 마마가 사들였습니다. 물론 다리나 재정대신이 고타미 마마의 이름으로 사들인 것입니다."

싯다르타는 답답해진 가슴을 펴고 심호흡을 했다. 공장장이 말을 이었다.

"명주와 카펫 무역은 행정대신의 또 다른 동생이 도맡아 하고 있습니다. 이 도시의 음식점, 술집들도 모두 크샤트리아 사람들이 바이샤 사람들을 앞세워 사들였습니다. 바이샤 사람들은 나 같은 수드라 사람들을 현장에 배치해 공장이나 업소를 운영하고 있는데, 그게 모두가 신의 뜻입니다……. 그런데 이 자식이 신의 뜻을 거역하고 있습니다."

싯다르타는 입을 굳게 다문 채 허공을 쳐다보고만 있었다. 공장장이 말을 이었다.

"태자마마는 너무 순진하시옵니다. 이 마을 원주민들, 불가촉천민들은 양털 깎아 카펫 만들어 팔고, 누에고치로 명주 생산해서 팔아 돈을 만지게 되니까 눈이 뒤집혀버린 겁니다. 이렇게 좋은 세상도 있구나 하고, 술에 취해서 도박을 하고, 돈이 떨어지면 자기 여자를 잡히고 돈을 빚내서 도박을 합니다. 돈이면 무엇이든지 살 수 있다고 생각한 그들은 상대방의 여자를 돈으로 사고, 마약을 하고, 눈이 빨개진 채 여자를 보듬고 뒹굴고……. 그러느라고 공장도 양떼도 뽕나무밭도 밀밭도 다 팽개치고는 미친 듯이 춤추고 노래하고, 서로 치고받고 싸우고……. 그러다가 모든 것을 크샤트리아, 바이샤 사람들에게 넘겨준 겁니다. 그게 모두 신의 뜻이 아니고 무엇입니까?"

혁신

싯다르타는 치미는 울화를 주체할 수 없었다. 찬타카가 이끄는 말을 타고 궁으로 돌아가면서 이를 굳게 악물었다. 나라를 올바르게 다스리고 이끌어야 할 다리나 재정대신을 위시한 모든 대신들이 바이샤들을 앞세워 명주 도시의 알맹이들을 감쪽같이 도굴해버렸다. 내가 구제하려고 들었던 원주민인 불가촉천민들은 빈털터리가 되어 쫓겨나거나 노예로 부림을 당하고 있다. 그렇다면 이때껏 그 불가촉천민들을 구제하려고 몸부림친 나는 무슨 허깨비 춤을 추고 있었더란 말인가. 싯다르타는 억울하고 분하고 슬펐다. 명주 도시를 다시 원주민의 손으로 넘겨주어야 한다. 그러기 위해서는, 명주 도시의 알맹이를 모두 도굴해 소유한 크샤트리아들, 장인인 다리나 재정대신을 위시한 모든 대신들을 처벌하고, 그들의 수족 노릇을 한 바이샤들까지 벌주고 갈아 치워야 한다. 크샤트리아, 바이샤 계급 사람들은 그들이 삼킨 것들을 게워 내놓아야 한다.

궁으로 들어간 싯다르타는 아버지 슈도다나 왕에게로 갔다. 왕은 잠자리에 들어 있었다. 싯다르타는 시종에게 아버지를 어서 깨우라고 말했다. 선잠을 깬 아버지 슈도다나 왕과 흥분한 아들 싯다르타가 마주 앉았다. 싯다르타의 표정을 살핀 슈도다나 왕이 선하품을 하면서 물었다.

"태자야, 네 얼굴이 왜 그렇듯 침통하냐? 무슨 큰일이 일어났느냐?"

싯다르타는 명주 도시가 처한 기막히고 슬픈 현실을 차근차근히 보고했다. 싯다르타의 목소리에는 울분이 어려 있었다.

"명주 도시는 원래 불가촉천민들이 살던 가난한 마을이었고, 야만적인 폭력이 난무하는 무법천지였습니다. 소자가 들어가서 그들을 달래고 정부 차원의 농업기술 지원과 의료기술 지원을 한 결과 마을이 안정되고 점차로 흥성했습니다. 그러자 사방팔방의 불가촉천민들이 그곳으로 모여들었고, 밀 농사와 뽕나무 농사와 누에치기와 명주 공장과 양치기와 카펫 생산이 활성화되면서 점차 도시로 성장했습니다. 한데 외부에서 들어간 크샤트리아, 바이샤 계급 사람들이 그들에게 과도한 세금을 부과하고, 그들을 도박에 물들고 타락하게 하여 그들의 모든 것을 빼앗아버렸고, 드디어는 그들을 노예로 부리거나 그 도시 밖으로 몰아냈습니다. 그 주된 음모꾼들과 착취자들이 아바마마의 궁성 안에 있습니다. 다리나 재정대신을 포함한 여타의 대신들이 바이샤들을 앞세워 뒷돈을 대서 모두 사들였습니다. 그 가운데 일부는 제 아내 고비카와 고타미의 소유로 되어 있습니다. 아바마마께서는 명주 도시의 농장과 공장을 소유한, 다리나 재정대신과 여타의 대신들을 물러나게 하고, 그들이 소유한 공장들을 빼앗아 원주민들에게 돌려주십시오. 소자는 당장 제 아내 고비카와 고타미에게 달려가서, 명주 도시의 농장과 공장을 내놓으라고 하겠습니다.”

슈도다나 왕은 어이없어 벌린 입을 한동안 다물지 못했다. 왕은 얼굴을 일그러뜨린 채 생각에 잠겨 있다가 싯다르타에게 말했다.

“태자야, 지금 나는 너에게 나라의 모든 중요 정사를 맡기고 뒤로 물러나 조용히 살고 있다. 그런데 명주 도시의 문제 때문에 너를 젖혀놓고 내가 일선에 나서서 그들을 처벌하고, 그들이 소유하고 있는 것들을 빼앗아 원래대로 돌려놓으려 한다는 것은 태자 너를 매장하는 일이다.”

슈도다나 왕은 잠시 말을 멈추고 심호흡을 한 다음 말을 이었다.

“나는 이미 정치의 모든 권한을 너에게 일임하지 않았느냐. 너는 명주 도시를 일으키려고 애쓰던 그 열정과 결단으로 그 명주 도시의 문제를 네 힘으로 해결하도록 하여라. 먼저 조야의 대신회의를 열고, 네가 신임하는 한 대신에게 명하여 명주 도시의 현재 상황을 속속들이 조사하여 보고하게 하여라. 그다음 명주 도시의 농장들과 공장들을 불법으로 취득한 사건에 연루된 대신들을 재판에 부쳐 처벌하고, 원주민들에게 그 농장과 공장을 돌려주도록 하여라. 이 일에는 이 나라 안의 기득권 세력의 반발이 심하게 일어날 것이다. 기득권 세력은 자기들이 가진 재물과 권력을 잃지 않으려고 수단과 방법을 가리지 않고 저항할 것이다. 때문에 이 일을 처결하는 것은 혁명적인 무서운 일이다. 그 일을 하는 데는 태자인 너의 앞날, 네 생사를 걸어야 할 만큼 위태로운 일이다. 나의 태자, 장차 전륜성왕의 자질을 가지고 있는 너는 넉넉히 그 일을 해낼 수 있을 것이다.”

슈도다나 왕은 싯다르타에게 힘을 실어주고 있었다.

싯다르타는 슈도다나 왕에게 절하고 물러났다. 현관을 나서는데 내시가 뒤따라 나와 싯다르타를 불러 세웠다. 슈도다나 왕이 부른다는 것이었다. 싯다르타는 몸을 돌려 슈도다나 왕에게로 갔다. 슈도다나 왕은 얼굴이 창백하게 굳어져 있었다. 왕은 떨리는 목소리로 말했다.

"태자야, 내가 조금 전에 너에게 한 말들을 하지 않은 것으로 해야겠다. 왜냐하면, 그 일이 너무 중대하고, 나라의 근간과 뿌리를 흔들어 놓는 위태로운 일이기 때문이다. 내 동생이자, 너의 장인인 다리나 재정대신과 네 두 아내가 관련된 문제이지 않으냐……. 며칠 동안만 아무런 내색도 하지 말고, 모든 뒷조사를 철저히 속속들이 한 다음에 나하고 다시 상의를 하자꾸나. 나도 생각을 더 해야겠다. 좌우간에 네 장인 다리나를 섣부르게 건드리지 마라."

담판

다리나 재정대신이 대관절 어떤 존재이기에 아바마마가 저러실까. 싯다르타는 우둔거리는 가슴을 어찌하지 못한 채 슈도다나 왕 앞에서 물러나왔다.

태자궁에 들어앉아 깊은 생각 속으로 빠져 들어갔다. 장인인 다리나 재정대신의 한도 끝도 없는 탐욕을 어떻게 처리할까. 일단 다음 날 속속들이 조사를 한 다음 대신회의를 열어 그 문제를 논의하자고 할까. 아니면 먼저 다리나 재정대신을 찾아가 독대를 하고 담판을 지을까. 장인 다리나로 하여금 재정대신의 자리에서 물러나게 하고, 명주 도시의 농장들과 공장들을 무조건 내놓으라고 권할까. 내놓지 않으면, 대신회의를 열고 거기에서 법 절차에 따라 죄를 밝혀내고 법에 따라 징치하겠다고 으름장을 놓을까. 명주 도시의 농장들과 공장들과 무역회사를 소유한, 당신의 딸이자 내 아내인 고비카와 고타미까지도 처벌받게 되기를 원하느냐고 들이댈까. 아무런 내막도 모른 채, 친정아버지의 과잉 사랑으로 그것들을 소유한 두 딸이 가엾지 않으냐고 따져야 한다. 이 일을 조용하게 해결할 수 있는 사람은 이 나라 안에서 나밖에는 없다. 그렇다, 내일 새벽에 장인에게 달려가서 담판을 짓자. 싯다르타는 주먹을 불끈 쥐었다.

야소다라의 시녀들, 고비카의 시녀들, 고타미의 시녀들이 번갈아 싯다르타를 모시러 왔지만, 그는 그들을 모두 물리쳤다. 밤이 깊었다. 그는 어둠 속에 홀로 앉아, 다리나 재정대신과 담판을 짓는 스스로의 모습을 그려보았다. 그래, 이미 도덕률이 처참하게 무너져버린 세상이다. 그것을 바로잡으려면 칼을 쓰지 않을 수 없다. 눈에는 눈, 이에는 이이다. 우둔거리는 가슴을 주체하지 못한 채 뜬눈으로 밤을 지새운 그는 이튿날 아침 일찍이 찬타카에게 말 칸타카의 고삐를 이끌게 하고 다리나 재정대신의 집으로 찾아갔다. 꼭두새벽 녘이었다.

다리나 재정대신의 저택은 궁성 밖의 망고나무 숲 속에 있었다. 싯다르타가 그 저택에 이르렀을 때는 들과 산과 저택 주변에 이른 아침의 옥색 빛살이 심연처럼 괴어 있었다. 싯다르타는 다리나 재정대신의 저택 앞에 도착한 순간 머리끝이 곤두섰다. 나는 지금 나의 길을 잘 선택한 것일까. 그는 두려웠다.

다리나의 저택은 하나의 거대한 궁성이었다. 성벽처럼 드높은 튼튼한 담벼락으로 둘러싸여 있고, 성문 같은 대문 앞에는 낯선 거무스름한 제복의 병사 둘이 창을 들고 서 있었다. 그들의 복장은 나라의 정식 군인의 복장이 아니었다. 다리나 재정대신 개인이 쓰고 있는 사병들이었다. 그들은 암황색의 제복을 입고 있는 나라의 정식 군인하고 확연히 구분되었다.

찬타카가 말고삐를 이끌고 대문 앞으로 다가가자 두 문지기가 창끝을 앞으로 죽 뻗어 가새질러 마주 대고 찬타카의 앞을 막았다. 키 큰 문지기가 오만하게 마부 찬타카를 향해 물었다.

"말 위에 탄 사람은 누구인데 무슨 용건으로 왔느냐?"

찬타카가 그들을 엄히 꾸짖듯이 말했다.

"재정대신을 만나려는 태자마마 행차이신데 이 무슨 무례한 짓이냐?"

작달막한 문지기가 별로 정중하지 않은 태도로, 말 위의 싯다르타를 향해 잠깐 기다리라고 말했고, 키 큰 문지기가 재빨리 대문 안을 향해 물었다.

"태자마마이시라는데 어찌할까요?"

한참을 기다려서야, 턱수염과 콧수염이 거멓고, 허리에 긴 칼을 찬 수비대장을 겸한 집사가 대문을 열고 나왔다. 그는 싯다르타에게 고개와 허리를 숙여 예를 표하고 말했다.

"태자마마 어서 오십시오."

찬타카가 말고삐를 끌면서 대문 안으로 들어가려고 하자, 문지기가 창 든 팔을 죽 뻗어서 막으며 말했다.

"말을 탄 채로는 안 됩니다. 말에서 내려 걸어 들어가셔야 합니다."

찬타카가 기막혀 하며 "이분은 태자마마이시다." 하고 말했지만, 문지기는 이 세상 어느 누구도 말을 탄 채 들어갈 수는 없다고 말했다.

싯다르타는 다리나 장인의 권세가 하늘을 찌르는구나, 하고 생각하며 말에서 뛰어내렸다. 그러고는 대문 안으로 한 걸음 들어섰다. 그때 키 큰 문지기가 싯다르타의 앞을 막아선 채 거만스럽게 말했다.

"칼을 차고 들어가서는 안 됩니다. 여기 풀어놓고 들어가셔야 합니다."

싯다르타는 불쾌한 눈으로 키 큰 문지기를 노려보았다. 얼굴이 가무잡잡한 문지기는 눈 하나 깜짝하지 않고 목석처럼 꼿꼿이 선 채 앞을 막고 서 있었다. 싯다르타 등 뒤에 서 있는 찬타카가 "태자마마에게 이 무슨 무엄한 짓이오!" 하고 말했지만 문지기는 요지부동이었다. 칼을 풀어놓지 않으면 들어가지 못하게 할 태세였다. 싯다르타는 눈살을 찌푸리며 허리에 차고 있는 금빛으로 장식된 칼을 풀어 찬타카에게 주고 성문처럼 드높은 대문간 안으로 들어갔다. 그는 다리나 장인에게 먼저 명주 도시 이야기를 한 다음, 그 권세에 대해서도 따지겠다고 생각했다.

대문 안으로 들어서자 정원이 아득하게 펼쳐져 있었다. 정원에는 칙칙한 망고나무 숲이 있었다. 숲 사이로 붉은 색깔의 거대한 저택 한 모서리가 보였다. 숲 앞에 선 채, 숲과 저택을 둘러싼 성벽 같은 붉은 담을 둘러 살폈다. 담 위에 망루가 있고, 그 망루에는 거무스레한 제복의 병사가 망을 보고 있었다. 다리나의 저택은 슈도다나 왕과 싯다르타 태자가 기거하는 궁전에 못지않았다. 거대한 전각들 여남은 채가 늘어서 있었다. 위엄 있는 궁성이었다. 슈도다나 왕의 궁전에 못지않은 탄탄한 수비를 하고 있었다. 다리나 재정대신은 왜 이렇게 자기의 저택을 철통같이 수비하게 하는 것일까. 권력을 과시하고 있는 것인가. 목숨의 위협을 느끼고 있는 것인가.

싯다르타는 불쾌한 마음으로 망고나무 숲을 뚫고 저택 현관을 향해

갔다. 멀지 않은 망고나무 숲에서 까마귀가 울었다. 까마귀의 울음소리가 정원 안에 메아리쳤다. 망고나무 숲은 음습하고 무거우면서도 답답한 분위기를 만들고 있었다. 가뜩이나 음험한 까마귀 울음소리가 싯다르타의 속을 역겹게 뒤집어 놓았고, 수비하는 문지기의 제복과 망고나무 숲의 검푸름이 싯다르타의 가슴을 압박했다. 숲 사이로 빨간 해가 떠오르고 있었다. 싯다르타는 해를 등진 채 걸었다. 망고나무 숲 속의 음음한 그늘에서 날아온 답답하고 차가운 기운 때문에 싯다르타는 진저리를 쳤다. 망고나무는 신성을 가진 나무였다. 그 망고나무 숲에 서려 있는 짙은 암갈색의 그늘이 알 수 없는 냉혹한 음모처럼 느껴졌다. 음모가 서려 있는 숲의 머리에 얹혀 있는 희끄무레한 하늘이 코브라의 눈처럼 싯다르타의 내면을 뚫어보고 있었다.

싯다르타가 현관에 이르렀을 때, 다리나는 거실에서 바야흐로 떠오르는 해를 향해 가부좌를 틀고 조용히 기도하고 있었다. 그는 해의 신을 신앙하고 있었다. 아침에 떠오르는 붉은 해에게 기도를 하고, 영감을 얻고, 해의 신에게서 가르침을 받았다. 일상의 일에서부터 나라의 중요한 현안에 이르기까지 해의 신에게 물었다. 해의 신은 그에게 지혜를 주었고 예언을 하기도 했다.

싯다르타는 다리나가 기도를 끝낼 때까지 현관 앞에 선 채 기다렸다. 정원에는 망고나무 숲 사이로 예리한 날을 세우며 날아온 샛노란 햇살이 있었고, 하얀 꽃이 흐드러졌는데, 향기가 정원 안에 가득 차 있었다. 망고나무는 사람을 사유 속으로 빠져들게 하는 신성을 지니고 있었다. 망고나무 옆에 서 있으면 그 나무가 땅에서 빨아올린 지기를 하늘로 뿜는 실바람을 느낄 수 있었다. 싯다르타는 망고나무의 뜻을 읽었다. 모든 것이 신의 뜻이라고 말하는 사람들의 말을 믿지 마라. 하늘 위 하늘 아래에서 사람이 가장 위대한 존재이다. 사람들은 오직 사람인 자기의 뜻에 따라 세상을 변화시킨다. 좋은 세상으로 변화시킬 수 있는 사람은 탐욕이 없는 착한 사람이어야 하고, 자기보다 못사는 사람과, 강한 사람들에게서 박해를 받는 사람을 짠하게 생각하고 그들을 구제하려는 의지를 가진 사람이어야 한다. 사람은 누구든지 그러한 의지를 가지고 태어난다. 그런데 험악한 세상이 그 사람에게 탐욕을 가지도록 가르친다. 위엄과 권위를 철갑처럼 두르고 사는 다리나 재정대신에 대한 혐오증이 그의 내부에서 용솟음쳤다.

이윽고 다리나 재정대신이 싯다르타를 맞았다.

"어허허허…… 아니, 태자마마가 어쩐 일이십니까, 이렇게 이른 아침에?"

자락의 끝이 발등을 덮는 치마 모양의 붉은 통옷을 입고 있는 다리나는 머리와 수염이 희끗희끗했다. 몸이 비대했고, 얼굴 살갗이 약간 가무잡잡하고 눈자위는 더욱 검고 속눈썹이 길었다. 양쪽 볼이 좀 처져 있고, 검붉은 입술이 두꺼웠다. 그것은 많이 가진 크샤트리아 귀족 계급 남자의 오만과 탐욕이 감추어진 전형적인 모습이었다. 다리나는 사람들에게 자기의 오만과 탐욕을 감추기 위해 표정을 한사코 부드럽게 하고, 두루춘풍의 호인으로 보이려고 호걸스럽게 너털거리면서, 호들갑과 너스레를 떨곤 했다. 그의 그러한 성정과 버릇은 태자인 싯다르타를 대하는 태도에서도 그대로 드러났다.

응접실 한가운데서 싯다르타와 다리나 재정대신이 마주 앉았다. 시녀가 찻잔을 가져다 놓았다. 다리나의 저택 응접실의 안락의자는 두 개뿐이었다.

"시종을 시켜 부르시면 내가 달려갈 터인데, 몸소 이렇게 아침 일찍이 오시었습니까요? 태자마마가 벌인 사업들은 하나같이 잘돼간다고 들었습니다만, 잘돼가는 그것들 바라보는 재미가 아주 좋으시지요? 역시 슈도다나 대왕은 복이 많아서 싯다르타 태자마마 같은 아들을 두셨어요. 지금 태자로 있으면서도 나라를 이렇게 잘 경영하시는데, 막상 왕좌에 오르시고 나면 천하가 다 우리 전륜성왕의 휘하에 들게 될 것입니다. 역시 이 나라를 돕고 있는 신은 성스럽고 위대하십니다."

싯다르타는 다리나 재정대신의 오만과 넉살과 너스레와 간교함과 다중성과 허위가 역겨웠다. 눈살을 찌푸린 채 다리나의 두 눈을 응시하다가 시선을 탁자 위의 찻잔으로 떨어뜨렸다. 그의 유들유들한 눈길이 온몸에 소름을 돋게 했다.

다리나 재정대신은 싯다르타의 심상치 않은 태도와 표정에 가슴이 찔끔했다. 그는 감각마저도 노회했다. 싯다르타가 품고 있는 생각이 그의 노회한 감각 그물에 포착되었다. 그렇지만 다리나는 싯다르타를 두려워하지 않았다. 슈도다나 왕의 권력도 이때껏 문제없이 타고 넘어온 그였다. 그는 왕의 자리는 선왕의 뜻에 따라 슈도다나에게 넘겨주었지만, 정치적인 권력과 재정적인 권력은 그가 모두 쥐고 있었다. 싯다르타가 제 아버지 슈도다나 왕으로부터 정치권력을 이양받고 행사하고 있을지라도, 싯다르타는 애송이 정치인일 뿐이었다. 싯다르타가 벌이고 있는 모든 사업의 실속 있는 알맹이는 이미 모두 그가 차지하고 있었다. 다리나는 오래전부터 이 나라의 모든 잇속을 자기가 속속들이 챙길 수 있도록 정부의 중간과 그 하부구조를 만들어놓았다. 대신들을 비롯한 모든 정부 요직의 인사권을 그가 사실상 움켜쥐고 있었다. 다리나의 눈에 거슬리는 관료는 그 자리에 남아 있을 수 없었다. 왕에게로 향하는 보고 체계보다 더 정밀한 보고 체계를 그가 가지고 있었다. 그는 이미 싯다르타가 왜 이 아침에 찾아왔는지, 그 속마음을 꿰뚫어보고 있었다. 다리나는 싯다르타의 두 눈을 정면으로 뚫어보며 거듭 물었다.

"무슨 급한 일이 있으십니까, 태자마마?"

싯다르타는 이 노회하고 오만한 권력자를 어떻게 해야 할까. 그는 크샨티데바와 비슈바미트라에게서 이미 제왕학과 세계 역사를 깊이 공부했다. 역사 속의 힘 있는 모든 제왕들은 나라를 다스림에 있어 장애가 되는 반동적 인물을 그대로 놔두지 않았다. 그런 인물을 그대로 둔 채 정사를 운영할 수 없을 때는 동력을 이용하여 연금을 시키거나 과감하게 숙청을 하거나 암살을 감행하곤 했다. 그러므로 대개의 모든 반동적인 권력자들은 왕과 태자를 사로잡기 위하여 딸을 시집보내서 사위로 삼았다. 다리나 재정대신은 아버지 슈도다나 왕을 허수아비로 만들었고, 태자인 나를 손아귀에 넣기 위하여 딸 셋을 내 아내로 들어앉혔다. 그리고 나라의 모든 권력과 재정을 손아귀에 넣고, 왕명에 따라 제왕 연습을 하는 내가 벌여놓은 모든 사업의 속 알맹이를 이미 모두 도굴해 차지해버렸다. 내가 그 속내를 알아낼지라도 어찌할 수 없도록 내

첫째 아내 고비카와 셋째 아내 고타미의 이름으로 한창 번창하는 농장과 공장과 무역상단들을 차지해버렸다. 결국 내가 허수아비가 되도록 손발을 모두 잘라버린 것이다.

싯다르타는 생각했다. 오늘 다리나 대신과 담판을 해보고, 도저히 다리나의 벽을 무너뜨릴 수 없다면 나도 나의 동력을 이용하여 다리나를 연금시키거나 숙청하거나 암살해야 한다. 행정대신과 국방대신과 보안경찰대장의 얼굴을 떠올렸다. 다리나를 그대로 두고는 나라를 제대로 다스릴 수가 없다. 국방대신과 보안경찰대장을 동원하면 다리나의 사병쯤 금방 제압할 수 있을 것이다. 아, 내가 동원한 정부군과 다리나의 사병들 사이에 싸움이 일어날지 모른다. 싯다르타는 자기의 생각에 진저리를 쳤다. 그는 심호흡을 하고 나서 말했다.

"다리나 각하, 어제 명주 도시에 갔다가 무섭고 놀라운 사실을 알았습니다."

다리나의 거무스레한 얼굴이 차갑고 딱딱하게 굳어졌다. 다리나는 긴장했고, 잠시 숨을 멈추었다. 거무스레한 눈두덩 위의 눈썹들이 미세하게 떨렸다. 다리나는 길게 심호흡을 한 다음 눈살을 찌푸리고 물었다.

"태자마마, 어떤……? 무슨 무섭고 놀라운 사실을 알았다는 것이오?"

싯다르타도 심호흡을 했다. 마른 입술에 침을 바르고 나서 직설적으로 말을 뱉었다.

"그 도시의 모든 뽕나무밭과 잠실과 명주 공장이 모두 내 아내 고비카의 소유로 되어 있다고 들었습니다. 또 양치기 농장, 카펫 공장은 셋째 아내 고타미가 소유한 것으로 되어 있다고 들었습니다. 그리고 무역 상단이나 유흥가의 요정들은 모두 장인의 주변에 있는 크샤트리아 대신들이 소유하고 있다고 들었습니다."

다리나 대신은, '아하, 바로 그것 때문에 흥분을 해서 이렇게 일찍이 달려오셨군요.' 하고 생각하고 찌푸렸던 눈살을 펴고, 대수롭지 않게 빙긋 웃으며 고개를 끄덕거렸다. 한참 동안 뜸을 들였다가 천천히 말했다.

"그렇습니다. 모든 것이 그렇게 되었습니다. 돈이라는 것은 돌고 돌아서 결국 능력이 있는 사람의 손에 들어오기 마련인 법입니다. 그것이 돈이란 괴물의 율법입니다. 그런데 그게 어떻다는 것입니까? 내 두 딸, 고비카와 고타미는 남편의 사랑을 받지 못한 채 슬퍼하고 있는 처지이니 재산이라도 많이 가지고 있어야 하는 것 아닙니까? 태자마마가 그것을 껄끄럽게 여길 이유는 없습니다. 명주 도시, 그 모든 것은 태자마마의 작품 아닙니까? 태자마마의 작품을 태자마마의 아내인 고비카와 고타미가 소유하는 것, 그것은 사필귀정, 저 하늘나라의 은혜로운 신의 뜻입니다."

싯다르타는 울화를 주체할 수 없어 소리쳐 말했다.

"그렇다면 이때껏 제가 불가촉천민들의 가난한 삶을 구제하기 위해 정부의 지원을 받아 일으킨 그 사업들은 결국 몇몇 귀족들의 배를 불리는 결과를 가져왔습니다. 그 처참하게 가난한 그들을 구제하려고, 십 년 동안이나 거기에 매달려 밤낮으로 땀을 흘린 저와 저를 따르는 관리들은 대관절 무엇입니까? 자기들 힘으로 자급자족을 하던 불가촉천민들, 그들이 잘산다는 소문을 듣고 천지사방에서 모여들어 마을을 이루고 잘살 수 있다는 희망으로 생업에 충실하던 가엾은 그들이 다시 모든 것을 수드라나 바이샤나 크샤트리아 계급 사람들에게 빼앗기고 뿔뿔이 흩어지고 있습니다. 이제 그들의 삶은 예전의 불가촉천민으로 돌아가고 있습니다. 그들도 슈도다나 왕의 백성들인데 이 정부는 그들을 버릴 것입니까?"

다리나의 얼굴은 굳어졌고, 기다란 하얀 눈썹 하나가 미세하게 떨렸다. 그는 극도로 불쾌해졌다. 그의 머리는 급속도로 빨리 회전하고 있었다. 불쾌해진 만큼 그는 자신을 불쾌하게 한 싯다르타 태자를 용서하지 않을 참이었다. 그는 싯다르타를 더욱 가벼운 허수아비로 만들 작정을 하고 있었다. 그 일을 그는 간단하게 할 수 있었다. 그의 명령 한마디면 그렇게 될 수 있을 터였다. 한동안 입을 굳게 다물고 있던 다리나가 이윽고 가슴을 펴면서 태연스럽게 말했다.

"태자마마, 냉정해지십시오. 지금 태자마마는 흥분해 있으십니다. 다시 말하지만, 명주 도시의 모든 것은 태자마마가 서둘러 일군 것이고, 그것을 마침내 고비카나 고타미가 가지게 된 것은 사필귀정이고 신의 뜻입니다. 또한 고비카나 고타미가 가진 것은 결국 태자마마의 것입니다. 태자마마는 머지않아 이 나라의 왕이 될 것인데, 이 나라의 모든 영토, 모든 재산은 왕의 것입니다. 그것은 불가촉천민들이 다시 예전의 모습으로 되돌아간 것과 더불어 절대적으로 자연스러운, 운명적인 일이고, 신의 뜻입니다."

다리나의 노회한 논리 앞에서 싯다르타는 눈앞이 캄캄해졌다. 절망이 가슴을 짓눌렀다. 다리나의 의식구조를 바꾸지 않는 한, 아니 다리나를 제거하지 않는 한, 명주 도시의 문제, 더 나아가서는 나라의 운명을 돌이킬 수 없다고 생각되었다. 아, 어찌해야 할까, 옳고 바른 쪽으로 나아가려는 역사를 후퇴시키는 다리나의 반동력을 어떻게 바로잡을까. 다리나의 저러한 생각, 그 확고한 의식구조는 죽어서 다시 태어나지 않는 한 달라지지 않을 것이다. 다리나, 이 사람은 올바른 동력의 역사에서 사라져야 할 반동적인 인물이다. 싯다르타는 스스로가 너무 순진하다고 생각했다. 다리나 재정대신과의 담판만으로 해결할 수 있는 문제가 아니라고 생각했다. 슈도다나 왕에게 달려가서, 다리나 재정대신과 그를 둘러싸고 있는 썩은 대신들을 물러나게 하고, 나와 생각을 같이하는 새 젊은 사람들을 대신 자리에 앉혀야 한다고 말해야 한다. 아버지 슈도다나 왕의 세대 사람들을 물러나게 하고, 그리고 모두 내 세대의 참신한 사람으로 교체해야 한다. 싯다르타는 자기의 혁명적인 생각을 다리나에게 발설하지 않아야 한다고 생각하고 몸을 일으켜 세웠다. 노회한 상대를 이기려면 나도 노회해져야 한다. 조용히 궁으로 돌아가서 슈도다나 왕에게만 귀띔을 하고, 은밀하게 친위 혁명을 일으켜야 한다고 그는 생각했다.

다리나는 젊은 싯다르타가 예측한 것 이상으로 한층 더 노회하고 영리한 사람이었다. 싯다르타의 그러한 깊은 생각을 속속들이 읽고 있었다. 그는 시종에게 명했다.

"태자마마 가신다. 한사코 안전하게 모셔라."

싯다르타가 현관을 나서는데 한 앳된 청년이 그에게 머리와 허리를 굽혀 절을 했다. 데바닷타, 그의 사촌 동생이자 처남이었다. 데바닷타가 거연하게 말했다.

"태자마마, 야소다라 누님만 사랑하지 마시고, 고비카 누님, 고타미 누님을 고루 사랑해주십시오. 왕이 되신 다음에도 그렇게 백성들을 편애하신다면 반란이나 폭동이 일어날 수도 있습니다."

싯다르타는 당황하여 멈칫했다. 등 뒤에서 나타난 아난다가 데바닷타를 향해 꾸짖듯이 말했다.

"이 나라의 지존이신 태자마마께 무슨 말을 그렇게 버릇없이 함부로 하느냐?"

아난다는 싯다르타에게 고개를 숙이고 말했다.

"태자마마 진정하십시오. 데바닷타는 아직 철이 들지 않았습니다."

아난다와 데바닷타는 이복형제인데 둘 다 총명했다. 한데, 아난다는 순직하고 데바닷타는 비틀어지고 되바라졌다.

싯다르타는 입을 꾹 다문 채 현관문을 나섰다. 싯다르타가 정원의 망고나무 숲을 건너 성문처럼 드높은 대문까지 오는 동안 거무스레한 제복의 사병들 네 사람이 싯다르타를 에워싸고 걸었다. 싯다르타는 그들에게서 위협을 느꼈다. 그는 맨몸 맨손이었고, 그들은 모두 칼을 차고 있었다. 그들이 그를 해치려고 한다면 꼼짝없이 당할 수밖에 없다 싶었다. 망고나무 숲 사이로 날아든 햇살이 희었지만, 싯다르타는 그것이 희게 느껴지지 않았다. 눈앞이 암담했고, 망고나무 숲길이 한없이 멀고 아득하게 느껴졌다. 대문 밖에는 찬타카가 하얀 말 칸타카의 고삐를 잡은 채 기다리고 있었다. 싯다르타는 사지가 부들부들 떨렸다. 떨리는 손으로 칼을 받아 허리에 차고, 두 손으로 안장 모서리를 잡고 왼

쪽 발을 등자 속에 밀어 넣었다. 팔다리에 힘이 풀려 있었다. 그는 안장
을 힘껏 잡아당기면서 오른발로 땅을 박찼다. 찬타카가 그의 엉덩이를
두 손으로 붙안은 채 힘껏 밀어 올려주어서야 간신히 말 위에 오를 수
있었다. 말은 그의 몸무게로 인해 네발을 두어 발짝씩 옮겨 디뎠다.

　궁으로 돌아가는 동안 내내 싯다르타의 정신은 공황 속에 빠져 있
었다. 다리나 재정대신을 어찌해야 할까. 어찌해야 할까. 군대를 보내서
다리나의 사병들을 제압하고, 다리나가 저택 밖으로 나오지 못하도록
연금시켜버려야 하지 않을까. 그리고 한 대신으로 하여금 명주 도시의
내부 판세를 속속들이 조사하게 하고, 판도를 새로이 바꾸어 짜도록 해
야 한다. 아니, 아주 이번 명주 도시의 사건을 빌미로 해서 다리나가 정
치에서 손을 떼도록 해야 한다.

연금

다리나 대신은 싯다르타를 그대로 놔두고는 자기를 비롯한 크샤트리
아들의 앞날이 위태롭다고 생각했다. 그는 싯다르타를 무력하게 만들
어야 한다고 마음을 굳혔다. 소리쳐 집사를 불렀다. 당장에, 국방대신,
내무대신, 외무대신, 농수산대신, 궁 수비대장, 태자 교육청의 두 스승
을 그의 저택으로 불러들이라고 명했다. 그들은 모두 다리나의 사람들
이었다. 오래지 않아, 등청을 하려던 그들이 시급히 다리나 재정대신의
저택으로 모여들었다. 다리나는 흥분해 있었다. 그의 검은 눈썹 밭 한
모서리에 솟아나 있는 기다란 흰 눈썹 하나가 미세하게 떨고 있었다.
그는 그들을 향해 씨근거리면서 말했다.

"황급한 사건이 발생하여 여러 대신들을 불렀소. 태자가 필요 이상
으로 커져버렸소. 오래전부터 태자가 불순한 생각을 하고 음모를 꾸미
려 하고 있소. 태자를 그대로 두고는 나라 안이 태평하지 못할 것이오.
오늘 등청해서는 왕을 찾아가 싯다르타에게 넘겨준 왕권을 회수하라고
압력을 넣어야 합니다."

그는 궁 수비대장에게 말했다.

"지금 황급한 것은 태자가 왕을 만나지 못하도록 단단히 틀어막는 일이오. 당분간 태자가 외부 출입을 하지 못하도록 태자궁 안에 연금해 버리도록 하시오. 태자궁 밖으로 한 발짝도 나가지 못하게 하시오."

그는 이어 국방대신에게 명했다.

"병사 한 개 부대를 궁중에 파견하여 궁 수비대를 돕도록 하시오."

내무대신에게는 "태자가 앞으로는 그 어떠한 사업도 간섭하지 못하도록 하시오." 하고 명하고, 농수산대신에게는 "태자가 하던 모든 사업을 농수산대신이 도맡아 추진하도록 하시오." 하고 명했다. 크샨티데바와 비슈바미트라에게는 "태자 교육을 어떻게 시켰는데 태자가 그렇게 방자해졌습니까? 오늘 등청해서는 태자에게 자숙하라고 단단히 이르시오." 하고 말했다.

궁 수비대장과 국방대신이 먼저 서둘러 출발했고, 다리나 대신을 비롯한 다른 대신들과 태자 교육청의 두 스승이 뒤따랐다.

싯다르타는 외로웠다. 참담한 심정을 토로하고 의견을 구할 사람이 없었다. 야소다라 궁으로 가서 야소다라와 더불어 아침을 먹고 차를 마셨다. 야소다라는 히말라야 산에서 금방 내려온 여신 같았다. 살갗이 달빛처럼 희고 투명했다. 눈이 호수처럼 맑았다. 야소다라에게 그녀의 친정아버지인 다리나 대신의 야욕을 이야기하고, 자기와 다리나 대신이 첨예하게 대립하고 있음을 말하고 싶었다. 이때는 어떻게 해야 하는지 의견을 구하고 싶었다.

'다리나 재정대신을 그 자리에 앉혀두고는 내가 나라를 소신대로 경영할 수 없는데 어찌했으면 좋겠소? 당신의 친정아버지는 너무 탐욕이 많소. 이때껏 내가 하여 온 명주 도시를 빈껍데기로 만들고, 내가 구제하려 한 불가촉천민들을 예전의 그 비참하고 불쌍한 삶으로 되돌려놓았소.' 이 말을 뱉고 싶은데 입이 떨어지지 않았다. 야소다라는 아무것도 모르는 한 사람의 순진한 여자일 뿐이었다. 세상사로부터 초연한 여신 같은 여자일 뿐이었다. 대신들의 얼굴을 하나하나 떠올려보았지만, 자기편을 들어줄 수 있는 사람은 아무도 없었다. 쓰디쓴 절대 고독이 그의 가슴을 옥죄었다. 하소연할 사람도 없었고, 도와줄 신도 없었다.

싯다르타는 입이 떫어 음식을 먹을 수 없었다. 밥그릇을 밀어버리고, 음식 만진 손을 씻어버리자, 야소다라가 걱정스러운 얼굴로 물었다.

"왜 어디 편찮으십니까? 무슨 걱정되는 일이 있으십니까?"

싯다르타는 고개를 저으며 한숨을 쉬었다. 내가 의논을 해야 할 사람은 아버지 슈도다나 왕뿐이다. 그는 왕궁으로 가려고 몸을 일으켰다.

그때 밖이 소란스러웠다. 사람들의 뜀박질하는 소리와 쇠붙이 철그렁거리는 소리가 들렸다. 야소다라가 문밖의 시녀에게 "웬 소란이냐!" 하고 물었다. 문밖을 살펴본 시녀가 말했다.

"웬 병사들이 태자궁 전체를 에워싸고 있고, 창을 든 병사 둘이 출입문 앞을 막아섰습니다."

싯다르타는 불길한 예감에 사로잡혔다. 가슴이 설레었고 숨이 가빠졌다. 얼굴에 조울증의 열기가 번졌다.

"내가 나가 알아볼 것이니라."

싯다르타는 황급히 문을 열고 나갔다. 하늘은 푸르렀고, 찬란한 햇빛이 정원에 쏟아지고 있었다. 살랑바람이 불어왔고, 풀잎과 아소카나무와 망고나무의 잎사귀들이 고개를 갸웃거렸다. 창을 든 병사들이 태자궁, 야소다라 궁, 고비카 궁, 고타미 궁을 가운데 두고 그 바깥을 에워싸고 있었다. 궁의 문 앞에는 두 병사가 창을 가새질러 세운 채 꼿꼿이 서 있었다. 싯다르타가 두 병사에게 물었다.

"누구의 명을 받고 이렇게 출동을 했느냐, 너희 대장을 불러오너라."

병사가 벙어리인 듯 눈 하나 깜박거리지 않고 목석처럼 꼿꼿이 서 있는데, 그들의 등 뒤에서 궁 수비대장이 달려왔다. 몸집이 크고 얼굴이 거무튀튀하고 눈이 부리부리한 그는 비밀라였다. 불가촉천민 마을을 왕래할 때 싯다르타를 수행한 바 있는 보안경찰대장이었다. 그 마을의 새 왕이 된 꾸르메를 잡아다가 감옥에 처넣은 다혈질의 남자로 다리나의 사람이었다. 다리나는 이런 때 써먹기 위하여, 자기의 수족 같은 사람을 궁수비대장 자리에 앉힌 것이다. 비밀라가 거무죽죽한 번들거리는 이마로 햇빛을 되쏘며 다가와 그의 앞에 부복하고 말했다.

"태자마마, 놀라지 마십시오. 왕명입니다. 지금 불만을 가진 난민들이 폭동을 일으킬 조짐을 보이고 있습니다. 간밤에 살인자 꾸르메가 탈옥을 했는데, 그놈이 그들과 합세를 할지도 모르고, 그들은 태자마마를 해하려 할지도 모릅니다. 태자마마는 당분간 그 어느 곳에도 외부 출입을 하시지 말라는 왕명입니다."

싯다르타는 비밀라의 두 눈을 뚫어보았다. 어떤 난민들이 무슨 폭동을 일으키려 한다는 것인가. 그것은 거짓일 터이다. 다리나 재정대신이 간교한 수작을 부리고 있음에 틀림없다. 다리나는 나와 아버지 슈도다 나 왕을 분리시키려 하고 있는 것이다. 싯다르타는 속으로 코웃음을 쳤 다. 아버지에게 달려가서, 다리나 재정대신에게 속지 마시라고 말씀드 리고 다리나를 내쳐야 한다고 아뢰리라 생각했다. 싯다르타는 궁 수비 대장 비밀라에게 말했다.

"비켜나시오. 아바마마를 만나러 가야겠소."

궁 수비대장이 앞을 막아서면서 말했다.

"태자마마, 지금은 만나실 수 없습니다. 임금께서 충격을 받고 누워 계십니다. 어의가 아무도 들이지 말라고 했습니다."

싯다르타는 궁 수비대장의 말을 믿을 수 없었다. 다리나 재정대신이 지금 슈도다나 왕 주위에 사람으로 장막을 쳐놓고 있다고 생각했다. 몸 소 찾아가 아버지에게 확인해보고 싶었다. 싯다르타는 소리쳐 말했다.

"비켜서시오. 내가 직접 아바마마를 만나 뵙고 드릴 말씀이 있소."

궁 수비대장이 딱딱하게 굳어진 얼굴로 말했다.

"태자마마, 고정하십시오. 태자마마를 지키라는 지엄한 왕명이 내 려졌습니다. 저를 쓰러뜨리고 밟고 가시기 전에는 가실 수 없습니다."

싯다르타는 눈앞이 아득해졌다. 하늘로부터 새까만 숯가루들이 쏟 아지는 듯싶었다. 수비대장 비밀라의 등 뒤에는 암황색 제복의 군사들 이 서 있고, 싯다르타 뒤에는 야소다라와 시녀들이 서 있었다. 야소다 라가 싯다르타에게 말했다.

"태자마마, 안에 들어가 잠시 머무르십시오. 제가 친정아버님께 가 서 사정을 알아보고 오겠습니다."

싯다르타는 허리에 찬 칼자루를 움켜쥐었다. 그것을 빼들고 수비대장 비밀라의 목에 들이대고 소리쳤다.

"썩 비켜서시오. 비켜나지 않으면 목을 치겠소."

순간 비밀라 뒤쪽에 있던 병사들이 달려와서 싯다르타와 비밀라 사이로 끼어들었다. 병사들의 창이 싯다르타의 칼을 막았다. 싯다르타는 병사의 목을 치기 위해 칼을 머리 위로 치켜 올렸다. 그때 비밀라가 거연히 말했다.

"태자마마, 가시려거든 저와 이 병사들의 목을 모두 내려치고 가십시오."

야소다라가 싯다르타 앞으로 나서며 말했다.

"태자마마, 칼을 거두시고 진정하십시오."

싯다르타는 야소다라에게 떠밀려 한 걸음 물러섰다. 칼을 내던지고 돌아선 채 잠시 눈을 감고 심호흡을 했다. 마음이 답답하고 산란할 때 하는 그 호흡법은 스승인 크샨티데바에게서 배운 것이었다. 먼저 '옴' 하고 크게 배를 부풀리며, 공기와 더불어 온 세상을 뼛속 깊이까지 들이마시면서 마음을 편안하게 하고, '훔'하면서, 들이켰던 세상을 천천히 뱉어내는 것이었다. 궁 수비대장 비밀라는 싯다르타가 내던진 칼을 집어다가 싯다르타의 칼집에 꽂아주며 부드럽게 말했다.

"태자마마께서는 지혜로운 분이시고, 장차 전륜성왕이 되어 세상을 통치하실 거라고 들었습니다. 이 금으로 된 정의의 칼은 그때 세상을 휘어잡을 때 사용하셔야 할 보검이옵니다."

병사들 등 뒤에 두 남자가 나타났다. 병사들이 그들의 앞을 막아서며 말했다.

"들어가실 수 없습니다."

둘 중의 한 남자가 "나는 태자마마의 스승, 비슈바미트라이다." 하고 말하자, 다른 한 남자가 "비켜라, 나는 태자 교육청의 스승 크샨티데바이다." 하고 말했다.

수비대장 비밀라가 곧 그들에게 다가가 정중하게 예를 표했다.

"어서 안으로 드십시오."

비슈바미트라와 크샨티데바가 싯다르타 앞으로 나섰다. 크샨티데바가 말했다.

"지금 중대 사건이 일어났습니다. 잠시 태자궁으로 드시지요."

비슈바미트라가 말했다.

"조용히 드릴 말씀이 있습니다."

비슈바미트라의 얼굴은 창백했고, 딱딱하게 굳어져 있었다.

싯다르타와 두 스승이 함께 태자궁 안으로 들어갔다. 탁자를 가운데 두고 세 사람이 마주 앉았다. 그들은 숨소리를 죽였다. 시녀가 차를 가져다주고 나갔다. 차향과 더불어 무거운 침묵이 맴돌았다. 어디선가 까마귀가 울었고, 그 울음소리가 침묵을 헝클어놓았다. 불길한 예감이 싯다르타의 가슴을 짓눌렀다. 크샨티데바가 빨간 혀를 내밀어 마른 입술에 침을 바르고 말했다.

"태자마마, 당분간 근신하고 계시라는 왕명이십니다."

비슈바미트라가 말했다.

"태자마마, 절대로 지금 성급하게 굴어서는 안 됩니다. 잠시 쉬시면서, 태자마마가 장차 왕좌에 오르신 다음 펼치실 정사나 구상하십시오."

싯다르타가 두 스승의 얼굴을 번갈아 보며, 흥분이 가라앉지 않은 목소리로 따지고 들었다.

"이 나라 안에서 다리나 재정대신의 힘이 그렇게도 막강합니까? 그 탐욕이 많은 늙은 다리나가 이 나라를 혼탁하게 만들고 있는데, 그 어느 누구도 그의 탐욕을 멈추게 할 사람이 없단 말입니까? 두 스승님도 그 늙은 다리나의 정치적인 폭력에 함구를 하실 겁니까? 이 나라 이 왕궁 안에는 정의와 진리를 위해 싸울 인물이 그리도 없습니까? 나의 아버지 슈도다나 왕도 다리나를 어찌하지 못한단 말입니까? 슈도다나 왕도 다리나의 권력에 제압을 당한 것입니까? 저를 다리나의 세 딸과 결혼을 시킨 것도 다리나의 세도에 굴복한 때문입니까?"

두 스승은 머리를 숙였다. 비슈바미트라가 말했다.

"소나기는 일단 피하고 보아야 하는 법입니다."

크샨티데바가 말했다.

"일단 조용히 태자궁에 머무르면서 기회를 보셔야 합니다."

싯다르타가 소리쳐 말했다.

"두 스승께서는 무슨 말씀을 하고 계시는 것입니까? 제가 아버지 대신 왕권을 행사하면서 시행한 빈민 구제 사업을 다리나가 모두 도굴해버렸습니다. 제가 일으킨 명주 도시를 다리나가 무자비하게 독차지하고, 그곳의 원주민들을 다시 노예로 만들거나 쫓아냈어요. 중요 업체들을 모두 다리나의 딸 고비카와 고타미의 소유로 만들었어요. 이렇게 야만과 무법이 판을 치기로 한다면, 눈 번히 뜬 채 당하기로 한다면, 이 나라는 장차 어찌 됩니까?"

크샨티데바가 말했다.

"태자마마, 그것이 모두 신의 뜻이라고 생각하십시오."

싯다르타가 얼굴을 붉히면서 크샨티데바에게 소리쳤다.

"아, 스승님께서도 그것을 신의 뜻이라고 말씀하시는군요. 신은 그 어디에도 형체가 없는 것인데……"

크샨티데바가 말했다.

"태자마마, 지금은 조용히 참고 기다리셨다가, 장차 태자가 전륜성왕이 되신 다음 불의와 부정이다 싶은 것들을 바로잡으십시오."

싯다르타는 벌떡 몸을 일으키면서 두 스승을 향해 소리쳤다.

"두 스승과 대면하고 있는 이 순간이 괴롭습니다. 저는 신의 뜻에 따라 사는 사람들하고 상대하고 싶지 않습니다. '신의 뜻!', 신의 뜻이란 말이 지긋지긋합니다. 앞으로 두 스승께서 다시 불의와 부정함을 신의 뜻이라 말씀하시면 스승으로 모시지 않을 것입니다. 세상을 신이 점지하고 신의 뜻에 따라 경영하는 것을 저는 따를 수 없습니다. 저는 그 신의 뜻을 지우고, 나의 말, 인간인 나의 마음이 가는 대로 세상을 해석하고 경영할 것입니다. 신은 하늘 위에도 하늘 아래에도 존재하지 않습니다. 만일 신이 존재한다면 그 신은 정의의 편에 설 것이고, 그렇기 때문에, 이 나라를 부정하고 불의한 다리나가 좌지우지하도록 놔두지 않을 것입니다. 두 스승께서는 제발 어서 여기서 나가주십시오."

두 스승은 밖으로 나가려 하지 않았다. 싯다르타는 몸을 일으키면서 소리쳤다.

"두 스승께서 나가지 않으면 제가 나가겠습니다."

두 스승이 앞을 막아서는 것을 뿌리치고 밖으로 나갔다. 그러나 그는 태자궁 밖으로 걸어 나갈 수가 없었다. 병사들이 목석처럼 딱딱하게 굳어진 채 길을 비켜주지 않았다. 궁 수비대장 비밀라가 차가운 목소리로 싯다르타에게 말했다.

"태자마마, 저희들을 쓰러뜨리고 짓밟고 가시지 않는 한 마마는 밖으로 나가실 수 없습니다."

절대 고독

싯다르타는 태자궁 안에 들어앉아 곰곰이 생각하고 또 생각했다. 문제는 신이다. 세상 사람들은 하나같이, 불의한 일과 부정한 일을 저지르면서 그것을 신의 뜻이라고 말한다. 그 불의와 부정한 일을 저지르는 사람들을 보고도 못 본 체하고 지나치면서도 그것이 신의 뜻이라고 말한다. 불의와 부정을 저지르게 한 그 신 때문에 세상은 병들었다. 세상의 병을 치유하는 길은 사람들로 하여금 신으로부터 벗어나게 하는 것이다.

농경제전에서 브라만 사제들은 왜 신에게 희생물을 바치고 왜 신에게 풍년을 비는가. 브라만, 크샤트리아, 바이샤, 수드라, 불가촉천민 등의 인간 계급을 인간이 스스로 만들어놓고 왜 그것을 신의 뜻이라고 핑계를 대는가. 태자인 내가 왕을 대신해서, 불가촉천민들의 가난한 마을을 부자 마을로 만들어놓으려 하는데, 간교한 크샤트리아, 바이샤 사람들이 원주민인 불가촉천민들에게서 그것을 교활한 방법으로 빼앗고, 그들을 다시 노예와 유랑민들로 전락시켰다. 크샤트리아 사람들은 그

190

들의 밀밭과 뽕나무 농장과 명주 공장과 양치기 농원과 카펫 공장을 삼키고 나서, 그것을 신의 뜻이라고 말한다. 죄의 근원은 브라만 사제들에게 있다.

싯다르타는 아버지 슈도다나 왕국의 지배 구조와 계급 구조에 환멸을 느꼈다. 아버지 밑에서 재정대신 노릇을 하는 장인 다리나의 교활하고 노회한 권력 독점이 역겨웠다. 다리나는 나라의 권력과 인사권과 재정적인 권력을 완벽하게 독점하기 위하여 슈도다나 왕의 비위를 맞추면서 세 딸을 장차 왕이 될 나에게 시집보냈다. 그 세 신부로 하여금 태자인 나의 마음을 사로잡도록 했다. 아름다운 여자는 남자의 이성을 마비시킨다.

싯다르타는 피의 역사를 생각했다. 막강한 세도가인 다리나 재정대신을 권력 밖으로 축출하려면 정의의 칼이 필요하고, 그 칼에 의하여 피를 보아야 한다고 생각했다. 친위 혁명을 일으켜야 한다.

여기서 싯다르타는 막연해졌다. 나 혼자 힘으로 어떻게 브라만 사제들의 신을 없앨 수 있는가. 세상 모든 사람들의 의식 속에 박히어 있는 신들을 어떻게 씻어낼 수 있는가. 다리나의 권력이 미치지 않은 곳이 없는데, 어떻게 그를 나 혼자만의 힘으로 제거한단 말인가. 슈도다나 왕마저도 다리나 재정대신을 권력 밖으로 끌어내지 못하지 않았는가. 아버지는 그를 권력 구조 한가운데서 뽑아낸다는 것은 나라의 근간을 흔드는 일이라고 생각하고 있다. 두 스승 크샨티데바와 비슈바미트라까지도 다리나의 권력을 어찌할 수 없다고 생각한다. 그들은 그것을 신의 뜻이라고 생각하고 있다. 아, 어찌해야 할까.

나는 혼자일 뿐이다. 신에게 저항할 수 있고 신을 없앨 수 있는 사람은 나 혼자일 뿐이다. 다리나에게 저항할 수 있는 사람은 나뿐이다. 그 어디에서도 저항 세력을 만들거나 끌어모을 수가 없다. 만일 그렇게 하려고 한다면, 신에게서 저주를 받아온 불가촉천민들을 부추겨 시위를 하게 해야 한다. 이때껏 신과 인간의 모든 계층으로부터 박해만 받아온 그들에게 그러한 의기가 있기나 할까. 새까만 절망의 가루가 짙은 안개처럼, 으스스한 저녁 땅거미처럼 그를 향해 몰려들었다.

사흘 동안이나 싯다르타는 태자궁 밖으로 나가지 않았다. 시녀들이 수십 번이나 와서 그를 식당으로 불러내려고 하고, 야소다라가 와서 진지를 잡수시라고 통사정을 했으나 그는 꼼짝도 하지 않았다. 야소다라의 배가 불러 있었다. 임신을 했다. 그녀는 싯다르타 앞에 무릎을 꿇고 말했다.

"지금 제 배 속에는 먼 훗날 태자마마의 뒤를 이어 왕좌에 오르게 될 아기가 있습니다. 가끔씩 발길질을 합니다. 꿈에 코끼리 한 마리를 두 팔로 보듬었는데 태몽인 듯싶습니다."

그 얼마나 반가운 일인가. 야소다라를 얼싸안고 아기의 태동을 즐거워하고 축하해주어야 하는 것이지만 싯다르타는 그 말을 듣지 못한 체했다. 그 배 속에 든 아기라는 존재가 버거웠다. 그는 자기 혼자의 몸도 주체할 수 없었다. 모든 것이 귀찮았다. 아버지 대신에 하여 본 왕 노릇에 절망했고, 왕의 권력을 대신 행사하며 벌였던 빈민 구제 사업 결과와 궁에서의 호화로운 생활에 그는 환멸을 느꼈다. 어디론가 멀리 떠나버리고 싶었다. 세상의 모든 것으로부터 훌훌 벗어나고 싶었다.

야소다라가 슬픈 목소리로 하소연하듯이 말했다.

"태자마마, 제 친정아버지의 뜻을 이해해주십시오. 제 친정아버지께서 하신 일은, 태자마마를 해치려고 한 것이 아니고, 태자마마의 옥좌를 더욱 튼튼하게 뒷받침해주기 위해 하신 일일 것입니다. 머지않아 때가 돌아오면, 제 아버지는 가지고 있는 모든 것을 태자마마와 저와 우리 아기에게 돌려줄 것입니다."

그녀는 절망과 좌절과 고독과 우울로 인해 침통하게 굳어진 싯다르타의 얼굴을 주시하다가 천천히 그의 손 하나를 끌어다가 자기의 불룩한 배에 댔다.

"태자마마, 만져보십시오. 우리의 아기가 태동을 합니다. 어서 세상으로 나오겠다고 발길질을 합니다."

야소다라의 배 속에서 무엇인가가 꿈틀거리는 낌새가 느껴졌다. 그는 야소다라의 손을 뿌리치고 밖으로 나갔다. 병사들이 태자궁 주위를 지키고 있었다. 태자궁의 가장자리 망고나무 숲을 한 바퀴 돌았다. 망고나무의 울창한 숲은 성벽과 맞닿아 있었다. 딱딱하고 드높은 성벽을 손바닥으로 쓸면서 나아갔다. 동쪽으로 걸어 나갔다. 해는 서쪽 성벽 너머로 기울고 있었다. 동문 앞에 이르렀다. 외롭게 문을 지키는 병사 하나가 망고나무 숲을 향해 서 있었다. 그 병사 앞으로 다가갔다. 다른 병사 둘은 땅바닥에 마주 앉아 돌멩이로 고누놀음을 하고 있었다. 두 병사는 승부욕에 젖어 있었다.

싯다르타는 외롭게 서 있는 호리호리한 병사의 앞을 지나 문밖으로 나갔다. 그 병사는 어찌 된 일인지 싯다르타를 아랑곳하지 않았다. 성

밖에는 망고나무 숲이 무성했다. 동문에서 숲 속으로 수레가 겨우 다닐 수 있는 길이 나 있었다. 숲 속에서 꾀꼬리가 울었다. 길 가장자리에 망아지만 한 바위 하나가 있었다. 거기에 걸터앉았다. 팔꿈치를 무릎에 대고 손으로 턱을 받쳤다. 브라만의 사제들이 숭앙하는 신의 뜻에 따라 더러워져 있는 이 세상을 정의롭게 바로잡을 수 있는 묘책이 없을까. 스승 비슈바미트라가 한 말을 떠올렸다. '불의를 이기는 것은 정의이고, 정의를 이기는 것은 진리입니다.' 정의는 어느 한쪽의 편을 드는 것이지만 진리는 불편부당한 것이다. 인간의 편을 들지 않고 신의 편을 따르는 것은 진리가 아니다. 인간의 삶은 인간 본위로 만들어져야 한다. 진리는 그 근원적인 바탕 위에서 직조된 것이라야 올바른 진리인 것이다.

두 스승이 들려준 호랑이 새끼 이야기도 떠올렸다. 나는 양의 새끼인가 호랑이 새끼인가. 사실은 호랑이 새끼인데 양처럼 풀을 뜯어 먹으며 살아온 것 아닐까. 크샨티데바는 내 속에 전륜성왕이 들어 있다고 했고, 비슈바미트라는 내 속에 부처가 들어 있다고 했다. 전륜성왕은 가시적인 빛의 바퀴를 머리 위에 돌리고 다니며 모든 나라를 정복하고, 부처는 보이지 않는 법의 바퀴를 굴리고 다니면서 중생을 구원한다고 했다. 그것은 무엇인가. 그것은 양의 젖과 풀을 뜯어 먹고 자라 양의 목소리로 말하는 내 내부에 호랑이의 원소가 들어 있다는 것 아닌가. 그 이야기 속에서 호랑이란 무엇인가. 전륜성왕의 요소일 수도 있고, 부처의 요소일 수도 있다. 전륜성왕은 신의 뜻을 따르는 존재이고, 부처는 인간의 뜻에 따르는 존재라면, 나는 절대로 전륜성왕이 되지 않을 것이다.

사실은 내가 가난하게 사는 불가촉천민, 오직 그 불가촉천민들만을 구제의 대상으로 삼은 것이 잘못이었는지도 모른다. 권력욕심 재물욕심에 젖어 살면서 불의와 부정을 저지르는 다리나 장인까지도 구제의 대상으로 삼아야 하는 것 아닌가. 그들 모두를 구제하는 것은 전륜성왕의 몫이 아니고 부처라는 존재의 몫이다. 그렇다면 나는 전륜성왕이 아닌 부처가 되어야 한다. 신을 따르지 않고, 인간 본연의 뜻에 따르는 부처가 되려면 먼저 사문이 되어야 한다. 사문이 되려면 출가를 해야 한다.

아, 출가, 그렇다. 출가를 하려면 내가 가지고 있는 것, 누리고 있는 것을 모두 버려야 한다. 내가 입고 있는 태자의 화려한 옷부터 벗어 던져야 하고, 신고 있는, 금장식 은장식이 되어 있는 가죽신을 벗고 맨발이 되어 걸어 다녀야 하고, 왕인 아버지 슈도다나를 버려야 하고, 아내 야소다라와 그녀의 배 속에 들어 있는 아기를 버려야 하고, 장차 내가 왕이 되어 다스릴 나라와 왕궁을 버려야 한다. 나의 사랑하는 흰 말 칸타카도 버려야 하고, 그 말의 등허리에 나를 태우고 다니는 마부 찬타카도 버려야 한다. 철저하게 혼자가 되어야 한다. 어차피 나는 이 하늘과 땅의 한가운데에 우뚝 서 있는 고독한 존재일 뿐이지 않는가.

출가 생각을 하자 가슴이 우둔거렸고 숨이 가빠졌다. 벌떡 몸을 일으켰다. 망고나무 숲 속으로 난 길을 따라 발이 닿는 대로 걸었다. 하늘을 가리는 늙은 망고나무 아래 한 출가 사문이 결가부좌를 한 채 명상을 하고 있었다. 그 사문은 누더기로 간신히 사타구니만 가리고 있을 뿐, 거무스름한 가슴과 배와 어깨는 벌거벗고 있었다. 그 사문의 몸은 추위와 더위와 비와 바람과 파리와 모기 들에게 무방비로 노출되어 있었다. 싯다르타는 한동안 고요히 명상하고 있는 사문을 보고 서 있었다. 브라만 사문이 명상을 하는 목적은 무엇인가. 수행을 위한 것이다. 수행이란 무엇인가. 가지고 있는 모든 것을 버리고 떠나고, 모든 탐욕으로부터 벗어나려는 것이다. 거추장스러운 것을 버리고 홀가분해지려는 것이다. 깨끗한 몸과 마음이 되려는 것이다. 참으로 자유인이 되려는 것이다. 신의 권위로부터도 자유로운 사람이 되려는 것이다. 나도 출가를 하고 사문이 될까. 나는 저 사문처럼 헐벗고 세상의 모든 적들에게 노출된 채 굶주림과 추위와 더위를 견디며 수행을 할 수 있을까.

제2장

'나는 여기서 우기를 지낼 것이다.
여기서 겨울도 여름도 지낼 것이다.'
이와 같이 어리석은 자는 생각한다.
그는 죽음의 위험을 알지 못한다.

법구경

나무

결가부좌를 한 채 명상하고 있는 사문에게 거무스레한 그늘을 드리우고 있는 늙은 망고나무를 싯다르타는 바라보았다. 뿌리를 땅에 깊이 묻고 있는 망고나무의 줄기는 굵었다. 어른 세 사람이 팔을 벌리고 서로 손끝을 잡아야 간신히 둘레를 잴 수 있도록 밑동이 굵었다. 그 굵은 밑동의 줄기는 위쪽으로 치솟으면서 자잘한 가지를 하늘을 향해 뻗었고, 잔가지 끝에는 잎사귀들이 달려 있었다. 그 나무는 땅속에서 빨아올린 수분과 알 수 없는 기운을 가지와 잎사귀를 통해 하늘로 뿜고 있었고, 하늘로부터는 푸른빛과 햇빛을 받아들이고 있었다. 까마귀와 지빠귀들이 얽히고설킨 잔가지에 둥지를 틀고 새끼들을 길렀다. 가지에 앉은 매미와 벌레들이 울고 있었다. 그들을 묵묵히 품어주는 것이 그 늙은 망고나무의 그윽하고 자비로운 삶이었다. 그 나무 그늘 아래서 결가부좌를 한 채 명상에 잠겨 있는 사문이 그 나무를 닮았다고 싯다르타는 생각했다. 그 나무의 기운이 그 사문의 몸과 영혼에 투영되고 있었다. 수행을 한다는 것은 나무를 닮아간다는 것 아닐까. 땅에 뿌리를 깊이 내리고 그 뿌리를 통해 기운을 받은 몸통과 머리로 하늘을 떠받치고 사는, 저 나무의 의젓하고 성스러운 삶이 부처의 모습 아닐까. 스승 비슈바미트라가 말한 만다라를 생각했다. 그 스승은 수레바퀴를 가리키면서 말했었다.

"진리를 알려면 만다라를 알아야 합니다. 만다라는, 세상에서 가장 작은 동그라미, 말하자면 핵이 오른쪽으로 돌면서 부챗살처럼 사방으로 뻗어 나가는데, 그 힘을, 가장자리의 동그란 테가 눌러주고 있는 수레바퀴 같은 것입니다. 세상은 그렇게 돌고 돕니다. 우리들의 삶의 결과 무늬는 오른쪽으로 돌도록 마련되어 있습니다. 세속적인 세상은 한 전륜성왕을 중심으로 구성되어 굴러가는 것이고, 초월적인 세상은 부처를 중심으로 구성되어 굴러가는 것인데, 그것은 신의 뜻입니다. 해와 달이 동편에서 떠서 서편으로 지고, 별들이 휘도는 것이 다 만다라의 원리입니다."

새들은 저 가지들 속에 동그란 둥지를 틀고, 멀리 날아가 먹이를 물고 와서 새끼들을 키우고, 새끼들은 자라서 떠나갔다가 다시 둥지로 돌아온다. 저 나무는 땅속에 뻗은 뿌리로 물기를 빨아올려 마시고, 그것을 가지와 잎사귀를 통해 하늘 쪽으로 뿜으며 숨을 쉬고, 그 습한 숨결은 구름이 되어 떠돌다가 대지에 비를 뿌리고, 그 비를 수목들이 빨아먹고 산다. 대지 위의 수목들이 빨아 먹고 남은 빗물은 강물이 되어 바다로 가고, 바다의 물은 증발하여 구름이 되고, 구름은 다시 대지 위로 날아와 비를 뿌려준다. 모든 것은 돌고 돈다. 모두가 만다라의 원리이다. 세속적인 세상이 전륜성왕을 중심으로 돈다면 초월적인 세상은 부처를 중심으로 해서 돈다.

태자궁으로 돌아가면서 싯다르타는 생각했다. 나도 출가 사문이 되자. 나도 저러한 망고나무 아래서 명상을 하자. 부처가 되는 것이다. 이 세상의 핵이 되는 것이다. 핵이 되어 이 세상을 온전한 만다라로 만드는 것이다. 부처가 되어 세상 모든 사람들의 탐욕을 없애주는 것이다. 사람들의 탐욕이 없어지면 나라와 나라 사이의 먹고 먹히는 전쟁도 없어지고, 차별하는 계급도 사라지고, 자기보다 못사는 병든 사람들을 불쌍하게 여기게 될 것이고, 서로 많이 차지하려는 투쟁도 소멸되고, 가지고 있는 것을 고루 나누어 먹고 서로를 사랑으로 품어주면서 평화롭게 살아갈 터이다. 그렇게 인민이 서로를 사랑하면서 평화롭게 사는 세상이 극락인 것이다. 그렇게 세상이 바뀌면 다리나 재정대신도 탐욕을 버리고 선한 삶을 살게 될 것이다.

하늘 위에 존재하면서 인간을 자기의 뜻대로 조종하고 부리는 폭력적이고 이기적인 신, 사람들 위에서 군림하는 신이 없어져야 하고, 착하게 살아가는 사람을 해치는 땅속의 악마들도 없어져야 한다. 숲을 이루는 푸나무와 땅바닥을 기는 벌레와 네발짐승과 날아다니는 새와 직립의 사람들이 다 화평하게 사는 상생과 화엄의 세상을 만들어야 한다.

작별 의식

내 속에는 수없이 많은 알 수 없는 나가 들어 있는지도 모른다, 하고 싯다르타는 생각했다. 전생에 호랑이에게 잡혀 먹히기 직전의 양 한 마리를 구하려고 호랑이에게 덤벼들었다가 호랑이의 발톱과 이빨에 찢겨 죽은 사람의 영혼이 들어 있는지도 모르고, 사나운 세상을 화평하게 하는 깨달음을 얻기 위하여 사투하듯이 도를 닦다가 병들어 죽은 사문의 영혼이 들어 있는지도 모르고, 가난하고 병든 가엾은 자들을 먹이기 위해 탁발을 하러 다니다가 지쳐 죽은 보살의 영혼이 들어 있는지도 모른다. 내가 이 세상에 난 것은 그 모든 영혼의 한풀이를 해주기 위해서인지도 모른다.

싯다르타는 곰곰이 은밀하게 출가를 준비했다. 태어난 이래 정들었던 것들과 헤어지는 의식을 조심스럽게 치르기 시작했다. 그는 이때껏 정들었던 것들에게 하나씩 하나씩 마음으로 작별을 고했다.

창문에 늘어뜨려진 채 눈부신 햇살을 막아준 고마운 하얀 커튼에게 작별 인사를 했다. '잘 있어라. 나는 떠난다. 출가한다.' 깨끗하고 널찍

하고 푹신한 침대와, 꽃과 나비가 그려진 비단 이불과 하얀 베개에게, '그동안 고마웠다, 잘 있어라.' 하며 쓰다듬어주었다. 금장식이 되어 있는 안락의자와 탁자에게 잘 있으라고 하며 토닥여주었다. 어문학과 역사와 윤리 도덕과 신화와 종교에 대한 책들과, 베다경전들을 하나하나 빼서 펼치고 한 장씩 넘겨보고 다시 꽂아놓으며 그것들에게 작별을 고했다. '잘 있어라. 나의 사랑하는 책들아.' 태자 대관식에서 쓴 금관에게도 '잘 있어라.' 하고 말하고, 부엌으로 가서 줄곧 음식을 먹었던 식기들에게 잘 있으라고 중얼거렸다. 추위와 더위를 막아주던 의복들에게도 이별을 고하고, 금으로 된 촛대 은으로 된 촛대에게도 이별을 고했다.

태자 교육청으로 걸어가면서 꽃나무들에게도 작별 의식을 치렀다. '사랑하는 꽃나무들아, 나 출가한다. 잘 있어라.' 하고 말했다.

두 스승 크샨티데바와 비슈바미트라가 어색하게 웃으며 반겼다.

"어서 오시오, 태자마마."

싯다르타는 두 스승 앞에 허리를 굽히고 두 손을 땅에 짚은 다음 엎드려 말없이 절을 했다. 두 스승이 절하는 싯다르타의 얼굴을 놀라운 눈으로 바라보았다. 싯다르타는 그들에게 말없이 빙긋 미소만 지어주었다. 그의 눈에는 물이 고여 있었다.

크샨티데바가 근심스러운 얼굴로 물었다.

"태자마마, 요 며칠 사이, 조용히 몸과 마음을 다잡고 고르기, 숨 고르기를 하면서 미래를 잘 구상하고 계십니까?"

싯다르타는 입을 굳게 다문 채 고개를 끄덕거리기만 했다.

비슈바미트라가 말했다.

"태자마마, 얼굴이 어둡습니다. 한사코 조용히 때를 기다리십시오. 지혜로운 제왕은 때를 기다릴 줄 알아야 합니다. 식물의 열매들이 세월 따라 익듯이 사람의 지혜도 세월을 따라 익어갑니다."

싯다르타는 말했다.

"스승님들께서는 저에 대한 염려를 놓으십시오. 저는 괴롭고 성가시다 싶은 모든 세속적인 것들로부터, 집착으로부터 놓여나는 연습을 하고 있습니다. 지금 저는 홀가분하고 아주 평화롭습니다. 더 큰 세상, 더 드높은 자유의 시공으로 날아가는 연습을 하고 있습니다."

크샨티데바가 허공을 쳐다보면서 어허허허 하고 너털거렸다. 그러나 비슈바미트라는 웃지 않고 싯다르타의 얼굴을 다시 깊이 뜯어보았다. 싯다르타의 해맑은 두 눈을 주시했다. 싯다르타 태자가 달라져도 너무 많이 달라졌다고 생각됐다. 그는 태자의 변화된 심사를 의심했다. 싯다르타는 의심하는 비슈바미트라에게 밝은 미소를 지어주고 마음속으로 '부디 안녕히 계십시오, 저는 출가를 결심했습니다.' 하고 말하며 돌아섰다.

해가 서쪽 하늘로 뉘엿뉘엿 기울어지고 있었다. 궁 안의 전각들, 그 전각 주위의 무성한 망고나무 숲을 향해서도, 그 위에 얹혀 있는 하늘을 향해서도, 잘 있어라 하고 인사를 했다. 금은 장식이 되어 있는 가죽신에 밟히는 땅을 향해서도 잘 있어라 하고 인사를 했다.

싯다르타는 동문으로 갔다. 동문을 지키고 있는 병사는 망고나무 숲을 멍히 보고 있었다. 다른 병사 하나는 졸고 있었다. 앞을 막아서지 않는 그들이 고마웠다. 그들을 향해서도 속으로 잘 있어라 하고 인사를 했다. 싯다르타는 그들 옆을 지나 성문 밖으로 나갔다. 망고나무 숲에 비낀 노란 햇살이 걸쳐져 있었다. 까마귀들이 울고 있었다. 전날 보았던 그 사문은 아직도 늙은 망고나무 아래에서 결가부좌를 한 채 명상에 잠겨 있었다. 사문의 몸은 망고나무의 거무스름한 그늘 때문인지 더욱 가무잡잡해 보였고, 머리털과 수염은 두 뼘쯤 되게 길어 있었다. 해가 망고나무 숲 저쪽으로 기울고 땅거미가 내렸고, 이어 검은 어둠이 세상을 덮었다. 동녘의 망고나무 숲 위로 샛노랗고 둥그런 달이 솟아올라 그를 엿보고 있었다. 달이 떠오르건 말건 사문은 목석처럼 앉아만 있었다.

그때 달의 표면에 이상스러운 일이 일어나기 시작했다. 타원형의 검은 그림자가 샛노란 달의 한쪽을 천천히 먹어 들어가고 있었다. 검은 구름이 덮고 있는 것일까 하고 눈을 더 크게 뜨고 쳐다보았다. 구름이 아니었다. 그럼 무엇일까. 아하, 월식이다, 하고 싯다르타는 생각했다. '라훌라!' 하고 속으로 탄성을 지르며 타원형의 검은 그림자에게 먹히고 있는 달을 바라보았다. 샛노란 달을 가로막는 검은 장애, 아하, 라훌라. 타원형의 그림자에게 먹힌 샛노란 달은 금가락지 모양으로 변했고, 환해지려던 세상은 어두컴컴해졌다. 망고나무 숲은 칠흑처럼 새까매졌다. 사문은 달이 검은 타원형의 그림자에게 먹히는 것도, 어둠도 아랑곳하지 않고 명상만 하고 있었다. 싯다르타는 그 자리에 우뚝 선 채 월식을 바라보았다. 오랜 시간이 흐른 뒤, 달이 점차 타원형의 검은 그림자로부터 벗어났다. 반쯤 벗어나고, 얼마쯤의 시간이 흐름에 따라 샛노란 부분이 더 커졌다. 이윽고 그림자가 사라지고 샛노란 달만 온전해졌다. 모든 장애는 저렇게 시간이 흐름에 따라 사라지기 마련이다.

싯다르타는 발을 돌려 성문을 거쳐 태자궁으로 돌아왔다. 기다리고 있던 시녀가 그에게 달려와서 머리와 허리를 굽히면서 말했다.

"경하드리옵니다, 태자마마. 야소다라 마마께서 조금 전에 왕자님을 출산하셨습니다."

그 순간 야소다라 궁 쪽에서 아기의 울음소리가 들려왔다. 응아! 하는 그 소리는 싯다르타의 가슴을 짓눌렀고, 그 짓누름은 환희의 전율이 되어 온몸을 주름잡았다. 저 아기는 나의 피를 물려받은 아기이다. 샛노란 달덩이를 닮았을지도 모르는 아기를 안아보고 싶었다. 순간, 싯다르타는 허공을 쳐다보며 자기도 모르는 새에 "아, 라훌라!"라고 말했다. 출가를 꿈꾸는 자기 가슴에 하나의 큰 장애가 나타난 것이다.

싯다르타는 야소다라의 궁에 마련된 산청으로 갔다. 그를 앞장서서 산청으로 달려간 시녀가 야소다라 비에게 말했다.

"태자마마께서 아기 이름을 '라훌라'라고 지어주셨습니다."

산청으로 간 싯다르타는 하얀 얼굴과 목이 진땀에 젖어 있는 야소다라와 갓 태어난 아기에게 속으로 작별을 고하고 발을 돌렸다. '아내여, 사랑하는 아기여, 나는 출가를 결심했다.' 갓난아기와 아내 야소다라와의 작별 의식, 그것은 하나의 아픔이었다. 벌레 울음소리같이 쐐아 하는 차가운 가슴앓이였다. 세상의 모든 만남에는 반드시 이별이 있게 마련이다. 나는 모든 장애를 물리치며 나의 길을 꿋꿋하게 나아가야 한다. 코뿔소의 뿔처럼 꿋꿋하고 올곧게, 물에 들어가 갈대를 꺾듯이 방해되는 것의 줄기를 꺾어 없애고 줄곧 뒤돌아보지 않고 나의 고독한 길을 나아가야 한다.

다음 날 아침 일찍이 싯다르타는 아침을 대충 먹은 다음 궁 수비대장 비밀라를 불러 말했다.

"답답하니까 나 혼자서 조용하게 나들이를 하고 싶소. 나의 말 칸타카와 마부 찬타카만을 대동하고 잠시 조용한 곳으로 여행을 다녀올까 합니다. 아무 일도 저지르지 않고 금방 다녀올 테니 나의 나들이를 막지 말아 주시오. 혹시 왕이나 다리나 대신에게 보고하지 말고, 나를 위해 조용히 성문을 열어주시오."

궁 수비대장 비밀라가 싯다르타의 얼굴을 한동안 주시하다가 물었다.

"명주 도시에 가시려는 건 아니시겠지요?"

싯다르타는 빙긋 웃으며 말했다.

"오래전에 나는 세상의 모든 집착에서 벗어났소. 명주 도시를 이미 잊어버렸소."

궁 수비대장이 부하 병사에게, 마부 찬타카와 말 칸타카를 싯다르타에게 끌어다 주라고 명했다. 싯다르타가 찬타카가 이끄는 말 위에 오르자, 비밀라는 몸소 앞장서 가서 동문 앞까지 안내를 해주고, 문지기들에게 성문을 열라고 명했다.

싯다르타는 성문 앞에 이르러 말에서 뛰어내렸다. 아버지 슈도다나 왕이 있는 궁전을 향해 오체투지의 절을 하고 일어나 말의 안장을 잡고 한쪽 발을 등자에 찔렀다. 힘껏 땅을 박차고 몸을 말 위로 날렸다. 찬타카가 얼른 그의 엉덩이를 붙안아 밀어 올려주었다. 얼마나 오랜만에 타보는 말인가. 그렇지만, 이제 이 착한 말 칸타카하고도 오늘이 마지막이다. 찬타카가 칸타카의 고삐를 이끌었다. 싯다르타는 동문을 향해서 도 속으로 잘 있어라 하고 인사를 하고, 말안장 위에서 흔들거리는 대로 몸을 맡긴 채 눈을 감았다.

출가

망고나무 숲을 벗어났다. 길은 들판으로 뻗어 있었다. 들판을 건너고 산모퉁이를 돌아갔다. 다시 새로이 들판이 시작되었다. 그 들판을 건너 자 또 한 개의 산모퉁이가 나타났다. 그 산모퉁이를 돌자 계곡이 나타 났다. 계곡을 지나가고 또 들판을 건너가자 작은 강이 나타났다. 강의 수면은 하얀 물뱀의 비늘처럼 번뜩거렸다. 강은 조용히 흐르고 있었고, 강변의 늪지대에는 잠부나무들이 지천으로 자라 숲을 이루고 있었다. 싯다르타는 그 강이 정겨웠다. 강은 알 수 없는 현악기로 연주된 음악 소리를 아스라하게 내며 흐르고 있었다. 강은 여신이 변해서 된 것이라 고 스승 비슈바미트라가 말했었다. 어머니의 넋도 이 강으로 흘러들었 을 것이다. 나도 장차 이 강으로 흘러들 것이다. 문득 공손한 어투로 찬 타카에게 물었다.

"나의 오랜 친구 찬타카여, 이 강 이름이 무엇입니까?"

찬타카가 싯다르타의 공손한 어투에 깜짝 놀라, 말 위에 있는 그의 얼 굴을 쳐다보았다. 착한 수드라 계급의 남자 찬타카는 지엄한 상전인 싯다르타의 공손한 물음에 황송하여, 몸 둘 바를 몰라 절절매며 대답했다.

"태자마마, 이 강 이름을 이 미천한 것은 '아노마'라고 들었습니다."

싯다르타는 아노마라는 강 이름에서 성스럽고 훌륭하고 고귀한 정감을 느꼈다. 모든 것을 버리고 떠나온 그는 이 아노마 강변이, 이제 오랜 친구인 마부 찬타카와 사랑하는 말 칸타카와 헤어지기에 적당한 곳이라고 생각했다. 해가 뉘엿뉘엿 강 건너 저쪽의 지평선으로 기울고 있었다. 잠부나무 숲에서 까마귀들이 까옥까옥 울고 있었다. 베다경전의 한 대목을 그 까마귀들이 암송하는 듯싶었다. 싯다르타는 배가 고팠다. 배고픔이 일어나는 것을 그는 즐거워했다. 출가한 자가 첫 번째 맛보아야 하는 것이 배고픔 아니겠는가. 그렇지만 배가 고파 있을 마부 찬타카에게는 미안하다. 찬타카를 얼른 궁성으로 돌려보내 주어야 하고, 배고픔으로부터 벗어나게 해주어야 한다.

싯다르타는 겸손한 어투로 말했다.

"나의 오랜 친구 찬타카여, 말을 멈추십시오."

찬타카는 싯다르타가 오줌을 누려고 그러는지도 모른다고 생각하며 말을 세웠다. 싯다르타는 왼쪽 등자에 낀 발에 힘을 주고 오른쪽 등자에 낀 발을 빼면서 몸을 왼쪽으로 기울였다. 찬타카가 재빨리 말고삐를 놓고 싯다르타의 허리를 부축했다. 싯다르타는 땅으로 내려서자마자, 이제는 늙어가고 있는 말 칸타카의 목을 다독이고 털들을 쓸어주고, 머리를 안아주었다. 그의 체취를 맡은 말의 얼굴 근육들이 가벼운 경련을 일으켰다. 어떤 수컷 말과도 사랑을 나누어보지 않고, 순직하게 그를 태우고 다니다가 늙은 암컷 말이었다. 이제 그 말과도 작별을 해야 하는 것이었다. 그는 그의 볼을 가져다가 말의 볼에 대었다. 은색 갈기를 쓰다듬어주었다. 서슴없이 금장식이 되어 있는 가죽신을 벗어 말안장 위에 실었다. 맨발바닥이 왕모래가 깔린 길에 닿았다. 발바닥 살갗이 저릿저릿했다. 영문을 모르는 찬타카는 어리둥절해하며 싯다르타가 하는 양을 지켜보기만 했다. 싯다르타는 허리에 차고 있는 칼도 풀어 안장에 실었다. 다음은 금테가 둘리어 있는 태자의 관을 벗어서 안장에 실었다. 찬타카는 불안한 예감에 사로잡힌 채 안절부절못했다.

"태자마마, 지금 왜 이러시는 것이옵니까?"

찬타카는 울먹거리며 말했다. 싯다르타는, 자기 상전인 그가 벌이고 있는 음모에 대하여 아무것도 모르는 순진한 찬타카를 향해 말했다.

"내 사랑하는 오랜 친구, 찬타카여, 우리 인제 헤어집시다."

순간 찬타카는 땅에 무릎을 꿇으며, 울음 섞인 떨리는 목소리로 말했다.

"태자마마, 그 무슨 말씀이옵니까?"

싯다르타는 찬타카를 일으켜 세우고 나서 말을 이었다.

"찬타카 그대는 나를 여기에 두고, 이 말을 이끌고 슈도다나 왕의 궁성으로 돌아가십시오. 돌아가서 나의 아버지 슈도다나 왕과 이모 프라자파티와 사랑하는 아내 야소다라와 고비카와 고타미에게, 나를 기다리지 말고, 찾지도 말고 잘 살아가라고 말하시오. 나는 이제부터 한 사람의 사문이 되어 맨발로 나의 길을 걸어갈 것이라고……."

자기 상전의 속내를 알아차린 찬타카가 다시 싯다르타 앞에 무릎을 꿇고 앉으면서 슬픈 얼굴로, 애통해하는 목소리로 통사정했다.

"태자마마, 안 되옵니다. 이 비천한 놈은, 칼도 버리고, 관도 쓰지 않고 맨발로 서 있는 태자마마를 이 강변에 두고 혼자서 돌아갈 수 없습니다. 차라리 이 자리에서 죽으라고 말씀하십시오. 저는 이 자리에서 혀를 물어 끊고 죽을지언정 혼자서 돌아갈 수 없습니다. 제발, 헤어지자는 말씀을 거두어주시고, 어서 말 위에 오르십시오."

순하고 착한 마부 찬타카는 어흑어흑 하고 슬피 울어댔다. 악함을 모르는 소의 눈처럼 흰자위 많은 그의 눈에서 눈물이 줄줄 흘렀다. 싯다르타는 문득 생각이 나서, 상투머리에 꽂혀 있는 마니보배를 빼서 안장에 싣고, 상투를 풀어 긴 머리칼을 쑥대처럼 헝클어뜨렸다. 안장에 실어둔 칼을 뽑아서 자기의 기다란 머리털들을 짧게 잘라냈다. 찬타카는 "태자마마, 안 되옵니다." 하고 소리치면서도 어떻게 감히 말릴 방법을 찾지 못했다. 기다란 머리칼들을 모두 잘라내고 난 싯다르타는 칼을 칼집에 넣어 찬타카에게 건네주고 나서, 발을 구르며 슬퍼하는 찬타카의 머리를 안아주고, 등을 쓸어주면서 어르고 달랬다. 찬타카는 애통을 참지 못하고 몸부림치면서 울음을 섞어 말했다.

"태자마마께서는 궁중에 계실 때 항상 따스한 방과 폭신한 침대와 두꺼운 금침 속에서 주무셨고, 맛깔스럽고 부드러운 음식을 드셨는데, 출가를 하신다면 노천에서 가시덤불을 이불 삼아 주무셔야 하고, 그 어떠한 부드럽고 맛있는 음식도 드실 수 없을 것입니다. 또한 사나운 이리나 늑대나 여우나 하이에나나 들개나 호랑이 들과 개미와 지네, 코브라나 살모사나 전갈 같은 것들이 우글거리는데 어떻게 귀한 몸을 보존하신단 말입니까? 저는 절대로 태자마마를 여기에 머물게 하고 돌아갈 수가 없습니다."

싯다르타가 찬타카를 달래면서 말했다.

"나의 오랜 벗 찬타카여, 이제 우리는 어찌할 수 없이 헤어져야 할 운명입니다. 나는 나의, 더 이상 드높을 수 없는 최상의 깨달음, 무상정등정각(無上正等正覺)을 위하여, 더 나아가서는 가엾은 가난한 천민과 탐욕으로 인해 스스로 처참하게 타락하여 몸과 마음이 병들어 지옥에 떨어지려 하는 사람들을 위하여, 혹독한 계급 제도로 인하여 슬퍼하는 사람들을 구제하기 위하여, 과거의 모든 부처님과 보살님들이 밟아간 그 길을 갈 것이오. 그 길을 가기 위해서는 궁궐과 왕의 자리를 버리고 가시덤불 길을 맨발로 가야 합니다. 찬타카여, 나를 위하여, 앞으로 평화롭게 구제될 미래의 세상을 위하여 지금 참고 혼자서 얼른 돌아가 주시오. 돌아가서 이 싯다르타가 오직 자기만의 길을 간다는 사실을 내 아버지 슈도다나 왕과 이모 프라자파티와 사랑하는 아내 야소다라와 고비카와 고타미에게 전해주시오."

싯다르타는 찬타카를 등 뒤에 버려두고 발을 돌렸다. 강변을 따라 잠부나무 숲을 향해 나아갔다. 찬타카는 말고삐를 이끌고 싯다르타의 뒤를 따라가면서, 눈물을 주먹과 팔뚝으로 훔치며 애원했다.

"태자마마, 절대로 안 되옵니다. 이렇게 제가 혼자 돌아가면 왕께서는 제가 태자마마를 위험한 지경에 빠지게 해놓고 온 것으로 아실 것입니다. 이 가엾은 저를 혼자 돌아가지 않게 해주십시오."

그 말끝에 찬타카는 뼈 있는 말 한마디를 덧붙였다.

"태자마마, 이렇게 집을 나오셔서, 태자마마 스스로를 학대하시는 것으로써 다리나 재정대신의 마음을 돌릴 수는 없으십니다."

싯다르타는 발을 멈추고 찬타카를 향해 돌아서서 말했다.

"나의 오랜 친구인 찬타카여, 나의 출가는 어느 누구에 대한 노여움과 복수심 때문이 아닙니다. 사랑하는 오랜 친구 찬타카여, 어서 돌아가서, 나의 아버지 슈도다나 왕에게 이렇게 전하시오. 내가 출가하는 것은, 어느 누구에 대한 노여움과 복수심 때문도 아니고, 어느 누구의 유혹에 넘어간 것도 아니고, 많은 재물과 권력을 구하기 위해서도 아니고, 나 혼자 도를 닦아 천상의 신의 세계에 태어나 호강하고자 함도 아니고, 오직 모든 중생들의 서로를 잡아먹고 잡혀 먹히는 삶을 구제하고자, 과거의 모든 부처와 보살님들이 밟아간 가시밭길을 가기 위해서 출가를 한 것이라고 전하십시오."

찬타카는 슬픔을 주체하지 못하고, 고귀한 싯다르타의 두 손을 붙잡고 놓지 않았다.

"안 되옵니다. 태자마마, 절대로 이럴 수는 없습니다."

싯다르타는 찬타카에게 통사정을 하듯이 말했다.

"사랑하는 오랜 친구 찬타카여, 제발 나의 말대로 궁성으로 돌아가 말씀을 전해주시오. 내가 지금 출가를 하는 것은, 나를 낳아 이만큼 길러주신 아버지와 이모 프라자파티의 은혜와 나를 사랑해준 아내의 은혜를 배반하려는 것이 아니고, 부처와 보살로서의 큰 깨달음을 얻어 탐욕에 찌들어 쟁투를 일삼는 중생을 제도하는 부처의 모습이 되어 더 큰 은혜를 갚기 위해 떠나온 것이라는 말씀을 전해주시오."

싯다르타는 찬타카의 몸을 돌려세우고 등을 떠밀었다. 마침내 찬타카는 어찌할 수 없이 싯다르타를 등지고 말고삐를 끌면서 돌아섰다. 싯다르타는 강을 왼쪽에 끼고, 대나무 숲이 무성한 강변길을 지나 잠부나무 숲을 향해 걸어갔다. 인도의 대나무는 땅에 대한 집착이 많은 나무였다. 줄기의 중동에까지 뿌리들이 주저리주저리 달려 있고 그것이 땅을 향해 뻗어내려 있었다.

얼마쯤 가다가 돌아보니 찬타카가 말고삐를 잡은 채 멈추어 서서 싯다르타를 보고 있었다. 싯다르타는 찬타카를 향해 "어두워지기 전에 빨리 돌아가시오." 하고 소리치며 손을 내쳐주고 몸을 돌렸다.

서편 하늘에서 황혼이 불처럼 타올랐다. 그 황혼 빛을 향해 싯다르타는 나아갔다. 산굽이 하나를 돌자, 유랑자 같기도 하고 사문 같기도 한 남자가 걸어왔다. 얼굴이 거무죽죽하고 머리털과 수염이 기다랗게 자란 그 남자는 누더기 같은 바지를 입고, 너덜너덜한 사슴 가죽 웃옷을 걸치고 있었다. 싯다르타는 그 남자의 앞길을 막아서면서 애원하듯이 말했다.

"존귀하신 사문께 한 가지 청이 있습니다. 저는 이제 사문의 길로 들어서려는 사람이므로 제가 지금 입고 있는 이 화려한 옷은 필요하지 않습니다. 당신이 입고 있는 그 옷과 제가 입고 있는 이 옷을 서로 바꾸어 입읍시다. 제발 저의 청을 받아주십시오."

그 남자는 한동안 싯다르타의 얼굴과 차림새를 뜯어보다가 고개를 끄덕거렸다. 싯다르타는 "아이고, 정말 감사합니다." 하고 말하면서 입고 있는 금빛 은빛 장식이 있는 명주옷을 벗어서 그 남자에게 주었다.

그 남자는 말없이 자기의 누더기 옷을 벗어서 싯다르타에게 주었다. 싯다르타는 그 남자의 누더기 바지와 너덜너덜한 사슴 가죽옷을 걸쳐 입었다. 그는 출가한 사문으로 바뀐 스스로의 아랫도리와 팔을 보고, 맨발을 내려다보고, 삭발한 머리를 쓸어보면서 생각했다.

"나는 이제 분명한 출가자가 되었다."

걸식

어둠이 내리기 시작한 잠부나무 숲 속을 걸어가는데, 검은 그림자로 변한 그의 내부의 악마가 그를 따라오며 속삭였다.

"싯다르타여, 그대는 지금 착각과 망상에 빠져 있고 흥분해 있다. 헛된 영웅심과 만용과 망상을 버리고 어서 그대 아버지의 궁으로 돌아가거라. 가서 때를 기다리면, 그대를 연금하고 박해한 다리나 재정대신이 곧 늙어질 것이고, 그대는 왕권을 온전히 휘두르며 살 때가 있을 것이다. 그때 가서 다리나로 인해 맺힌 한을 풀면 된다. 궁중에는 사랑하는 아내 야소다라의 부드럽고 향기로운 품이 있고, 그대가 라훌라라고 이름 지어준 아들이 있고, 맛깔스러운 음식과 푹신하고 따사로운 침대가 있다. 어서 돌아가거라. 이 강변과 들판과 산의 숲 속은 냉혹한 야만의 세상이다. 호랑이도 있고, 사자도 있고, 이리도 늑대도 하이에나나 들개도 있고, 지네도 개미도 전갈도, 모기와 파리와 독사도 우글거린다. 돌아가지 않고 고집을 부리다가는 병이 들 것이고, 뱀이나 늑대나 굶주린 들개나 하이에나에게 물리고 잡혀 먹힐지도 모른다. 얼른 그대 아버

216

지의 궁으로 돌아가거라. 그리하면 머지않아 이 세상은 그대의 것이 될 것이다."

싯다르타는 도리질을 하며 바야흐로 하늘에 나타나고 있는 별들을 쳐다보았다. 악마는 계속 세속적인 호화로움과 권력과 환혹의 환희를 들먹거리며 싯다르타를 회유하고 공포감을 일으켜주었다. 싯다르타는 꿋꿋하게 걸어 나가며 악마에게 말했다.

"악마여, 잠자코 물러가거라. 이 땅 위에 널려 있는 모든 세속적인 영화는 이제 내가 구하는 바가 아니다. 나는 탐욕과 권력을 가진 자들이 신의 뜻이라고 핑계대면서 슬프게 어지럽혀 놓은 계급주의와 착취와 탐학의 세상, 집착과 권력과 돈의 노예로 살아가는 세상을 착하고 어질고 화평한 세상으로 바꾸어놓는 것이 나의 꿈이다."

그날 밤 싯다르타는 양지바른 언덕의 바위틈에 낙엽을 긁어다가 쌓고 그 속에 몸을 눕히고 몸 위에 낙엽을 덮고, 어두운 자주 색깔의 하늘에서 반짝거리는 별들을 쳐다보며 잠을 청했다. 스승 비슈바미트라가 신들의 눈빛이라고 가르쳐주던 별들이었다. 저 별들이 시바, 아트만, 인드라의 눈빛일 리 없다. 저 별빛은, 나처럼 들판이나 산이나 강가에 누워 저것들을 쳐다보는 사람들의 눈빛이 만들어내는 것이다. 어둠에 묻힌 의식을 깨어나게 해주는 각성의 눈빛이다. 저것들을 쳐다보는 수천 수만 사람들의 뜻과 눈빛이 저기에 투영되어서 저렇게 반짝거리는 것이다. 꽃씨가 땅에 묻혀 새싹으로 자라나서 아름다운 꽃을 만들듯이, 사람들의 꿈이 저 별빛을 만드는 것이다. 찬 바람이 엉성한 낙엽들 사이를 뚫고 엄습했다. 저녁밥을 먹지 않은 배 속에서는 창자들이 꼬르륵 소리를 내며 꿈틀거렸다.

시녀들이 차려주던 음식들이 머리에 떠올랐다. 오른손의 엄지와 식지와 중지와 무명지와 새끼손가락의 피부들이 따뜻하고 부드러운 음식에 대한 기억을 떠올려주었다. 고소하고 달콤한 음식을 맛보던 혀에 전율이 일어났고, 침샘에서 침을 흘려주었다. 그는 침을 꿀꺽 삼켰다. 시장기가 가슴을 쓰라리게 했다. 슬펐다. 싯다르타는 그 슬픔을 즐겼다. 슬픔은 출가자가 맛보아야 할 보석 같은 양식이다.

궁성의 식탁에 앉아 식사를 할 때에, 싯다르타는 늘 오른손 엄지와 식지로 음식을 주무르거나 한데 모아 섞고 다져 뭉치고, 다섯 손가락을 모두 사용하여 집어다가 혀와 입술로 맛을 보고 입에 넣고 오물거리거나 씹곤 했다. 그의 코는 향기와 고소한 맛을 감지했고, 혀는 신선한 단맛과 신맛과 고소한 맛과 떫은맛과 쓴맛과 매운맛을 잘 구분했고, 침은 그 음식에 알맞도록 흘러나와 주었다. 그의 단단한 스물여덟 개의 이들은 음식의 맛을 즐기면서 잘게 씹었고, 혀와 입천장과 볼과 입술은 음식물이 어금니에 잘 씹히도록 그것들을 한데 모아주었다. 잘 씹힌 음식을 목구멍으로 넘길 때, 목줄을 타고 음식물이 위로 넘어갈 때, 그의 몸은 전율하면서 환희하곤 했다. 그것은 하늘과 땅의 조화이고 율동이었다. 오른손으로 집어 입에 넣고 씹고 또 씹어 삼킴으로써 점차로 느껴지는 포만감은 행복이고 축복이었다. 싯다르타는 그 음식 맛과 포만감이 그리웠다. 그의 내부에서 악마가 말했다. '그렇다, 싯다르타야, 그 포만감으로 나른해지는 행복을 찾아 얼른 일어나서 네 아버지의 궁으로 돌아가거라.' 싯다르타는 눈을 힘주어 감으면서 생각했다. 악마야, 나는 바로 그 달콤한 포만감으로 인한 나태함에서 벗어나 보석 같은 영혼의 차가운 깨달음을 얻기 위하여 출가를 한 것이다. 싯다르타는 으스스 몸을 떨면서 잠을 청했다. 비몽사몽을 헤매다가 까무룩 잠이 들었다.

이튿날 그는 깨진 바가지 하나를 주워 들고 강변 마을로 들어가 음식을 구걸했다. 살림이 넉넉한 집에서는 밥 한 숟가락을 얻고, 가난한 집에서는 죽 한 숟가락을 얻고, 더욱 가난한 집에서는 나물밥 한 숟가락을 얻고, 금방 쓰러질 듯한 움막집에서는 죽도 밥도 아닌 물컹한 범벅 한 숟가락을 얻었다. 음식을 얻고 나서는, 시혜를 베풀어준 주인들을 향해 공손히 합장을 하고 고마움을 표했다. 얻은 음식을 보면서 싯다르타는 이 분량이면 이 목숨을 지탱하기에 넉넉하겠구나 하고 생각했다. 나는 이렇게 이 음식으로 배를 채울 수 있지만, 이 순간에도 굶주리는 중생이 있을 것이다. 굶주린 채 떠도는 중생이 있고, 강한 자에게 박해받고 쫓겨나서 공포에 떠는 중생이 있고, 병들어 앓고 있는 중생이 있으리라. 나는 건강하여, 이렇게 음식을 얻어먹을 수 있으니 얼마나 다행한 일이냐.

마을을 등지고 판다산 기슭으로 들어가, 늙은 망고나무 아래에 앉았다. 날아드는 아침 태양빛을 얼굴과 가슴으로 받으며, 강물을 내려다보면서 음식을 먹기 시작했다. 궁성에서 했듯, 엄지와 식지와 중지로 음식을 한데 모아 다지고 그것을 다섯 손가락으로 집어다가 입에 넣었다.

죽도 밥도 아닌 밥들이 입에 역겨웠다. 삼킨 것들이 다시 목구멍을 통해 입으로 넘어오려고 했다. 그의 혀와 코는, 아직도 궁중에서 깨끗하고 향기롭고 맛깔스러운 음식을 먹던 호사스러운 버릇을 버리지 못하고 있었다. 그는 스스로의 못된 버릇과 오만을 꾸짖었다. 싯다르타여, 그대는 출가를 한 가난한 사문에 불과하다. 그대는 그대의 몸을 지탱할 최소한의 음식으로 연명을 해야 한다. 음식 가운데 깨끗한 것과 더러운 것의 차별이 있을 수 없다. 그대는 호사스러운 버릇과 오만으로부터 벗어나서, 마음을 비운 깨끗한 사문의 모습으로 확실하게 변해가야 한다. 그 출가의 모습은 그대가 이때껏 바라던 것이고, 어찌할 수 없는 운명이고, 밟고 나아가야 할 길이다.

그는 남은 음식을 억지로 모두 먹었다. 농사를 지어 쌀과 밀과 보리를 생산한 농부와 그 음식을 만들어준 가난한 여염집의 여자에게 감사하며 먹었다.

고행

싯다르타는 막연하게 유리걸식을 하면서 세월을 흘려보내서는 안 된다고, 도다운 도를 닦기 위하여 얼른 선지식을 만나야 한다고 생각했다. 그 선지식의 도움을 받아 올바른 사문의 길을 가야 한다고 생각했다. 아노마 마을에서 바이샬리 쪽으로 가다가 한 누더기를 걸친 사문을 만났다. 그 사문은 헌칠한 키에 얼굴이 달걀형이었고, 살갗이 가무잡잡했다. 머리털과 수염이 한 자가 넘게 길었고, 눈이 새까맸다. 그 사문의 눈동자는 암갈색인데 호수처럼 맑았다. 그 사문은 지팡이를 짚고 한쪽 다리를 조금씩 절룩거리며 걸었다. 싯다르타는 반가움을 주체하지 못한 채 그 사문 앞에서 발을 멈추고 정중하게 말했다.

"존경하는 사문이여, 반갑습니다. 저는 갓 출가를 한 걸인에 불과하지만, 사문이 되어 부처의 길을 가려고 합니다. 그 길 안내를 해줄 수 있는 훌륭한 선지식을 만나 공부하고 싶습니다. 스승을 만날 수 있도록 좋은 길을 가르쳐주십시오."

그 사문은 싯다르타의 얼굴과 차림새를 한동안 뜯어보다가 말없이 망고나무 숲 무성한 산기슭을 턱으로 가리켜주고 나서 하늘에 흘러가는 뜬 구름에 눈길을 준 채 우두커니 서 있다가 그를 지나쳐갔다. 싯다르타는 그 사문이 턱으로 가리켜준 망고나무 숲 무성한 산기슭과 그 사문이 쳐다본 푸른 하늘의 흰 구름 한 장을 번갈아 보았다. 흰 구름은 하얀 양 한 마리를 닮아 있었다. 그 망고나무 무성한 산기슭과 흰 구름 사이의 간극이 어떤 깊은 의미망을 가지고 있는 듯싶었다. 그 의미망이 싯다르타의 가슴을 저릿하게 훑었다. 저 망고나무 숲은 무엇이고, 저 흰 구름은 무엇인가. 무성한 망고나무 숲이 저 흰 구름을 띄워 날려 보내고 있는 것 아닌가.

망고나무 숲으로 들어가는 비탈진 오솔길을 찾아들었다. 싯다르타는 그 길을 따라가다가 다시 한 사문을 만났다. 작달막한 키에 얼굴 살갗이 가무잡잡하고 누더기 옷을 걸친 그 사문에게 말했다.

"저는 바야흐로 출가를 했는데, 저에게 부처와 보살의 길을 가르쳐줄 수 있는 선지식을 찾아가는 길입니다. 훌륭한 스승이 계신 곳을 가르쳐주십시오."

그 사문이 싯다르타의 위아래를 훑어보다가 말했다.

"잘 오셨습니다. 이 숲 속에 들어가면 선지식 마하 바르가바가 계십니다. 그분에게로 가보십시오."

울창한 숲 속이었다. 그곳은 시냇물이 흐르는 골짜기를 낀 작은 양지바른 분지였다. 남쪽으로 향한 나지막한 언덕에 짐승의 굴 같은 토굴들 여남은 개가 있고, 그 옆에는 갈대로 지은 허름한 움막들이 여러 개 있었다. 오십여 명의 사람들이 토굴과 움막 주위에서 수도를 하고 있었다. 어떤 사람은 망고나무 잎사귀나 풀을 엮은 것을 옷 삼아 걸치고 있고, 어떤 이는 너덜거리는 짐승 가죽을 걸치고 있고, 어떤 사람은 죽은 사람의 머리털을 엮어 옷으로 삼고 있고, 또 어떤 사람은 공동묘지에 버려진 죽은 사람의 것인 듯한 옷을 누덕누덕 기워 걸치고 있었다.

그곳 사람들이 스승으로 모시고 있는 마하 바르가바는 갈대로 지은 움막 안에 앉아 있었다. 싯다르타는 그를 찾아 들어가 엎드려 예를 표하고 삼가고 또 삼가면서 낮은 목소리로 하소연하듯 말했다.

"마하 바르가바 선생님, 저는 출가를 한 다음 헤매면서 부처와 보살의 길을 가르쳐줄 수 있는 선지식을 찾아다니고 있습니다. 저에게 길을 가르쳐주십시오."

마하 바르가바는 싯다르타의 얼굴을 한동안 뚫어보다가 낮은 목소리로 거연하게 말했다.

"얼굴 반듯하고 목소리 고운 사문이시여, 잘 오셨소. 나 또한 스스로 고행을 하면서 나를 따르는 제자들에게 고행을 가르치고 있소. 세상을 살아가는 데에는 즐거움과 고생스러움이 있는데, 즐거움이라는 것은 사람의 존귀함을 소비하고 탕진하게 하고, 결국은 지옥에 떨어지게 하는 것이오. 그래서 살아 있는 동안 고행이라는 공덕을 쌓기 위하여 이렇게 자기의 능력껏 고행을 해야 하는 것이오. 그대도 도를 배우려면 지금 저 고행을 하는 제자들처럼 견딜 수 있는 한의 고행을 열과 성을 다해 끊임없이 행하도록 하시오. 고행 속에서의 정진, 그것이 곧 도를 닦는 최상의 방법인 것이오. 지극한 고행은 하늘 세상으로 길을 열어주는 것입니다."

싯다르타는 밖으로 나와 고행을 실천하고 있는 그의 제자들을 살펴보았다. 바야흐로 날이 어두워지기 시작하는 때였다. 세속 사람들이라면 저녁을 먹고 잠자리에 들 때였다. 마하 바르가바의 가르침에 따라 고행을 실천하는 제자들은 배고픔을 면하기 위하여 풀잎이나 꽃송이를 뜯어 씹어 먹는가 하면, 다른 사람이 싸놓은 똥을 먹었다. 아예 굶어버리는 사람도 있었다. 마하 바르가바가 싯다르타의 등 뒤에 와서 자랑스럽게 말했다.

"이쪽 토굴에 들어 있는 사람들은 나흘째 굶고 있소."

마하 바르가바는 친절하게 싯다르타를 골짜기 쪽으로 데리고 갔다. 분지의 풀밭에서 가부좌를 하고 있는 사람을 가리키며 말했다.

"저 제자는 지금 불개미집 위에 앉아 있소. 불개미들이 자기의 집을 무너뜨리려 하는 줄 알고 저 제자의 살갗을 물어뜯어서 살이 퉁퉁 부어올라 있소. 그럼에도 불구하고 저 제자는 인고하고 또 인고한 채 신들의 하늘 세상에서 태어나기를 신께 빌고 있는 것이오."

골짜기로 싯다르타를 이끈 마하 바르가바는 가시밭에 엎드려 있는 깡마른 제자를 가리키며 말했다.

"이 제자는 가시가 살갗을 찌르는데도 저렇게 열흘째 인고하고 있소."

마하 바르가바는 나무 밑에서 땀을 뻘뻘 흘리면서 한쪽 다리로만 서서 하늘을 쳐다보고 있는 제자를 가리키며 말했다.

"이 제자는 오래전부터 한쪽 다리로만 선 채 고통의 정진을 하고 있소."

싯다르타는 마하 바르가바에게 물었다.

"위대한 선지식이신 마하 바르가바이시여, 모든 제자들에게 고행을 가르치고 있는 까닭은 무엇입니까? 이 고행을 통해 제자들은 무엇을 성취하게 됩니까?"

마하 바르가바가 말했다.

"천상의 세계에서 태어나 영원히 성스럽고 화려한 삶을 살기 위해서요. 다른 어떤 누구보다 더 가혹한 고행을 하면 그만큼 천상에서의 화려한 안락이 주어지는 것이오. 이승에서의 안락은 우리 인생을 소비하고 탕진할 뿐이므로 우리는 이렇게 고행을 해야 하는 것이오. 이것이 신의 뜻이오."

싯다르타는 고행을 지도하는 마하 바르가바에게서 신의 뜻이라는 말을 듣자 실망했다. 싯다르타가 생각하기로 신은 허위였다. 그는 마하 바르가바의 고행 지도가 한심하다는 생각이 들었다. 이들은 고행이 수단이고 천상에서 화려하게 태어나는 것이 목적이다. 이들은 신이 되려고 한다. 그는 한동안 도리질을 하다가 마하 바르가바에게 말했다.

"착하고 위대한 선지식이시여, 도를 닦는 사문이 구하는 것은 신의 뜻에 따른 하늘 세상에서의 화려한 삶이 아니고, 이승에서의 해탈이어야 합니다. 내가 겪어온 세속에서는 탐욕으로 인해 많이 가지는 것을 목적으로 잔인한 수단과 방법을 구사하는 삶이 충만해 있습니다. 가난하고 힘없는 우매한 자들을 노예처럼 부리고 그들에게서 착취하여 권력과 행복을 누리는 것을 목적으로 분투하는 삶이 일반화해 있고, 큰 나라가 약한 나라를 지배하고, 큰 것들이 작고 약한 것들을 잡아 배불리 먹는 삶이 세상을 가득 채우고 있는데, 그들은 모두 그것을 신의 뜻이라 했습니다. 사람들의 고통스럽고 불합리한 삶을 합리화시켜주는 모든 신을 저는 배척합니다. 악행을 합리화시켜주는 그러한 신은 악마이지 천사는 아닙니다. 저는 도 닦는 자들의 고행이 모든 사람들의 근본적인 고통을 없애주는 지혜를 얻기 위한 것이 아니고, 다만 하늘에서의 화려한 태어남을 목적으로 한다면 아무런 의미가 없다고 생각합니다."

싯다르타는 말을 마치고 고행을 하고 있는 사람들을 피해 시냇물이 노래하며 흐르는 계곡의 망고나무 밑으로 가서 주저앉았다. 어둠이 내리고 있었다. 정말로 진실한 부처와 보살의 길을 나에게 가르쳐줄 선지식은 어디에 있을까. 검은 숲 사이로 진한 가지 색깔의 하늘이 보였고, 거기에서 별들이 반짝거렸다. 싯다르타는 별들의 말을 들었다. 별들은 싯다르타의 생각에 동의하고 있었다. 하늘나라는 없다. 인간이 수많은 고행의 집적(集積)을 통해 미래의 하늘 세상에서 화려한 삶을 누리려 하는 것은 헛된 망상이고 착각이다. 인간은 신이 될 수 없다. 신이 되어서는 안 된다. 인간 세상의 고통은 신이 해결해주지 않는다. 그것은 인간들이 스스로 해결하지 않으면 안 된다. 신은 인간이 자기의 형상으로 만든 허위이다. 하늘 위와 하늘 아래에서 사람이 혼자 우뚝 고독하게 서 있을 뿐이다. 그러므로 인간은 자기 운명의 무거운 짐을 홀로 짊어지고 혼자서 헤쳐 나가는 실존, 그 절대 고독의 운명을 짊어지고 태어났다. 세속의 모든 욕망, 모든 착취와 탐학, 모든 전쟁, 모든 시기 질투와 복수, 모든 질병과 모든 죽음의 공포에 찌들어 있는 중생들이 거기에서 벗어날 수 있는 지혜, 그것은 해탈이다. 오직 해탈만이 인간 스스로와 중생들을 구제할 수 있다. 싯다르타는 바로 그러한 지혜, 그러한 해탈에 대한 조언을 해줄 수 있는 선지식을 만나 공부를 하고 싶었다.

한 사문이 발소리를 죽이며 싯다르타에게 다가왔다. 어둠에 잠겨 있는 그 사문의 두 눈은 별처럼 반짝거렸다. 그 사문은 고행을 하면서 사유를 깊이 한 사문답게 낭랑한 목소리로 말했다. 그 사문의 목소리가 시냇물 흐르는 소리와 섞이었다.

"아까 당신이 한 말을 들으니 당신은 여기에 있어야 할 사문이 아니오. 해탈 얻는 법을 공부하려 한다면 여기를 떠나시오. 누군가에게서 '마하 알라라'라는 선지식에 대한 이야기를 들은 바 있소. 마하 알라라는, 하늘에서의 화려한 삶을 얻고자 고행을 하는 우리들에게는 신임을 얻지 못했소. 그렇지만, 그 알라라는 당신의 해탈에 대한 공부를 위하여 어떤 방편인가를 가르쳐줄지도 모릅니다."

명상

싯다르타는 강변을 따라 줄곧 걸었다. 배가 고프면 마을을 찾아 들어갔고, 깨진 바가지를 들고 집집을 돌면서 구걸을 하여, 그때그때 허기를 모면했다. 허기는 스스로 살아 있음을 일깨워주고, 스스로 사유하는 출가자임을 일깨워주었다. 음식을 구걸하여 먹을 때 행복감에 사로잡혔다. 음식을 뭉치고 집어 들 때 오른손의 다섯 손가락이 느끼는 감촉과, 음식을 씹을 때 이와 혀와 입천장과 잇몸이 맛보는 달콤하고 고소한 맛과, 목구멍으로 넘길 때 온몸이 소리쳐대는 환희가 그의 살아 있음을 증명해주었다. 그 환희는 스스로의 생명력을 증명해주었고, 그 생명력은 스스로가 건강하게 부처의 길을 갈 수 있다는 가능성을 예언해주었다.

싯다르타는 활기차게 걸어서 라자그리하로 갔다. 선지식 '마하 알라라'를 찾아서였다. 굽이도는 강줄기를 따라 걸었다. 강변에는 잠부나무 숲이 무성했다. 강물에는 은색의 비늘들이 있었다. 그 비늘들에 햇살이 비쳐 반짝거렸다. 강기슭 한곳에 대나무들이 군집한 채 무성하게 자라고 있었다. 이곳 대나무들도 땅에서 중동에 이르기까지 부스스한 수염 같은 잔뿌리들을 땅으로 늘어뜨리고 있었다. 그 잔뿌리들이 살아야겠다는 몸부림처럼 보이기도 하고 탐욕으로 보이기도 했다.

길은 멀고 험했다. 거친 왕모랫길을 밟아가는 맨발바닥은 아리고 쓰라렸다. 싯다르타의 발바닥은 어린 시절부터 출가하는 순간까지 가죽신을 신었으므로 살갗이 얇고 부드러웠다. 튀어나온 돌부리나 굵은 모래알을 밟으면 그것이 살 속으로 파고들어 오는 것처럼 아팠다. 그 아픔이 무섭고 슬펐지만, 그것이 오히려 영혼을 상쾌하게 하고 맑아지게 하고 냉철해지게 했다. 슬퍼지고 우울해질 때 그는 오히려 냉철해졌다. 눈이 밝아졌다. 냉철해지는 의식 속에서부터 새로운 길은 시작되고 있었다. 맨발바닥에 감지되는 아픔이 즐겁고 고마웠다. 맨발로 길을 가는 것이 고행이었다. 부처의 길은 호화로움과 풍요로움과 편안함 속에 있는 것이 아니다. 그 길은 가난과 배고픔과 박해와 맨발바닥의 아픔과 병들어 있음과 죽음에 대한 공포 속에 있다. 그렇다, 맨발의 아픔과 배고픔에 대한 슬픔이 나를 더욱 냉철하게 한다.

발에 폭신하고 두꺼운 가죽신을 신는다는 것은 무엇인가. 가죽신이란 비싼 돈으로 만들어진 발의 보호 수단이다. 신을 신는다는 것은 금과 은과 재화로 발을 감싼다는 것이다. 그 가죽신을 벗어버리고 맨발이 되어 아픔을 디디고 다닌다는 것은 왕족으로서 누리던 호화로움을 확실하게 버렸다는 것이다. 내가 맨발로 다닌다는 것은, 세상의 모든 가난한 바이샤나 수드라나 불가촉천민 들이 맨발로 다니는 것처럼 아픔을 디디고 다닌다는 것이다. 그 아픔, 그 고행이 나를 깸 없는 깊은 잠(迷夢)으로부터 확철(廓徹)히 깨어나게 하고 있는 것이다.

발로 땅바닥을 디딘다는 것은 나무들이 맨살로 된 뿌리를 땅속에 뻗는다는 것이다. 맨발과 엉덩이를 땅바닥에 대고 있으면, 꽃나무들처럼 내 살에서 잎이 피어나고 꽃이 피어날지도 모른다고 생각했던 어린 시절의 일이 떠올랐다. 억지로 하는 고행은 의미가 없다. 나무처럼 맨발로 땅을 밟고 걷는다는 것이 가장 중요한 고행이다. 가부좌를 하고 나무 밑에 앉아 명상하는 것도 중요하지만 맨발로 왕모래밭 길을 걷는다는 것도 값진 것이다. 부처의 길, 보살의 길은 세상을 맨발로 밟아 다니는 것이다. 나무는 신을 신지 않고 땅에 맨살로 된 뿌리를 묻고, 가지와 잎사귀들을 하늘로 향해 뻗어 해와 달과 별과 바람과 비와 안개를 호흡한다.

강줄기를 내려다보는 나지막한 언덕에 서 있는 늙은 잠부나무의 그늘로 들어갔다. 잠부나무에서 성스러운 기운이 번져왔다. 성스러운 기운을 몸속에 빨아들이면 그가 또 하나의 성스러운 잠부나무가 될 것 같았다. 잠부나무 그늘 아래에서 강을 내려다볼 수 있는 곳에 자리를 잡고 가부좌를 했다. 잠부나무의 영혼 속으로 들어갔다. 잠부나무가 싯다르타의 몸속으로 들어왔다. 그는 옴, 하고 심호흡을 했고, 천천히 훔, 하면서 그 숨을 뿜어냈다. 그는 한사코 단순해지려고 애썼다. 그의 몸과 마음은 사라지고 옴과 훔만 남았다. 얼마쯤 뒤에 그의 내면을 살펴보고 환희했다. 그는 잠부나무가 되어 있었고, 잠부나무는 그가 되어 있었다. 어느 사이엔가 그와 잠부나무는 서로의 결함을 보완하는 관계를 맺고 있었다. 그가 하늘의 기운을 빨아들이는 머리털을 가지고 있는 반면에, 잠부나무는 그의 머리털 같은 뿌리를 가지고 땅의 기운을 빨아들이고 있었다. 그가 생식기를 땅을 향해 달고 있는 반면에 잠부나무는 그녀의 생식기인 꽃을 하늘을 향해 달고 있었다. 그는 머리털이 달린 머리를 하늘로 향한 채 사유를 하는데, 잠부나무는 하늘을 향해 뿜어 올린 생식기와 잎사귀들로 사유를 하고 있었다. 잠부나무의 일생이 꽃씨와 나무와 꽃과 열매와 같은 만다라를 그리듯이, 그의 일생도 아버지의 정자와 어머니의 난자의 만남에서 시작하여 태어남과 성장과 늙고 병듦과 죽음이라는 만다라를 그리고 있었다. 잠부나무가 초월을 꿈꾸듯이 그도 해탈을 꿈꾸고 있었다.

뿐만이 아니었다. 백사처럼 하얀 비늘을 가진 강물도 잠부나무와 그녀의 그늘 아래 앉아 있는 그와 더불어 만다라를 그리고 있었다. 강물은 바다로 흘러갔다가 증발하여 구름이 되고, 그 구름은 대지로 날아와 비가 되어 뿌려지고, 비는 지하수나 강물이 되어 흘러 다시 바다로 되돌아간다. 그가 초월이나 해탈을 꿈꾸듯이 강물도 초월과 해탈을 꿈꾼다. 사람에게 있어, 최고의 가난, 최고의 무소유는 영혼이 초공간으로 나아가는 것이다. 그것은 초탈이다. 그 초탈의 시공은, 하늘 세상에 태어나기 위한 목적으로 하는 고행을 통해서는 이를 수 없다.

사유가 싯다르타를 즐겁게 했고, 그 환희 때문에 그는 시간의 흐름을 잊어버렸다. 그에게는 편안한 시간이 고였다가 흐르고 또 고였다가 흐르곤 했다. 그는 시간에게 먹히고 있는 것이 아니고, 시간을 소리 없이 먹고 있었다. 밤이 흘러가고 아침이 왔고, 낮이 되었다. 그동안 그는 내내 옴과 훔을 즐기고만 있었다.

그때 그의 옆으로 한 무리의 사람들이 다가왔다. 그들의 외침 소리가 싯다르타의 명상을 일깨웠다.

심부름꾼

유백색 말의 고삐를 이끌고 앞장서 가던 찬타카가 잠부나무 아래를 손
가락질하며 "저기 저 사문이 태자마마이신 것 같습니다!" 하고 말했다.
뒤따르는 사람들이 찬타카가 가리키는 잠부나무 아래에 앉아 명상하고
있는 한 사문을 바라보았다.

"아, 그렇다!"

"그래, 저 사문이 태자마마다!"

감색 말 위에 올라탄 은색 비단옷 차림의 크샨티데바가 말했고, 마
부가 말을 멈추었다. 싯다르타가 출가한 뒤 크샨티데바는 문부대신이
되어 있었다. 그를 따르는 붉은 옷차림의 스승 비슈바미트라가 "정말
그렇습니다. 싯다르타 태자가 분명합니다." 하고 탄성을 질렀고, 그의
마부도 말을 멈추었다. 비슈바미트라는 왕손 라훌라의 교육청 스승 노
릇을 하고 있었다. 두 사람이 동시에 말에서 내렸다. 그들은 왕명에 따
라 싯다르타 태자를 찾아 나선 사람들이었다. 그들 일행이 명상하고 있
는 싯다르타에게로 다가왔다.

그들은 싯다르타의 마부 찬타카에게서 싯다르타와 헤어진 곳에 대한 설명을 듣고 아노마 마을과 바이샬리 인근을 더듬었고, 마하 바르가바가 열고 있는 고행자들의 수행처를 찾아갔다. 한 사문에게서 싯다르타일지도 모르는 한 수행자에 대한 이야기를 듣고 라자그리하로 가다가 싯다르타를 발견했다.

싯다르타 태자를 가르쳤던 두 스승과 마부 찬타카는 싯다르타의 모습을 보고 경악했다. 싯다르타는 다 삭아서 해어지고 너덜너덜한 사슴 가죽 윗도리를 걸치고, 누더기를 허리에 두르고 있었다. 거의 모든 살갗이 드러나 있었는데, 그 살갗은 햇빛에 그을어 거무튀튀했다. 팔과 다리는 가늘어지고, 맨발로 걸어 다닌 까닭으로 발바닥이 검붉게 부풀어 있었다. 머리털은 더부룩하게 길었는데 쥐가 뜯어 먹은 듯 들쭉날쭉하고, 구레나룻과 턱수염 코밑수염이 제멋대로 자라 있었다. 눈은 퀭하게 커져 있고, 목은 가늘어지고, 광대뼈는 불룩 나왔다. 갈비뼈와 쇄골들은 선명하게 얇은 살갗을 들치고 튀어나와 있고, 검붉은 입술은 희끗희끗한 보풀들이 일어나 있었다. 눈빛만은 검은 호수처럼 맑게 가라앉은 채 형형해 있었다. 얼굴에 서린 표정은 평화로웠고, 환희에 젖어 그윽하고 자비로운 분위기를 풍기고 있었다. 감히 접근할 수 없는 위엄과 성스러움이 동시에 풍겨왔다.

크샨티데바는 자신도 모르게 싯다르타 앞에 무릎을 꿇고 앉으며 조심스럽게 말했다.

"태자마마, 이 무슨 참담한 몰골이십니까? 저는 옛 스승 크샨티데바입니다. 태자마마가 출가를 하신 다음, 궁성의 슈도다나 임금님은 식음을 전폐하신 채 앓고 계십니다. 태자마마를 얼싸안고 길러주신 프라자파티 왕후마마도 애통하신 나머지 앓아 누우셨고, 태자비인 야소다라를 비롯한 고비카 비와 고타미 비도 몸져누워 계십니다. 다리나 재정대신은 태자마마가 출가를 하심으로 인해 충격을 받아 재정대신의 자리에서 물러나 저택에 은거하고 계십니다."

다리나가 물러났다고 거짓말을 해야 하는 크샨티데바는 가슴 한복판이 쓰라렸지만 어찌할 수 없었다. 싯다르타 태자가 출가를 결심하게 한 장본인이 그의 장인인 다리나 재정대신이라고 그는 생각하고 있었다. 다리나가 태자를 태자궁에 연금시킨 것이었고, 그리하여 싯다르타는 절망에 빠져 복수하는 마음으로 출가를 결심했음에 틀림없었다. 그런데 아직도 다리나가 재정대신의 자리에 앉아 있다고 하면 싯다르타가 환궁하려 할 리 없어, 그는 거짓말을 하고 있었다. 만일 싯다르타가 환궁하여 왕위를 물려받고 집권을 하게 된다면, 지금 권력을 한 손에 쥐고 흔들고 있는 다리나 재정대신과 대립각을 팽팽하게 세우지 않으면 안 될 터이다. 아마 제대로 전륜성왕 노릇을 하려면 어찌할 수 없이, 다리나 재정대신을 제거할 것임에 틀림없었다. 그렇게 되는 것이 싯다르타와 다리나 재정대신의 운명일지 모르는 일이지만, 어쨌든지 그는 싯다르타 태자를 달래서 궁으로 모시고 가야 하는 것이었다. 크샨티데바는 얼른 심호흡을 하고 나서 말을 이었다.

"슈도다나 임금님께서는 태자마마께서 궁으로 돌아오신 즉시 임금의 자리를 태자마마에게 물려주시겠다고 하셨습니다. 이제 태자마마는 다리나 재정대신에 대한 노여움을 푸시고 어서 빨리 환궁을 하셔서 나라의 정사를 관장하시고, 태자마마의 출가로 인해 근심에 젖어 있는 불쌍한 백성들을 구제하시옵소서."

비슈바미트라도 무릎을 꿇고 앉은 채 말했다.

"태자마마, 저는 옛 스승 비슈바미트라입니다. 고귀한 존재는 눈앞에서 사라졌을 때 한층 그 존재의 가치가 아쉽고 그리워지는 법인가 보옵니다. 태자마마가 없어진 우리 카필라바스투는 태양빛을 잃어버린 것처럼 슬픈 어둠에 잠겨 있습니다. 태자마마가 없는 궁성 안은 비통과 우울한 적막이 감돌고 있습니다. 그렇게도 잘 자라던 밀과 뽕나무들과 양들과 누에들은 성장을 멈추었고, 명주 공장은 명주 생산을 중단했고, 카펫을 짜던 공원들은 슬픔에 잠겨 울고만 있습니다. 태자마마가 구제하려고 들었던 불가촉천민들의 모습은 명주 도시 안에서 찾아볼 수가 없습니다. 그들은 뿔뿔이 흩어져 유리걸식하고 있습니다."

크샨티데바가 말했다.

"태자마마의 장래는, 태자마마를 어린 시절부터 옆에서 지켜본 스승 비슈바미트라와 저 크샨티데바가 잘 짐작하고 있습니다. 태자마마는 앞으로 왕위를 물려받아 집정을 하시는 순간부터 전륜성왕의 모습을 하시게 될 것입니다. 우리 사카족 왕국이 장차 태자마마를 전륜성왕으로 모시는 것, 그것은 어찌할 수 없는 신의 뜻이고 우리 카필라바스투 사카족의 운명입니다. 태자마마는 전륜성왕이 되어 태양의 수레바퀴 같은 광망을 머리 위에 굴리고 다니면서 온 세상 백성들의 가난과 근심과 걱정을 해소시킬 것이옵니다. 그렇게 되는 것이 아버지인 슈도다나 왕께 참된 은혜를 갚는 길이기도 합니다."

비슈바미트라가 말했다.

"세상에 떨어지는 것 가운데 가장 위대한 것은 비이고, 가장 최고로 귀한 것은 씨앗입니다. 우리 카필라바스투에는 비와 씨앗이 사라졌습니다. 태자마마가 바로 비이고 씨앗입니다. 비와 씨앗이 없어진 우리나라는 이제 죽음만 있을 뿐입니다."

두 스승은 갖가지 달콤한 언사로 싯다르타를 설득해서 모시고 가려고 들었다. 비슈바미트라의 등 뒤에서 무릎을 꿇고 있던 찬타카가 울음 섞인 목소리로 말했다.

"태자마마, 이 미천한 찬타카도 지금 여기 태자마마를 모시러 왔습니다. 두 스승님의 말씀대로 어서 환궁하시옵소서."

찬타카의 목소리를 듣는 순간 싯다르타는 가슴이 쓰라렸다. 그의 오랜 벗인 찬타카의 목소리에는 그에 대한 존경과 애정이 가득 담겨 있었다. 그와 헤어지면서 엉엉 울어대던 찬타카의 모습이 눈앞에 선했다. 찬타카는 울음이 북받쳐 말을 잇지 못했다.

찬타카는 싯다르타와 헤어진 즉시 카필라바스투의 궁으로 돌아가지 못했다. 너무 슬프고 절망스러운 나머지 마음의 공황 상태에 빠져 길을 잃고 헤매었다. 어둠 속에서 말고삐를 잡은 채 동으로 갔다가 서로 갔다가 남으로 갔다가 북으로 갔다가 했다. 숲 속에서 말고삐를 잡은 채 오들오들 떨며 하룻밤을 지내고 날이 밝았을 때 정신을 차려보니 전혀 낯선 산골짜기에 들어 있었다. 찬타카는 무작정 해가 지는 곳을 향해 걸었다. 사람들에게 카필라바스투로 가는 길을 묻고 또 물어 나아갔다. 그런데 막상 궁성의 동문 앞에 이르렀을 때, 찬타카는 성문 안으로 들어갈 수가 없었다. 슈도다나 왕 앞에 나아가, 싯다르타 태자마마를 모시고 오지 못하고 빈 말만 이끌고 온 것에 대하여 무어라고 변명할 것인가. 마구간 대장은 마부의 구실을 제대로 하지 못한 나를 얼마나 호되게 꾸짖고 얼마나 모질게 구타를 할까. 찬타카는 겁이 나서 말을 이끌고 돌아섰다. 서문 쪽으로 나아갔다. 서문 앞에 이른 그는 다시 남문 쪽으로 나아갔다. 남문 앞에 이른 그는 다시 북문 쪽으로 나아갔다. 그때는 날이 저물었다. 숲 속에 들어가 말에게 풀과 물을 먹이고 낙엽을 긁어다가 덮고 별을 쳐다보며 잠을 청했다. 그로부터 7일째 되는 날에야 그는 용기를 내어 죽기 살기를 무릅쓰고 동문 안으로 들어갔다. 찬타카를 발견한 시종과 시녀들이 태자궁에 알렸다. 싯다르타 태자의 세 아내가 달려 나와 찬타카에게 태자가 어찌 되었느냐고 물었다. 찬타카는 야소다라에게 싯다르타에게서 받아온 상투꽂이 마니보배와 금장식이 되어 있는 가죽신과 칼을 건네주었다.

"태자마마께서는 출가를 하시었습니다."

찬타카의 말에 야소다라와 고비카와 고타미는 땅바닥에 주저앉은 채 통곡을 했다. 시종과 시녀들은 두 손으로 얼굴을 가린 채 울었다. 찬타카가 돌아왔다는 소식을 들은 궁 수비대가 달려와서 그를 왕궁으로 끌고 가 슈도다나 왕 앞에 꿇어앉혔다. 찬타카에게서 싯다르타 태자가 출가했다는 말을 들은 슈도다나 왕은 슬픔과 낙담을 주체하지 못한 채 허공을 쳐다보며 "이런, 이런 일이 있을 수 있는가! 어허!" 하고 탄식을 했다. 이모인 프라자파티는 두 손으로 얼굴을 가린 채 울어댔다.

장인이자 재정대신인 다리나는 싯다르타의 출가 소식을 듣자마자 격노했고, 마부 찬타카에게 당장 형문을 가하고 감옥에 처넣으라고 명했다. 찬타카는 하릴없이 모진 매를 맞은 다음 옥에 갇혔다. 비밀라 궁 수비대장은 그 일로 인해 해임되었다.

슈도다나 왕은 모든 대신들을 모아놓고 대책을 마련하라고 명했다. 다리나 재정대신이 싯다르타를 설득하여 환궁하도록 한 다음 왕위를 잇게 하는 것이 지당하다고 아뢰었다. 왕은 싯다르타를 설득할 능력을 갖춘 옛 스승들을 중심으로, 환궁을 촉구하는 특사단을 구성하라고 명했다. 다리나 재정대신은 태자 교육청의 두 스승을 중심으로 특사단을 구성하고, 크샨티데바를 단장으로 명했다. 특사단은 감옥에 갇혀 있는 찬타카를 끌어내어 앞세우고 길을 떠났다.

다리나는 싯다르타가 돌아오지 않을 거라는 것을 알고 있었다. 싯다르타가 사라진 다음의 왕실 후계자를 그는 이미 은밀하게 둘째 아들 데바닷타로 정해놓고 있었다. 사카족의 왕국이 이제 그의 손아귀에 들어오고 있었다.

찬타카가 머리를 깊이 조아리고 눈물을 줄줄 흘리면서 애원하듯이 말했다.

"태자마마, 이 미천한 것을 살려주시옵소서. 이번에 태자마마를 모시고 환궁하지 못하면 이 미천한 것은 감옥에 들어가 죽게 됩니다."

싯다르타는 눈을 뜨고 크샨티데바와 비슈바미트라와 마부 찬타카와 그들을 호위하는 병사들을 둘러보았다. 그는 크샨티데바가 다리나 재정대신이 물러났다고 거짓말을 하고 있음을 이미 꿰뚫어 알고 있었다. 왕궁의 대신들 가운데 일부는, 태자가 권력을 휘두르는 탐욕 많은 다리나에게 복수하기 위해 출가를 했다고 여길 거라고 생각했다. 그는 일단 그러한 오해를 풀어주어야 한다고 생각했다. 그는 낮지만 조용하고 부드러운, 노래하며 흐르는 시냇물 같은 목소리로 말했다.

"두 스승님께서는 저의 말을 깊이 새겨 들어주십시오. 저의 출가는 돌발적인 것이 아닙니다. 누군가에게 복수를 하기 위함도 아니고 저의 일신을 위함도 아닙니다. 확실하게 단언하건대, 다리나 재정대신에게 모아진 권력의 횡포에 대항하기 위한 출가가 아닙니다. 고통받고 있는 모든 중생들을 구제하기 위하여 출가를 한 것입니다. 탐욕을 가진 자, 권력을 가진 자가 그 탐욕과 권력을 유지하기 위해 노심초사하며 고통스러워하는 마음을 구제하고, 그 탐욕을 가진 자와, 그 권력을 가진 자로 인해 착취당하고 박해받는 가난한 중생들의 비참한 삶을 구제하려는 것입니다. 그 모든 사람들을 구제할 수 있는 것은, 제가 그들에게 해탈을 가르치는 것입니다. 그러기 위해서는 제가 먼저 해탈의 법을 깨달아야 합니다. 해탈의 비법을 깨달으려면 이렇게 나무 아래 앉아 있어야지, 카필라바스투 태자궁의 따뜻하고 포근한 시공에서 비단옷을 입은 채 호의호식하고 앉아 있어서는 안 됩니다. 왕으로서 궁중에 있으면 채찍을 휘두르면서 백성들을 다스려야 하고, 전륜성왕으로서 천하를 다스리려면 창과 칼과 화살로 모든 나라를 쳐 항복받아야 합니다. 그것은 진실로 천하의 중생을 온전하게 구제하는 것이 아닙니다. 전륜성왕의 길은 해탈을 얻을 수 있는 길이 아니고, 권력과 말발굽과 칼과 창으로 제압하는 억지 평화를 도모하는 억지 정의의 길입니다. 저는 해탈을 얻어 부처와 보살의 길을 감으로써 천하를 분쟁 없는 화평의 상생 세상으로 만들기 위해 이렇게 나무 아래에 앉아 있는 것입니다. 지금 내가 가고 있는 이 길이 참 진리의 길입니다. 스승님들께서는 어서 돌아가 저의 간절한 뜻을 제 아버지 슈도다나 왕과 이모 프라자파티와 제 아내들과 사카족에게 전하십시오. 이 싯다르타는 저를 이 세상에 있게 하신 슈도다나 왕에게 더 큰 은혜를 갚기 위해 출가를 한 것이라고 전해주십시오."

왕의 사신들은 싯다르타를 설득하지 못하고, 슬퍼하면서 카필라바스투의 궁으로 돌아갔다. 찬타카는 태자를 제대로 모시지 못한 죄로 맞은 모진 매의 후유증으로 한쪽 다리를 절뚝거리며 말고삐를 이끌고 돌아갔다. 그 뒷모습을 보는 싯다르타의 가슴은 도려내는 듯 아팠다.

원래 없던 것

도려내듯 아픈 가슴앓이를 치유하기 위해 싯다르타는 가부좌를 한 채 눈을 가볍게 감고, 옴 하고 심호흡을 했다. 그것을 아랫배에 담고 마음을 가라앉혔다. 그것은 세상의 거친 것들을 들이켜서 영혼의 효소로써 몽글게 소화시켜 보이지 않는 증기로 만들어 발산해버리는 묘책이었다. 발산을 시키고 나서는 훔 하고 숨을 마감했다. 숨을 마감하면 세상이 고요해졌다. 사해의 물과 수미산이 바늘구멍 속으로 빨려 들어가는 고요, 그 고요 속에 침잠한 채, 다시 옴 하고 세상의 몽글지 않은 것을 코로 빨아들여 아랫배 속에 담았다가 조용히 훔 하고 내뿜기를 계속했다.

극심한 시장기로 눈앞에 검푸른 현기증이 일었다. 싯다르타는 며칠 동안 먹지 않고 있었음을 생각했다. 마을로 걸식을 하러 가기 위해 몸을 일으키며 모든 고통으로부터 벗어나는 해탈을 생각했다. 배고픔, 잠, 이성과 가족에 대한 그리움, 아픔, 늙어감, 질병으로 인해 당하는 고통, 닥쳐오는 죽음에 대한 공포, 탐욕, 식욕 등의 희로애락(喜怒哀樂) 애오욕(愛惡慾)으로부터 벗어나는 해탈. 싯다르타는 해탈을 터득한 선지식을 찾아가 공부를 더 해야 한다고 생각했다.

　강변 마을의 집집을 돌아다니며 걸식을 했다. 마을 사람들은 구걸을 하는 싯다르타에게 온후했고, 그를 우러러보았다. 그들은 그의 깨어진 바가지에 깨끗한 음식을 정성스럽게 듬뿍 담아 주었다. 허리를 굽히고 두 손을 모으며 공손하게 경배를 했다. 어떤 사람은 무릎을 꿇고 두 손을 땅에 짚은 채 깊이 머리 숙여 절을 하기도 했다.

　마을에는, 싯다르타가 보통의 사문이 아니라는 소문이 나 있었다. 싯다르타의 몸에서는 알 수 없는 광채와 향기가 나고, 그를 대하면 마음을 편안하게 하는 훈훈한 분위기가 느껴진다는 것이었다. 사람들은 싯다르타의 그윽하고 현묘한 마음과 사상이 얼굴 표정과 몸짓을 통해 온화한 바람으로 번져 나온 것이라고 믿었다. 싯다르타는 마을 사람들의 온후한 환대에 놀라면서 그들에게 고마움의 절을 하고 산기슭으로 올라가 깨진 바가지에 담긴 음식을 진정으로 고마워하면서 먹었다.

　배고픔이 가시자 그는 선지식을 찾아가기 위해 강변을 따라 걸었다. 발바닥은 쭈뼛거리는 돌부리와 뻬죽한 굵은 자갈밭과 땅가시들에 닳고 찔리어 아리고 화끈거렸다. 자갈밭이 다하자 미세한 모래밭이 시작되었다. 모래밭은 강줄기를 따라 휘움했고 드넓었다.

　싯다르타는 멀지 않은 모래밭에서 무엇인가를 정성스럽게 그리고 있는 한 헐벗은 늙은 사문을 발견했다. 방해하지 않으려고 발소리를 죽이면서 조심스럽게 옆으로 다가갔다. 자잘한 물결과 바람에 굳어지고 편편하게 다져진 미세한 모래밭에 쪼그려 앉은 그 사문은 너덜너덜한 누더기로 한쪽 어깨와 사타구니만을 겨우 가리고 있었다. 싯다르타는 그 사문이 날카로운 돌멩이 끝을 필기구 삼아 모래 위에 그리고 있는 것을 보고 소스라치게 놀랐다. 그것은 예사 그림이 아니었다. 거대한 수레바퀴 같은 동그라미 속에 약간 작은 또 하나의 동그라미가 그려져 있고, 그 안에는 좀 더 작은 동그라미들이 그려져 있었다. 그 동그라미들 속에는 더욱 작은 동그라미들 여남은 개가 맴을 돌고 있었다. 맴을 돌고 있는 동그라미들 속에는 가부좌를 하고 있는 부처님들의 형상이 그려져 있었다. 한가운데에는 회전축을 이루는 큰 동그라미 하나가 그려져 있고 그 속에는 큰 부처님이 들어 있었다. 싯다르타는 비슈바미트라에게서 배운 만다라를 떠올리면서 그 사문 옆에 무릎을 꿇고 앉았다. 강물이 불어나 물이 흘러들면 형체가 바뀌고 말 미세한 모래밭에 그 심오한 그림을 그리고 있는 까닭을 알아보기 위해서였다. 얼마쯤 뒤 몸을 일으키고, 아주 오랫동안 자기가 정성스럽게 그려놓은 만다라를 내려다보고 있던 사문은 문득 두 발로 그것들을 북북 뭉개기 시작했다. 만다라는 깡그리 사라졌다. 사라진 그 자리에는 사문의 발자국들만 어지럽게 나타나 있었다. 싯다르타는 놀라 그 사문에게 물었다.

"아니 왜 기껏 힘들여 그려놓은 것을 그렇게 무참하게 지워버리십니까?"

그 사문은 싯다르타를 뒤돌아보지도 않고 떠나가면서 퉁명스럽게 말했다.

"원래 없었던 것 아닙니까!"

싯다르타는 멍히 멀어져가는 사문의 뒷모습을 바라보았다. 싯다르타의 귀에 그 사문이 퉁명스럽게 뱉어준 말이 계속 남아 맴을 돌고 있었다. '원래 없었던 것 아닙니까!' 그게 무슨 말일까. 그 말이 펼치는 의미의 그물이 포착될 듯 될 듯싶은데 아물아물할 뿐, 확실하게 포착되지 않았다. 그는 한동안 그 사문이 만다라를 뭉개버린 어지러운 발자국들 앞에 서 있었다. 하늘을 쳐다보니 흰 구름 한 장이 흘러가고 있었다.

날이 저물었고 싯다르타는 다시 시장기를 느꼈다. 해가 서쪽 지평선으로 기우는 때에, '원래 없었던 것'이란 말을 중얼거리며 한 작은 마을로 들어가 걸식을 했다. 이 마을에도, 이미 몸에서 이상한 광채와 향기가 나고, 후덕하고 자비로운 사문인 싯다르타에 대한 소문이 퍼져 있었다. 마을 사람들은 그에게 정중하게 경배를 하면서 음식 한 술씩을 바가지에 담아 주었다. 싯다르타는 감사의 절을 하고 음식 담긴 바가지를 들고 강이 내려다보이는 산기슭의 잠부나무 그늘 아래로 가서 앉아 달게 먹었다. 잠부나무가 그에게 알 수 없는 어떤 기를 불어넣어 주었다. 강은 거대한 백사처럼 흰 비늘을 빛내면서 흐르고 있었다. 강줄기에서 바람이 달려와 그의 살갗과 부스스한 머릿결과 수염을 쓸었고, 그는 신비스러운 알락달락한 뱀의 영혼을 느꼈다. 강줄기에서 달려온 바람에는 가슴 두근거리게 하는 찬란한 시간의 결과 무늬와 비늘과 향기와 색깔이 들어 있었다.

해가 서쪽 지평 너머로 떨어지자 하늘이 가지색으로 변하고, 별들이 눈을 깜박거리면서 빛났다. 풀벌레 소리가 들려와 적막을 무너뜨렸다. 그는 다시 가부좌를 하고 명상하기 시작했다. '원래 없었던 것 아닙니까!' 이것이 해탈의 어떤 꼬투리가 될지도 모른다. 텅 빈 하늘과 잠부 나무 그늘 아래에 출가자인 내가 지금 홀로 동그마니 앉아 있다. 원래 없었던 것이란 무엇인가. 아, 그렇다, 하고 그는 속으로 소리쳤다.

사카족 왕국에서 왕자로 태어난 나 싯다르타, 이후 태자가 된 내가 왕궁 안에서 누린 모든 영화, 폭신한 침대, 풍성한 육체의 야소다라, 그 녀와 나눈 환혹, 그녀의 배에서 태어난 아들 라훌라, 부드럽고 맛깔스러운 음식, 나를 말에 태우고 다닌 마부 찬타카, 내가 열성을 다해 이룬 명주 도시……. 그 모든 것이 원래 없었던 것이다. 그래, 그렇다, 사람들은 그 원래 없었던 것에 광적으로 집착한다. 그 집착 때문에 시기하고 질투하고 싸운다.

해탈이란 무엇인가. 그것은 세상의 모든 것들을 버리고 희로애락 애오욕으로부터 초탈하고 원래 없던 것, 말하자면 본연의 형상으로 되돌아가는 것이다. 한데 사람들은 원래 없었던 것에 얽매이느라고 초탈하지 못한다. 그래, 해탈이 마지막 해답이다. 해탈을 터득하고, 그것을 실천하고, 그것을 세상 사람들에게 가르침으로써 세상의 더러움과 피비린내 나는 사나움을 구제해야 하는 것이다.

싯다르타는 세상 사람들이 모든 것을 버리고 출가를 하고, 그 출가의 정신으로 이웃 사람들을 사랑하고 가엾어함으로써 세상이 화평해지는 모습을 머리에 그렸다. 가슴에서 화끈한 환희가 피어올랐다. 그 환희에 잠긴 채 사유의 심연 속으로 빠져 들어갔다.

날이 밝았다. 걸식을 하기 위하여 강변을 따라 나아갔다. 자그마한 도시 라자그리하가 나타났다. 싯다르타가 마을의 집집을 돌며 구걸을 하자 사람들이 몰려나와 그를 에워싸고 경배하며 음식을 바쳤다. 사람들은 그에게 경배한 것을 보람으로 여기며 즐거워하고 기뻐했다. 싯다르타를 대하면 사람들은 우울했던 마음이 밝아지고 불안했던 마음이 편안해지고 앓던 병이 낫는 것이었다. 싯다르타는 마을 사람들이 그를 에워싸고 즐거워하는 까닭을 이해할 수 없었다. 그는 음식을 바치고 경배하는 사람들을 뒤로하고 마을을 벗어났다. 강을 내려다보는 산모퉁이의 잠부나무 밑에 앉아 구걸해온 음식을 먹었다. 진실로 해탈을 얻고, 그것을 사람들에게 전해줄 수 있는 말이 터진다면 얼마나 좋을까. 내가 뱉어낸 말로 인해 사람들이 출가를 하거나, 그 출가 정신으로 이웃을 자비롭게 거들며 살아간다면 전쟁도 없어지고 탐욕과 권력을 휘둘러 가난한 사람을 박해하는 악랄한 사람들도 사라질 것이다. 그러면 내가 몸을 담고 있는 이 세상은 극락이 될 것이다. 그래 나에게 더욱 확실하고 진정한 해탈을 가르쳐줄 선지식을 찾아야 한다. 그는 천천히 음식을 먹었다.

왕의 자리

마을 쪽에서 화려한 옷차림을 한 사람들이 탄 말들 여남은 마리가 달려왔다. 머리와 안장에 금장식 은장식을 한 말들이었다. 금빛 찬란한 옷을 입은 왕과 대신과 시종과 호위병들이 그 말에 타고들 있었다. 싯다르타는 놀라 몸을 일으켰다. 아버지 슈도다나 왕이 나를 붙잡아가려고 오는 것 아닌가. 그렇다면 어찌해야 하는가. 의연하게 아버지를 설득하여 돌려보내리라.

왕의 일행은 말에서 내려 싯다르타 앞으로 왔다. 왕은 그의 아버지 슈도다나가 아니고 낯선 왕이었다. 그 왕은 싯다르타에게 정중하게 예를 갖추었다. 마가다 왕국의 빔비사라 왕이라고 자기를 소개했다. 그 왕은 신하들에게서, 야릇하게 고귀하고 성스러워 보이는 사문 싯다르타에 대하여 들었다고 말했다. 싯다르타에게서 풍기는 향기로움과 싯다르타를 감싸고 도는 푸근하고 따사롭고 신성한 분위기에 대해서도 들었다고 말했다. 만일 그 야릇하게 고귀하고 자비로운 사문이 입을 열어 무슨 말인가를 한다면 사람들이 모두 편안해할 것이고, 그 신성한 사문이 정치를 한다면 백성들이 조용히 편안한 마음으로 생업에 몰두하여 나라의 살림살이와 백성들의 살림살이는 풍요로워질 것이라고 빔비사라 왕은 생각하기에 이르렀다고 말했다.

지혜로운 데다 박학다식하고 아량이 넓은 빔비사라 왕은 자기의 어설픈 통치력에 대하여 늘 회의하고, 부족함을 느껴 오던 차였다. 그리하여 어떤 능력이 있고 깨끗하고 지혜롭고 성스러운 선지자에게 왕의 자리를 주고 그로 하여금 통치하게 하려던 차였다. 그 왕은 싯다르타 앞에 무릎을 꿇었다. 뒤따르는 대신과 시종과 호위병들도 모두 무릎을 꿇고 앉았다. 빔비사라 왕이 정중하고 공손하게, 그러나 격앙된 목소리로 말했다.

"그윽하고 향기로운 존엄과 지혜가 넘치면서도 다사롭고 자비로운 사문이시여, 제가 볼 때 당신은 보통 사문이 아닙니다. 어느 나라 어느 부족 출신인지 모르지만 당신은 아주 존귀하고 신성한 사문이십니다. 당신의 영혼 속에는 보통 사람이 범접할 수 없는 그윽한 지혜와 철학과 사유가 담겨 있음에 틀림없습니다. 당신은 예로부터 신화처럼 전해 내려오는 부처나 보살의 자비로운 얼굴과 온화한 분위기를 가지고 있습니다. 당신은 분명 신이 이 땅에 내리신, 은혜로운 만유의 왕이고, 나아가 초인 같은 존재이십니다. 당신은 대관절 어느 나라 어느 부족 어떤 계급 출신이십니까?"

싯다르타는 단호하게 말했다.

"사람은 그냥 사람이면 되는 것이지, 어느 나라 어느 부족의 어떤 계급 출신이냐가 중요한 것이 아닙니다. 사람은 과거로부터 어떻게 인연해서 현재에 이르러 있느냐가 중요한 것이 아니고, 현재 자기가 처한 삶을 성실하고 자비롭고 깨끗하게 사는 것이 중요합니다. 자기보다 못 먹고 못 입고 병들어 사는 사람, 강한 자에게서 박해를 받고 억울하고 슬프게 사는 사람을 구제하고 그들에게 위안을 주는 삶을 치열하게 사는 것이 중요합니다. 장차 하늘 세상에서 태어나 호화롭게 삶을 즐기는 미래를 위해 고행의 수도를 하는 것이 중요한 것이 아닙니다. 인간은 신의 뜻에 따라 살아가고 있는 것이 아닙니다. 저는 장차 진정한 해탈의 삶을 터득하여야 합니다. 참다운 무소유의 가난과 해탈을 사람들에게 가르쳐서 모든 사람들이 싸우지 않고 탐욕스럽지 않고 계급을 만들어 박해하거나 착취하거나 탐학하지 않고 사는 세상을 조성하고 싶습니다. 그것을 위하여 저는 모든 것을 버리고 출가를 했습니다."

학덕이 있고 아량이 넘치고 지혜의 눈을 가진 빔비사라 왕은 안타까워하며 말했다.

"당신 같은 사문은 이렇게 거친 땅에서 유리걸식을 해서는 안 되는 분이십니다. 제가 다스리고 있는 왕국은 농사와 무역으로 인해 재정적으로 아주 풍요로운 최대 최상의 강국입니다. 우리 왕국 안에서 당신을 아주 편히 지낼 수 있는 처소를 마련하고 평생 아무 걱정 없이 소일하며, 이 부족한 왕과 백성들에게 보석 같은 가르침을 줄 수 있도록 배려해드리겠습니다. 당신 같은 사문이 우리 왕국에 몸을 담고 있는 것만으로도 우리 왕국은 행복하고 영광스러울 것입니다. 당신에게서 번져 나오는 향기롭고 그윽하고 자비로운 분위기는 나라 전체를 아늑하고 평화롭게 해줄 것입니다. 만일 원하신다면 저의 왕위를 양도해드릴 수도 있습니다. 만일 당신 같은 사문이 왕이 된다면 우리나라의 양들과 뽕나무와 밀과 벼와 누에들은 노래하고 춤추는 듯 너울거리며 잘 자랄 것이고, 우리나라의 무역상들은 더욱 원활하게 춤을 추듯이 무역을 잘하게 될 것입니다. 당신 같은 사문이 왕이 되어 다스리는 나라에서라면 저는 한 사람의 신하나 가난한 백성으로서도 아주 행복하게 살 수 있을 것 같습니다."

싯다르타는 빔비사라 왕이 그냥 감정적으로 말만 앞세우고 실천하지 않는, 수다스럽고 호들갑스러운 왕이라고 생각지 않았다. 빔비사라 왕의 말과 표정에는 진정성이 담겨 있었다. 빔비사라 왕은 다만 신의 뜻에 따라 살고 있는 착한 왕일 뿐이었다. 그러므로 그런 왕이 다스리는 나라 백성들은 주어진 계급의 틀에 얽매인 채 순응하면서 살아가고 있을 듯싶었다. 싯다르타는 빙그레 웃으면서 말했다.

"저는 전륜성왕으로 나아갈 수 있는 길도 버렸거늘 하물며 호의호식하며 사는 길을 택하겠습니까? 저는 이 근처에 훌륭한 선지식이 있다고 하므로 그에게 해탈을 공부하기 위해 왔을 뿐입니다. 그 공부를 마치면 이곳을 곧 떠날 것입니다."

빔비사라 왕은 싯다르타의 말에, 박하 섞인 음식을 먹은 듯 가슴이 환해지고 뜨거워졌다. 그는 평생 귀감을 삼을 수 있는 가르침을 들은 것으로 만족해야 했다. 그는 싯다르타에게 합장하고 예를 갖춘 다음 말했다.

"형형한 혜안을 가지신 당신은 장차 틀림없이 더 이상 드높을 수 없는 지상(至上)의 깨달음을 얻어 부처가 되실 수 있으리라 생각합니다. 부처가 되신 다음에는 부디 우리 왕국에 오시어 저와 대신들과 우리 백성들을 좋은 길로 인도해주십시오."

선정주의자

싯다르타는 라자그리하 교외의 숲 속에 거처하고 있는 선지식을 찾아갔다. 그 선지식은 백 살을 훨씬 넘겼음에도 불구하고 총총한 정신력과 지혜를 지닌 늙은이인데 7백 명이 넘는 제자들이 그를 따르고 있었다. 제자들 가운데는 재가 제자도 있고 출가 수행자도 있었다. 그는 마하 우드라카 라마푸트라라고 불리고 있었다. 마하 우드라카는 귀가 컸고, 귓구멍 또한 크고 넓었다. 이미 싯다르타에 대한 소문을 듣고 있었으므로 싯다르타를 반갑게 영접했다. 그가 들은 소문이란, 싯다르타는 크샤트리아 계급 출신으로서, 무소유처를 넉넉히 증득한 사문인데, 그의 몸에서는 전설 속의 부처님처럼 신비로운 지혜의 향기가 나고 아름답고 자비로운 분위기가 풍긴다는 것이었다.

싯다르타는 해탈과 열반의 세계를 터득하는 일에 목말라 있었으므로 마하 우드라카 라마푸트라를 보자마자 엎드려 절하며, 가르침을 청했다.

마하 우드라카는 싯다르타에게 물었다.

"세상에서 가장 빠른 것은 무엇이오?"

싯다르타는 삼가면서 공손하게 말했다.

"마음입니다."

마하 우드라카는 한동안 고개를 끄덕거리며 싯다르타의 얼굴을 건너다보았다. 그는 이미 싯다르타의 몸과 마음의 귀가 활짝 열려 있음을 알아차리고, 자기가 알고 있는 모든 것, '생각 자체를 떠나서, 생각도 생각 아님도 아닌, 그윽하고 고고한 지상(至上)의 경지'에 대하여 말해주었다. 비상비비상처(非想非非想處)라는 것이 그것이었다.

그것은 싯다르타가 늘 잠부나무나 망고나무 그늘 아래서 가부좌를 한 채 선정삼매에 드는 방법, 그것에 다름 아니었다. 그 선정삼매라면 싯다르타가 오랫동안 혼자서 늘 행해온 것이었고, 이미 체험한 경지였다. 싯다르타는 선정삼매를 증득한 것에 만족할 수 없었다. 선정삼매는, 자기 바깥의 모든 일과 자기 내부 마음의 움직임까지도 초월하여 무념무상의 상태에서 한 걸음 더 나아가 일상적인 사고를 모두 초월하고 오로지 순수한 생각만 남아 있는 상태를 즐기는 것이었다. 그것은 자기 혼자서만 세상의 고통을 초월하고 그 경지를 즐기는 것으로 일종의 개인적인 쾌락주의인 것이었다. 그렇다면 탐욕과 시기 질투와 오만과 복수심으로 인해 지옥의 삶을 살아가는 세속의 중생들의 고통은 누가 어떻게 구제할 것인가. 싯다르타는 마하 우드라카 옆에서 선정삼매에 빠져 안락하게 삶을 영위하는 것은 중생들을 외면하는 것으로, 중생제도를 위한 자신의 출가 본뜻에 미치지 못한다고 생각했다. 그리하여 그곳을 떠나기로 작정했다.

하룻밤을 머물고 나서 싯다르타는 잠시 스승으로 모셨던 마하 우드라카 라마푸트라에게 작별 인사를 올렸다. 마하 우드라카는 떠나가려는 싯다르타를 만류하며 말했다.

"당신은 내가 귀띔해주는 말 한마디에 하룻밤 사이에 증득할 것을 다 증득한 유능하고 지혜롭고 자비로운 사문이오. 당신은 지금 여기를 떠나시면 안 됩니다. 여기에 머무르면서, 나와 함께 나의 수많은 제자들을 지도해야 합니다. 이미 백 살을 넘게 산 나는 머지않아 죽게 될 것이므로, 그런 뒤에는 나를 대신하여 나의 제자들을 맡아 지도해주십시오. 당신은 앞으로 이 교단을 더욱 거대한 교단으로 만들어 이끌어갈 수 있는 분입니다. 당신이라면 넉넉히 그것을 할 수 있을 것이라 생각됩니다."

그의 말에는 진정성이 어려 있었지만 싯다르타는 그 만류를 뿌리치고 총총 그곳을 떠났다.

악마

떠나가는 싯다르타의 내부에 들어 있는 악마가 그의 경솔하게 떠나감을 비난하고 유혹했다.

"싯다르타야, 떠나가지 마라. 마하 우드라카에게 되돌아가거라. 그에게는 7백 명의 제자가 있다. 마하 우드라카는 진즉 백 살이 넘은 지도자이다. 머지않아 마하 우드라카가 죽으면 그 많은 제자들은 모두 네 차지가 된다. 그 제자들을 잘 관리하면 장차 제자들이 너를 하늘처럼 떠받들 것이다. 이제는 헐벗고 굶주리는 몸으로 여기저기 거친 땅을 맨발로 방황하지 않고 한곳에 안주해야 할 때가 되었다. 너는 장차 왕이 될 수 있는 화려한 태자의 자리와 전륜성왕이 되어 권력을 휘두를 수 있는 조건을 물리치고, 사랑하는 세 아내와 삶을 즐길 수 있는 궁성을 버리고 출가했다. 이제는 사문으로서의 선정삼매를 통한 최고 최대로 순수한 사상을 증득했다. 가난을 넘어선 텅 빈 충만이라는 희열을 얼마든지 누릴 수 있는 경지에 이르렀다. 선정삼매는 눈에 보이지 않는, 하나의 큰 무기이다. 너의 능력이라면, 그것을 미끼로 해서 더욱 많은 제자들을 끌어모아 거느릴 수 있다. 너의 이름 싯다르타 앞에 '마하'라는 수식어가 붙을 수 있게 되지 않았느냐. 마하가 무엇이냐, 위대하고 또 성스럽다는 것 아니냐. 더 욕심을 부리지 말고 수많은 제자를 거느리고 여생을 즐기도록 하여라."

그는 악마의 유혹을 뿌리치고 코뿔소의 뿔처럼 꿋꿋하게, 무소의 뿔처럼 견고하게 모든 것을 뿌리치고 나아갔다. 그렇지만, 이 악물고 뿌리치고 또 뿌리쳐도 줄곧 따라오며 유혹하는 악마를 그는 땅바닥에 메어치고 발바닥으로 짓밟았다.

보드가야 근처 우루벨라의 보리수 숲으로 갔다. 그 보리수 숲을 나이란자나 강이 감돌아 흐르고 있었다. 신성한 백사의 영혼을 지닌 강이 하얗고 푸른 비늘로 햇빛을 되쏘며 숲을 감싸 키우고 있었다. 숲은 암자주색의 그늘을 품에 안고 있었다. 자비로운 품이었다. 그 강은 강가 강의 한 지류로, 강변에는 드넓은 백사장이 강줄기를 따라 굽이돌아 흐르고 있었다.

싯다르타 내부의 악마들은 끈질겼다. 평생의 안락을 누리기 위해 빔비사라 왕에게 돌아가자고 하는 악마, 수많은 제자들의 숭앙을 받으며 살기 위해 마하 우드라카에게로 돌아가자고 하는 악마, 이제는 깨달을 만큼 깨달았으므로 아버지 슈도다나 왕에게 돌아가자는 악마, 사랑하는 아내 야소다라에게 돌아가자는 악마, 너는 머지않아 늙고 병들어 쇠잔해 죽게 된다, 그렇게 되기 전에 안락한 처소를 마련하라고 졸라대는 악마……. 한 놈을 짓밟으면 또 한 악마가 따라붙었다. 그 악마를 물리치면 다시 또 한 악마가 따라붙어 그를 유혹했다. 악마들이 줄줄이 나타나 유혹을 하며 졸라대고 있었다. 보리수 숲 속으로 들어가 가부좌를 한 채 그 모든 악마들과 결판을 내야 한다고 생각했다. 그 악마를 물리치는 것은 고행을 통해서만 가능하다고 생각했다. 걸식을 금하고 최소한의 음식으로 생명체를 유지하면서 모든 악마들을 굴복시키기로 작정했다.

늙은 보리수 그늘 아래 편편한 땅에 자리를 잡았다. 악마들은 벌레들이 되어 살갗을 물어뜯었다. 찬 바람이 되어 소름이 돋게 했고, 배고픔이 되어 그를 고통스럽게 했다. 그는 삶과 죽음이 먼 데 있지 않고 한 곳에 있음을 확신하고 싶었다. 헤어짐과 만남이 하나이고, 악마와 천사가 하나임을 알아차리고 싶었다. 세상의 모든 강물을 다 들이켜 사해의 바다가 되고, 수미산이 되고, 하늘이 되고, 지평이 되는 경계에 이르고 싶었다. 생사에서 자유롭고, 탐욕과 권력에서 자유롭고, 배부름과 배고픔에서 자유롭고 싶었다. 그물 속에 갇혀도 바람처럼 자유롭고 싶었다. 초월하고 싶고, 초탈하고 싶고, 열반에 드는 길을 터득하고 싶었다. 해탈의 경지에 이르고 싶었다.

싯다르타는 음식을 제대로 먹지 못하여 몸이 비쩍 말라갔다. 몸을 가눌 수 없도록 허약해졌다. 현기증이 일었고, 눈앞이 어질어질해졌고, 가슴이 우둔거렸다. 몸이 비쩍 말라 갈비뼈와 쇄골이 앙상하게 드러났다. 광대뼈가 튀어나오고 볼이 우묵 들어갔고 눈이 퀭해졌고 오직 두 눈동자만 형형해졌다. 앉아 있기가 힘들었다. 몸이 허물어질 것처럼 휘청거리고 흔들거렸다. 삶과 죽음의 경계에 이르러 있었다. 그때 검은 바람이 얼굴을 스쳤고, 악마가 바람의 모습을 하고 그의 의식 속에 얼굴을 들이밀었다. 악마가 말했다.

"싯다르타여, 당신은 이미 쇠진할 대로 쇠진했고, 죽음에 임박해 있소. 오래지 않아 당신의 몸과 혼령은 천지사방으로 산산이 흩어질 것이오. 천지간에 생명처럼 소중한 것은 없소. 살아 있어야 수행도 필요한 것이오. 생명이 없으면 깨달음도 없고 부처와 보살의 길도 없소. 인간이 탐욕을 가지는 것, 자기에게 못되게 하는 상대를 원망하는 것, 추우면 옷 입고 배고프면 음식을 먹고, 이성이 그리우면 안고 사랑하는 것, 시기 질투하는 것, 교만하고 허영에 들떠 사는 것은 다 신의 뜻이오. 인간은 그때그때 죄를 짓고, 참회하고 신께 빌어 용서를 받으며 살아가도록 점지되어 있소. 그대는 차라리 브라만 사제들처럼 신에게 희생물을 바치고 제사를 지냄으로써 신으로부터 복을 얻는 편리한 방법으로 살아가도록 생각을 바꾸시오."

싯다르타는 그 악마가 자기의 성도를 방해한다고 직감했다. 그는 악마를 비웃었다. 지금 죽음의 경계에 이르러 있는 순간에 모든 탐욕을 이기고, 원망과 질투와 시기와 복수심과 허영과 교만과 권태와 수면과 게으름과 죽음에 대한 공포를 모두 떨쳐버리고 순수한 깨달음의 경지, 해탈에 이르러야 한다고 생각했다. 그는 그를 유혹하는 악마를 붙잡아 가부좌하고 있는 엉덩이 밑에 쑤셔 넣고 옴 하고 심호흡을 했고, 한 식경 뒤에 훔 하고 숨을 뱉어냈다. 눈앞에 찬란한 환희가 무지개처럼 펼쳐졌다. 순간 싯다르타는 하늘의 위와 하늘의 아래, 땅의 아래와 땅의 위에 오직 그가 우뚝 서 있음을 알아차렸다. 신도 없고 악마도 없었다. 성도를 위하여 고행을 한다는 것 자체가 우스꽝스러웠다. 선정삼매에 들어 혼자 깨달음의 환희 속에 빠져 즐거워하는 삶도 의미가 없고, 단순히 고행을 하고 또 고행을 하여 하늘 세상에 태어나 복락을 누리는 것도 의미가 없었다.

중생들하고 함께 삶의 고통으로부터 벗어나 최소한의 복락일지라도 그것을 누리는 삶을 살아야 한다고 생각했다. 어느 한쪽으로도 치우치지 않는, 그것은 중도의 삶이었다. 중도는 지상(至上)의 올바름이었다.

깨달음

싯다르타가 가부좌를 하고 앉아 있는 곳에서 별로 멀지 않은 곳에서 망초꽃이 웃고 있었다. 그 꽃 한 송이의 웃음으로 인해 모든 삶의 고리가 한꺼번에 풀리고 있었다. 뿌리가 있어 줄기가 나고, 줄기가 있어서 잎이 나고, 잎이 있어서 꽃이 핀다. 꽃이 웃어서 나비가 오고, 나비가 꽃속에 수분을 하여서 꽃이 이울고, 꽃이 이운 자리에서 열매가 열리고 그 열매가 땅에 떨어져서 다시 망초꽃나무가 된다. 그렇다, 이것이 있어서 저것이 있고, 저것이 있어서 이것이 있고, 이것이 소멸되어서 저것이 소멸되고, 저것이 소멸되어서 이것이 소멸된다. 또, 이것이 있어서 저것이 소멸되고, 저것이 소멸되어서 이것이 있다. 인연 따라 세상만사는 형성되고 소멸된다. 그러면서 세상은 밝고 맑은 쪽으로 굴러간다.

　명주 도시가 만들어진 내역이 떠올랐다. 뽕나무를 키우자 누에들이 자랐고, 누에들이 자라자 명주 공장이 만들어졌고, 공장이 만들어지자 명주가 생산되었고, 명주가 생산되자 무역상들이 장사를 했고, 그들이 돈을 벌어들이자 가난한 사람들이 먹고살 수 있었다. 양을 키우자 양들의 털이 함께 자랐고, 그 털을 깎자 실이 만들어졌고, 실이 생기자 양모 옷도 만들고 카펫도 만들었다. 양모 옷과 카펫이 생산되자 무역상들이 그것을 외국에 팔아 돈을 가져왔고, 돈이 들어오자 사람들의 살림살이가 넉넉해졌다. 그런데 사람들은 돈이 들어오고, 고픈 배가 불러지자 딴생각을 하기 시작했다. 더욱 많이 가지고, 더욱 높은 계급으로 올라가고 싶어 하고, 바이샤는 크샤트리아처럼 호화롭게 살려 하고, 수드라는 바이샤처럼 살려 하고, 불가촉천민은 수드라나 바이샤처럼 살려고 했다. 술을 마시고 도박을 하고 남자들은 돈을 앞세워 고혹적인 여자를 구하고, 명주 도시는 환락의 도시로 변해갔다. 환락 속에서 사랑의 병, 매독과 임질에 걸리고, 그 환락의 병이 들자 생식기가 썩어 죽어갔다.

무명이다. 늙고 병들어 죽어가는 것이 다 무명으로 인한 것이다. 사람이 사람답게 살려면 그 무명으로부터 벗어나야 한다. 사람은 누구든지 눈이 밝아지면 세상만사가 인연 따라 생멸하는 것이 보인다.

해가 저물었고 황혼이 타올랐고 땅거미가 내렸고 밤이 왔고 밤하늘에 별들이 반짝거렸다. 싯다르타의 눈은 그 별들처럼 밝아지고, 그 밝음을 통해 어둠을 뚫어보기 시작했다. 어둠은 지상에서 하늘까지 가득차 있었다. 어둠은 수런거리는 혼돈(카오스)이었다. 세상의 모든 어둠이 그의 눈에 의해 뚫리고 있었다. 어둠은 그것을 뚫어보는 그의 눈에 의해서 가지런히 정돈이 되고 하나의 질서(코스모스)가 형성되고 있었다. 질서의 만다라, 화엄의 만다라였다.

해와 달과 별들은 지구를 도는 듯싶은데 사실은 지구가 그것들을 돈다. 질서란 것은, 해와 달을 닮은 수레바퀴 같은 동그라미의 회전 원리 그 자체이다. 땅에서 난 모든 것들은 성장하여 병들고 늙어 죽은 다음 땅으로 되돌아간다. 모든 것이 나서 되돌아가는 것은 그 동그라미의 원리이다.

농경제전에서 본 일들이 떠올랐다. 벌레를 물총새가 먹고, 물총새를 매가 먹고, 알 수 없는 미생물들에 의해 병들어 죽은 매를 파리의 애벌레들이 먹는다. 그 애벌레는 파리가 되고, 파리는 또한 날짐승에게 먹힌다. 세상은 그렇게 돌고 돈다.

뽕나무는 누에가 되고, 누에는 누에고치가 되고, 누에고치는 나방이 되고, 나방은 알을 낳고 죽고, 알은 다시 누에가 되어 뽕잎을 먹고 자라 장차 다시 누에고치가 된다. 모든 중생들은 그렇게 태어나고 병들고 늙어 죽고 다시 태어나는 회전의 운명을 타고난다. 태어난 자리에는 죽음이 있고, 죽음이 있는 자리에는 반드시 태어남이 있다.

밤이 깊어가고, 별들이 이울고 동녘 하늘이 번해지고, 전날 서쪽 하늘에서 반짝거리던 그 샛별이 다시 동녘 하늘에 떠서 반짝거렸다. 그 순환하는 샛별을 바라보는 순간 싯다르타는 중생과 하늘과 땅과 우주를 보는 눈이 환하게 열렸다. 그는 소리쳤다.

"바야흐로 세상을 덮고 감싸고 있는 어둠의 세계는 깨어졌다. 이제는 새 세상이 열린다."

처녀의 우유죽

깨어진 어둠으로 인한 환희의 밝은 삶을 혼자서만 알고 살아간다는 것은 혼자서만 선정삼매를 즐기는 것과 무엇이 다르겠는가. 싯다르타는 몸을 일으켰다. 그는 먼저 고행을 일삼는 사문, 선정삼매만 즐기는 사문들을 찾아가 그들의 수행이 잘못되었음과 지상(至上)의 경지에 미치지 못했음을 교정해주고 가르쳐주어야 한다고 생각했다.

싯다르타가 허약해진 몸을 이끌고 마을로 들어가는데, 한 처녀가 두 손으로 하얀 사발 하나를 공손하게 받쳐 들고 싯다르타를 향해 걸어왔다. 하얀 통치마를 입고 머리를 길게 땋아 늘인 처녀의 입술은 두툼했고, 눈동자는 검은 호수처럼 맑았고, 세상의 모든 빛들을 끌어당겨 한데 모았다가 되쏘았다. 그것이 별이 되고 있었다.

처녀는 싯다르타의 몸에서 번지는 광휘와 풍기는 향기에 몸이 훈훈해지는 것을 느꼈다. 싯다르타의 몸에서 사방으로 번지는 아름답고 자비롭고 그윽한 분위기를 감지했다. 처녀는 싯다르타 앞에 무릎을 꿇고 앉으며 두 손으로 받쳐 든 사발을 정중하게 들어 올려 내밀었다.

처녀는 새벽녘에 꿈을 꾸었는데 강변 보리수 숲에서 비쩍 마른 한 성자가 걸어 나오고 있었다. 그 성자에게 우유죽(醍醐粥)을 바치면 큰 복을 받을 것이라는 예감이 들었다. 그녀는 꿈에서 깨어나자마자 부랴부랴 우유죽을 정성스럽게 끓였다. 싯다르타는 그 사발을 받아 들고 꿀처럼 단 우유죽을 먹었다. 우유죽이 온몸으로 퍼져가는 환희가 그의 영육속에서 말 한마디를 끄집어냈다. 그것이 처녀를 향해 날아갔다.

"그대는 성녀이십니다."

그의 말로 처녀의 몸이 아침노을 같은 치자색 빛을 발했다.

우유죽으로 기운을 차리고 싯다르타는 다섯 사문을 만났다. 그들은 마하 우드라카 라마푸트라 밑에서 공부를 하다가 선정삼매만으로 만족할 수 없어 나온 사문들이었다. 그들은 싯다르타를 보자마자 싯다르타에게서 풍겨오는 다사로운 분위기와 향기에 놀랐다. 또한 싯다르타의 얼굴에 서린 아름답고 자비로운 표정과 눈빛에 매료되었다. 그들 중의 한 사문이 싯다르타에게 물었다.

"우리는 세상에서 혹독하다는 모든 고행을 진정으로 체험해보았고, 선정삼매에 빠져들어도 보았지만 그것으로 만족할 수 없어 길을 나섰습니다. 인자하신 지존이시여, 부처와 보살이 되는 길은 어디에 있는지 가르쳐주십시오."

싯다르타가 말했다.

"그대들이 한 고행과 선정삼매가 얼마나 진정성이 있느냐, 그것이 '부처와 보살의 길'로 들어서게 하느냐 못하느냐 하는 것이 중요한 게 아닙니다. 과연 그 고행과 선정삼매가 진리로 나아가게 하는 방법인가 아닌가 하는 것, 중도가 문제입니다."

다른 사문이 물었다.

"그렇다면 중도란 무엇입니까?"

싯다르타가 대답했다.

"중(中)은 이 세상에서 가장 올바름(正), 진리 그것입니다. 중생을 버리고 혼자서만 '생각 자체를 떠나서, 생각도 생각 아님도 아닌, 그윽하고 고고한 지상(至上)의 경지(非想非非想處)'에 이르러 즐거워하는 것은 진리가 아니고, 중생을 제도하는 데에 소용이 되는, 실천적인 깨달음이 진리입니다. 그것은 여덟 가지의 성스러운, 진정으로 올바른 길을 말합니다. 즉, 올바른 시각, 올바른 사유, 올바른 말씀, 올바른 행위, 올바른 생활, 올바른 노력, 올바른 집중, 올바른 마음의 통일을 말합니다."

싯다르타는 입을 열자 자기도 미처 예상하지 못했던 말들이, 노래하며 흐르는 시냇물처럼 술술 풀려 흘러나갔다. 그는 말을 이었다.

"수행자에게는 네 가지 거룩한 진리가 있습니다. 태어나는 괴로움, 늙어가는 괴로움, 병을 앓는 괴로움, 죽어가는 괴로움입니다. 미워하는 사람끼리 만나는 것도 괴로움이고, 사랑하는 사람끼리 헤어지는 것도 괴로움이고, 갈망하고 희구하는 것을 얻지 못하는 것도 괴로움이고…… 인생 전체가 괴로움입니다. 그 괴로움을 생기게 하는 것이 있고, 그 괴로움을 소멸되게 하는 것이 있습니다. 모든 것에 집착하는 탐욕과 갈망과 희구가 괴로움의 원인이고, 갈망과 희구와 애욕과 집착을 모두 버리고 떠나는 것, '진정한 출가'가 괴로움을 없애는 것입니다. 괴로움을 소멸시키는 데에는 거룩한 실천이 있어야 합니다. 먼저 괴로움을 떨쳐버리는 진리를 발견하고, 괴로움을 인식하고, 그것의 원인을 찾고, 그것을 표독스러울 정도로 매몰차게 끊어버려야 합니다. 우리 수행자들이 길렀던 머리를 과감하게 잘라버리듯이 괴로움의 원인을 끊어버려야 합니다. 해탈이 그것입니다. 해탈하면 곧 부처가 되는 것입니다."

다섯 사문은 싯다르타의 시원스럽게 노래하며 흐르는 시냇물 같은 답변에 깨달음을 얻고, 싯다르타의 제자가 되겠다고 했다. 그들은 바람의 말 같고 강물의 설법 같은 이야기를 나누다가 마을로 탁발을 하러 갔다.

몰려드는 제자들

싯다르타가 다섯 제자들과 함께 마을로 탁발을 하러 가자, 마을 사람들이 음식을 바치면서 엎드려 경배를 했다. 마을에 부처님이 출현했다는 소문이 나 있었다. 싯다르타의 얼굴 주위에 사람들의 눈을 황홀하게 하는 무지개 같은 광망이 떠 있었다. 등 뒤와 발아래에는 금빛 그림자가 따라다녔다. 그가 지나간 자리에는 아소카나무의 꽃향기가 퍼졌고 금빛 발자국이 찍혔다.

마을 밖으로 나와 탁발한 음식을 먹고 찌꺼기를 개미와 파리와 시냇물 속의 물고기들에게 보시하고 길을 떠났다. 그 마을에서 한 남자가 달려와 싯다르타에게 절을 하고 자기를 제자로 삼아달라고 하소연했다. 탐욕을 버리고 참고 수행자로서의 계율을 지키고 몸과 마음을 낮추고 중생들을 제도하라는 가르침을 주고 제자로 받아들였다. 마을에 들어가 탁발을 하고 나올 때마다 제자들이 불어났다.

싯다르타가 제자들과 더불어 우루벨라를 향해 가다가 잠시 망고나

266

무 숲에서 쉬고 있는데 한 청년이 숨을 헐떡거리며 달려와서, 슬프고 울분 어린 떨리는 목소리로 물었다.

"얼굴을 곱게 단장하고 분홍색 옷을 입은 젊은 여자를 못 보았소? 그 여자는 이 세상에서 가장 예쁘고 몸에서는 향기가 납니다. 술집에서 일을 하던 색시인데 내가 진실로 사랑하는 여자입니다. 장차 우리 둘이서 살림을 차리고 알콩달콩 살자고 약속을 한 처지입니다. 보석과 고운 옷을 사서 바친 나를 버리고 달아난 그 여자를 찾지 못하면 저는 이제 죽어야 합니다."

작달막하고 얼굴이 동글납작한 그 청년의 눈은 붉게 충혈되어 있고, 눈동자는 불안정하게 움직이고 있었다. 제자들은 하나같이 입을 다물고 그 청년을 멀뚱멀뚱 바라보기만 하는데 싯다르타가 말했다.

"그대는 어찌해서 당신의 잃어버린 자신을 찾으려고 하지는 않고, 달아난 여자만 찾는단 말이오? 당신의 잃어버린 자아와 달아난 여자 가운데 어느 쪽이 더 중요한가요?"

싯다르타의 말을 듣고 잠시 어리둥절해 있던 청년은 달아난 여자를 찾기 위해 산모퉁이 저쪽으로 달려갔다.

다음 날 싯다르타 일행이 한 마을에서 탁발을 하는데, 전날의 그 작달막하고 얼굴 동글납작한 청년이 싯다르타 앞에 나타나 무릎을 꿇고 말했다.

"부처님, 잃어버린 저를 찾고 싶습니다. 제자로 받아들여 가르쳐주십시오."

그리하여 그 청년도 제자로 받아들였다.

싯다르타의 맨발

제자들이 구름처럼 몰려들어 교단이 형성되었다. 마가다 왕국의 빔비사라 왕이 싯다르타의 가르침에 감화를 받고 싯다르타의 교단을 위하여 거대한 죽림정사 전각을 지어 헌납했다. 싯다르타는 제자들과 함께 죽림정사에 기거하면서 주위에 사는 중생을 교화했다. 교화를 하기 위해서는 먼 길을 걸어 다니지 않으면 안 되었다. 이때도 싯다르타는 맨발이었다. 그의 발바닥은 닳고 또 닳았고, 돌부리에 부딪힌 발가락들은 피가 삐죽거리는 상처가 났다가 절로 검붉게 아물어지곤 했다. 닳은 발바닥에는 두꺼운 군살이 옹이처럼 생겼다. 양가죽을 발바닥에 붙여놓은 듯 거칠거칠했다. 발등과 다리 살갗은 그을어 거무칙칙했다.

스승인 싯다르타가 맨발로 걸어 다니자 제자들도 모두 맨발로 다녔다. 맨발은 허름한 옷과 더불어 싯다르타 교단의 상징이었다. 허름한 옷은 공동묘지에서 시신의 몸에 덮여 있던 옷들이거나, 누군가가 걸치고 다니다가 못쓰게 되어 버린 너덜너덜해진 사슴 가죽이거나 양가죽들이었다.

라자그리하에 큰 장사꾼 두 사람이 있었다. 그들은 브라만 출신이었지만 일찍이 이재에 눈을 떠, 바이샤 계급 사람들을 이용하여 양가죽과 물소 가죽으로 신을 만들어 팔았다. 가죽신은 나라 안에서도 많이 팔렸지만 나라 밖으로 더 많이 팔려 나갔다. 허허벌판에 있는 가죽신 공장에는 양과 물소를 도축하는 집과 가죽을 만드는 집과 신을 제작하는 건물이 있었다. 거상이 된 그들은 탁발을 하러 온 사문들에게 넉넉한 음식을 제공했다.

싯다르타가 제자들과 함께 가죽신 공장 옆을 지나가는데 공장의 공원들이 나와 경배를 했고 준비해두었던 음식을 바쳤다. 공원들은 모두 가죽신을 신고 있었다. 가죽신 밑창에는 말굽형의 쇠가 붙어 있었다. 그것은 가죽 밑창이 닳지 않게 하려는 것이었다. 경배하는 공원들 속에 공장의 주인인 두 남자가 들어 있었다. 코밑수염과 턱수염을 예쁘게 기르고 있는 그들은 싯다르타 앞에 절을 하고 각자 자기를 소개했다.

"저는 사리푸트라입니다."

사리푸트라는 체구가 호리호리했고, 얼굴이 달걀형인데 창백했고, 이마가 넓었고 콧날이 우뚝 솟았고, 싯다르타를 바라보는 눈빛이 순하게 빛났다. 그 눈에는 싯다르타에 대한 선망이 담겨 있었다.

"저는 목갈라나입니다. 한 번도 뵈지 않았지만, 성스러운 당신을 소문으로만 듣고 마음으로 늘 숭앙하고 있었습니다."

목갈라나는 체구가 건장했다. 얼굴이 가무잡잡하고 기름한 네모꼴인데 눈썹이 짙었고, 코가 주먹처럼 뭉툭하고 입술이 두꺼운데 입을 굳게 다물곤 하는 버릇이 있었다. 그들은 물소 가죽으로 만든 신을 신고 있었다. 신을 제작 판매하는 그들의 눈길이 싯다르타의 맨발로 날아왔다. 그들의 얼굴에 안타까운 마음이 나타났다.

목갈라나가 말했다.

"저는 감히 당신을 부처님이라고 부르고 싶습니다. 성스러운 당신의 맨발에 저희 공장에서 만든 가죽신을 신겨드리고 싶습니다."

사리푸트라가 말했다.

"이 나라의 길은 날카로운 돌 조각들이 많이 섞인 왕모래밭 길입니다. 부처님께서는 십 리 길 백 리 길을 모두 걸어 다니시므로 발바닥이나 발가락에 상처가 나지 않을 수 없습니다. 가뜩이나 모래는 뜨거운 햇볕에 달구어져 더욱 뜨겁고, 전갈이나 지네나 뱀이나 독거미 들이 많습니다. 그것들에게 물리면 고통스럽고 죽을 수도 있습니다."

목갈라나가 말했다.

"저희들의 청을 거절하지 마시옵소서."

공원 하나가 가죽신 한 켤레를 가지고 와서 싯다르타 앞에 내밀었다. 사리푸트라가 엎드려 그것을 싯다르타의 발에 신기려고 들었다. 싯다르타는 고요히 미소 지으면서 말했다.

"나는 출가를 한 사문이오. 출가를 한다는 것은 자기가 가진 모든 것을 버리고 떠났다는 것이오. 출가자에게 가장 먼저 버려야 할 것이 가죽으로 만든 신이오. 이 땅을 맨발로 밟고 다닌다는 것은 중생들과 더불어 기쁨과 슬픔과 괴로움과 아픔을 함께 나눈다는 것이오. 그대들이 신겨주려고 한 이 신은 한 고귀한 생명을 도살하고 그것의 가죽으로 만든 것이오. 나는 그 생명체의 가죽을 발바닥에 붙이고 다닐 수 없소."

사리푸트라와 목갈라나는 동시에 발에 꿰고 있는 가죽신을 벗어 던졌다. 싯다르타 앞에 무릎을 꿇었다. 자기들의 삶을 부끄러워했고, 진실로 출가하지 못한 것을 부끄러워했다. 그들은 진정으로 말했다.

"부처님의 가르침에 따르겠습니다. 저희를 제자로 받아주십시오."

그들은 맨발이 되어 싯다르타 일행의 뒤를 따랐다. 그러자 공원들 중 몇이 그들처럼 맨발이 된 채 그 뒤를 따랐다.

살인자

제자들과 함께 강변 마을에서 탁발을 해가지고, 산모퉁이의 무성한 망고나무 숲 그늘로 가서 식사를 하고 있었다. 건장한 몸집에 살갗이 거무튀튀한 중년 남자가 싯다르타에게로 다가왔다. 눈두덩과 광대뼈와 턱과 쇄골이 튀어나오고 머리털과 수염이 쑥대처럼 자란 데다 누더기로 치부만 가린 남자였다. 그 남자는 무릎을 꿇고 앉으며 얼굴을 일그러뜨리고 애원하듯이 말했다.

"부처님, 부처님께서는 저의 죄를 속속들이 알고 계십니다. 저는 이 세상에서 가장 천한 족속의 한 사람인데, 오래전에 사람을 죽이고 그 사람의 간을 꺼내 먹은 죄인입니다. 그 까닭으로 감옥에 갇혀 있다가 또 간수를 두들겨 패고 탈옥을 했습니다. 고향을 멀리 떠나 낯선 곳에서 유리걸식을 하며 연명해왔습니다. 부처님, 저 같은 잔혹한 죄인도 부처님의 제자가 될 수 있을까요?"

싯다르타는 그를 첫눈에 알아보았다. 이름이 꾸르메였다. 불가촉천민들의 야만의 마을에서 포악한 왕을 몽둥이로 쳐 죽이고 그의 간을 꺼내 먹은 다음 스스로 새 왕이 되었다고 선포한 남자였다. 꾸르메는 살인 행위를 참회할 줄 모르고 거만스럽게 한 마을의 왕 노릇을 하려고 들었다. 싯다르타를 호위하고 간 보안경찰대장 비밀라가 그를 잡아다가 감옥에 처넣었던 것이다. 싯다르타는 꾸르메에게 물었다.

"그대는 자신이 어떤 죄를 지었는지 알고 있소?"

꾸르메가 말했다.

"사람을 죽이고 그의 간을 꺼내 먹은 죄를 지었습니다."

싯다르타가 말했다.

"나라의 법대로 한다면, 사람을 죽인 자는 자기도 죽어야 합니다."

꾸르메가 말했다.

"부처님, 이 미천한 저는 그동안 혀를 물어뜯으면서 후회를 하고 참회를 했습니다. 저도 죽고 싶었고, 강물에 몸을 던져도 보았습니다만 죽지 못하고 이렇게 유랑하면서 살고 있습니다. 죄인인 저는 앞으로 어떻게 해야 하는지 가르쳐주십시오."

싯다르타는 꾸르메의 참회로 인해 맑아진 눈빛과 맨발을 내려다보고 나서 말했다.

"스스로 죽으려고 할 만큼 참으로 참회를 했고, 뼈아픈 맨발의 유랑 생활을 했다면 당신은 이미 용서를 받은 것입니다. 참회는 깜깜한 어둠을 밝히는 촛불과 같은 것입니다. 앞으로는 죄를 참회하는 고행을 밑거름 삼아 당신이라는 나무에서 향기로운 꽃이 피고 튼실한 열매가 맺도록, 우리 교단의 율법에 따라 정진하십시오."

꾸르메는 싯다르타 앞으로 바싹 다가가 맨발에 입을 맞추면서 울음을 터뜨렸다.

꿀벌치기

울음을 그치고 난 꾸르메가 싯다르타에게, 망고나무 숲 속에 사는 자기의 스승이자 친구인 남자를 한번 만나달라고 말했다. 웬 사람이냐고 물으니 꾸르메가 앞장서서 싯다르타를 자기의 스승이자 친구라는 남자에게 인도했다.

싯다르타가 숲 속 양지바른 곳으로 가자 한 남자가 잠부나무 그늘에서 가부좌를 한 채 명상하고 있었다. 그 남자는 체구가 여느 사람과달리 크고 강건했고 피부가 가무잡잡했다. 아랫도리 치부만 가린 채 발가벗고 머리를 산발하고 있었다. 얼굴과 가슴에 벌들 수천 마리가 엉겨붙어 있었다. 다른 한 무리의 벌들은 그의 몸 주위를 잉잉거리며 날고있었다. 그 남자의 몸에서는 벌꿀 향기가 풍겨오고 있었다. 벌들이 살갗을 기어 다니면서 잉잉거림에도 불구하고, 그리고 싯다르타 일행이다가감에도 불구하고 그 남자는 목석처럼 꼼짝도 하지 않았다. 깊은 명상을 즐기고 있었다. 아니 벌들과 더불어 사는 삶을 즐기고 있었다. 잠부나무 그늘이 그를 유현하게 감싸고 있었다. 그는 그 잠부나무가 뿌리와 줄기와 잎사귀를 통해 뿜어 올리는 기운의 향기로운 대칭과 비대칭의 파장 안에 들어 있었다. 그는 천천히 숨을 들이켰고, 그리고 그 숨을 멈추었고, 한참 뒤에 그 숨을 천천히 내뿜었다. 시간은 그에게 와서 멈추기도 하고 느리게 흐르기도 했다. 그 남자가 흐르는 시간을 조절하고 있었다. 아니 그는 시간을 먹고 있었다.

싯다르타는 아하, 하고 감탄했다. 이 남자는 보통 사람이 아니라고 생각됐다. 솟구쳐 올라온 땅의 기운과 내려오는 하늘의 기운이 그 남자의 몸에서 만나 어떤 새 기운을 만들어내고 있었다. 싯다르타는 그가 명상에서 깨어나기를 기다렸다.

이윽고 명상에서 깨어난 그 남자가 얼굴과 가슴에 엉기어 있는 벌들을 쫓고 나서 싯다르타 앞에 엎드려 절을 했다. 보통의 절이 아니었다. 땅바닥에 납작 엎드리고 이마를 땅바닥에 대 붙였다. 몸을 일으키고 공손하게 말했다.

"부처님께서 이곳을 지나가실 거라고 해서 여기 앉아 기다리다가 그만 잠이 깊이 들었습니다. 그리고 꿈을 꾸었는데, 부처님께서 제 발 앞에 와 서 계시는 것이 보였습니다."

그 남자의 눈빛은 형형했다. 깨달을 것을 이미 다 깨달은 눈빛이었다. 그 눈빛이 싯다르타의 가슴을 뭉클 뜨겁게 달구고 있었다. 싯다르타가 물었다.

"조금 전에 그대의 가슴에 엉기어 있던 벌들은 어찌 된 것이오?"

그 남자가 대답했다.

"제 이름은 벌치기 카샤파(가섭)입니다. 브라만의 아들로 태어났는데, 출가하여 수도를 하다가 벌치기가 되었습니다. 그 벌들은 저의 제자들입니다. 그들은 모두 전생에 굶주려 죽은 수드라와 불가촉천민들입니다."

싯다르타가 말했다.

"사람들을 구제하고 싶으시면 벌들은 이제 그만 내려놓고 나하고 함께 길을 떠납시다."

카샤파는 다시 두 손을 짚고 머리를 깊이 조아리며 말했다.

"기꺼이 부처님께 귀의하겠습니다."

현란한 논리

망고나무 숲에서 탁발해온 음식을 먹고 나자, 한 깡마른 사문이 싯다르타 앞으로 다가와 무릎을 꿇고 경배를 했다. 그는 산발한 머리와 수염이 한 발쯤이나 되게 길었고, 얼굴은 거무튀튀했다. 눈은 맑았지만, 의혹과 우울의 그늘이 무겁게 서려 있었다. 그가 싯다르타를 우러러보며 말했다.

"위대하고 또 위대한 성자이시여, 저는 삼십 년 동안 줄곧 이 숲에서 수도를 해오고 있습니다. 고행을 할 만큼 했고, 명상도 할 만큼 했습니다. 그런데 의식 속으로 펄럭거리면서 덤벼드는 악마의 옷자락 같고, 제 검은 그림자의 기침 소리 같은 의혹을 떨쳐버릴 수가 없습니다."

그 깡마른 사문의 심상치 않은 태도에 제자들이 주위를 둘러쌌다. 사리푸트라와 목갈라나와 카사파도 제자들 속에 끼어 싯다르타와 깡마른 사문을 번갈아 보았다. 두 사람 사이에 범상치 않은 눈빛이 오고 갔다. 깡마른 사문이 물었다.

"수도를 하면 윤회를 면하게 되고, 저 드높은 신의 나라에서 태어날 수 있습니까, 과연 그러합니까? 과연, 신의 나라, 그 극락세계란 것이 존재하는 것입니까?"

제자들은 모두 숨을 죽였다. 윤회와 극락에 대한 의혹은 모든 제자들이 다 가지고 있는 것이었지만 아직 묻지 못하고 있었다. 과연 스승 싯다르타의 입에서는 어떤 대답이 흘러나올까. 싯다르타는 머뭇거리지 않고 빙그레 웃으면서 말했다.

"인간이 죽은 다음에 뱀이나 짐승이나 여러 계급의 사람으로 태어난다든지, 극락세계에 태어난다든지 하는 것에 집착하는 것은 스스로 미혹에 사로잡히는 것이고, 미혹에 사로잡히는 것은 마치 허깨비에게 집안 살림살이를 맡기는 것과 같습니다. 허깨비에게 의탁하는 것은 나 스스로 허깨비로 전락하는 것입니다."

깡마른 사문이 눈을 반짝 빛내며 물었다.

"그렇다면 하늘 세상, 극락세계란 것이 있기는 있습니까?"

싯다르타가 대답했다.

"하늘의 세상, 그것은 내가 체험해보지 않았으니 나는 그 극락에 대해 말할 수 없습니다. 체험해보지 않은 것을 믿는다는 것은 허깨비를 스승으로 삼는 것과 같습니다."

깡마른 사문이 의혹의 눈으로 싯다르타를 뚫어보며 물었다.

"아, 위대한 성자이시여, 그렇다면 수도는 왜 해야 합니까? 수도는 하늘 세상에서 태어날 목적으로 하는 것 아닙니까?"

싯다르타가 대답했다.

"하늘 세상에서 태어나기 위해 하는 수도는 헛노동입니다. 인간은 해탈을 얻기 위해 수도해야 합니다. 누구든지 해탈을 하면 그 앉은자리가 곧 극락세계이고 영원인 것입니다. 영원이란 시간이 쌓이고 또 쌓인 결과인데, 해탈한 자는 그 시간에 먹히지 않고 그 시간을 먹습니다. 그렇지만, 해탈을 얻는다는 것도 수도의 목적이 되어서는 안 됩니다. 목적을 위해 수도하는 것은 집착입니다. 마음을 비우는데, 마음을 비운다는 생각도 버려야 합니다. 영원이란 것은 인간에 의해 만들어집니다. 현재 내가 치열하게 한 정진의 집적이 극락과 영원을 만듭니다. 당신도 해탈하면 부처가 됩니다."

그 순간 깡마른 사문이 싯다르타 무릎 앞에 엎드려 울먹이면서 말했다.

"저는 성자인 당신을 부처님이라 부르고 싶습니다. 저를 당신께 귀의하도록 허락해주십시오."

싯다르타는 깡마른 사문의 어지럽게 헝클어진 머리를 쓰다듬어주었다. 그것을 지켜보고 있던 모든 제자들이 싯다르타 앞에 무릎을 꿇었다. 사리푸트라도 목갈라나도 카샤파도 무릎을 꿇었다.

연꽃

싯다르타는 제자들과 함께 드넓은 늪지대 옆을 지나고 있었다. 늪에 연꽃들이 지천으로 피어 있었고 향기가 물씬물씬 날아오고 있었다. 진분홍색 연꽃 송이들이 늪을 덮고 있었다. 바야흐로 봉싯한 예쁜 망울을 드러내기도 하고 선정적으로 활짝 피어 있기도 했다. 늪의 물은 우중충하고 더러웠다. 늪 한구석에는 한 마리의 들개 시체가 떠 있었다. 그 더러운 물에 드리우고 있는 연의 뿌리에서 솟구쳐 올라온 꽃대 끝에 달린 진분홍의 연꽃이 아름답고 예쁘게 깨끗한 속살을 드러낸 채 은은한 향기를 뿜고 있었다. 싯다르타는 들개 시체 옆에 피어 있는 연꽃 송이 앞에서 잠시 명상에 잠겼다. 함께 간 제자들이 모두 싯다르타를 따라 가부좌하고 명상에 들었다. 하늘에서는 금빛 화살 같고 명주 실오리 같은 햇살이 쏟아지고 있었다.

싯다르타는 깨달음을 얻은 이래, 오랫동안 장님으로 살아온 사람이 바야흐로 개안을 한 듯 세상의 모든 풍경을 경탄스러워했다. 그의 눈에 보이는 것은 모두 새로웠다. 새로이 접하는 우주의 모든 현상에서 늘 깜짝 놀랄 만한 새로운 가르침을 받곤 했다. 존재하는 모든 것 속에 작은 우주가 들어 있고, 그것은 만다라의 한 표상이었다. 우주적인 화엄의 오롯한 모양새였다. 눈에 보이는 모든 것들은 꿈틀거리는 우주적인 자궁이고 싱그러운 율동이었다. 그 싱그러운 율동을 만날 때마다 싯다르타는, 이전에는 맛보지 못했던 새 깨달음의 환희를 맛보며 진저리를 쳤다. 눈앞에 나타난 연꽃도 마찬가지였다. 연꽃에서 맛본 환희, 그 반짝거리는 금강석 같은 의미망을 제자들과 함께 공유하고 싶었다.

싯다르타는 늪으로 들어가 활짝 핀 연꽃 한 송이를 꺾어 들고 나왔다. 그 연꽃을 제자들에게 들어 보였다. 제자들은 스승이 무슨 말씀을 하려고 저러나 하고 멀뚱멀뚱 그의 상기된 얼굴과 연꽃 송이를 번갈아 보고 있었다. 싯다르타는 제자들의 얼굴 하나하나를 천천히 살폈다. 제자들의 얼굴에 어떤 반응인가가 나타나기를 기다렸다. 한데 아무 반응도 나타나지 않았다.

싯다르타는 말 없는 말로써 모든 제자들에게 '여의주처럼 맺힌 아침 이슬 같은 보람'을 안겨주고 싶었다. 목갈라나도 사리푸트라도 눈을 끔벅거리고만 있었다. 싯다르타의 눈길이 카샤파에게 뻗치어갔을 때, 카샤파가 바야흐로 피어난 꽃처럼 빙그레 웃었다.

싯다르타는 깜짝 놀랐다. 싯다르타의 말 없는 말을 카샤파가 알아듣고 있었다. 말 없는 말이란 무엇인가. 말로써 마땅히 표현할 수 없는 그 무엇이 있을 때, 침묵으로 혹은 눈빛으로 '여의주처럼 맺힌 아침 이슬 같은 보람' 그것을 상대의 가슴으로 건네주는 것이다. 선(禪)의 시작이었다. 카샤파의 웃음을 마주한 싯다르타도 빙그레 웃었다. 눈길에서 눈길로, 마음에서 마음으로, 심장에서 심장으로 소통이 되고 있는 '옴 마니 반메 훔'이었다. 싯다르타는 카샤파에게로 걸어가서 덥석 얼싸안 아주었다.

얼마쯤 시간이 지난 뒤에 사리푸트라가 싯다르타에게 물었다.

"제자들에게 연꽃을 말없이 들어 보이신 것은 무엇입니까?"

싯다르타가 대답했다.

"연꽃은 더러운 늪에 뿌리를 내리고 더러운 물을 빨아 먹고 사는 식물인데, 진분홍의 깨끗하고 아름답고 향기로운 꽃을 피워낸다. 우리가 닦고 있는 도(道)라는 것도 그 연꽃과 같은 것이다. 더러운 세속에 몸을 담고 살면서 핍박받는 중생들을 제도하고 깨끗하고 아름답고 자비로운 세상을 만들어가는 것, 그것이 우리의 도이지 않으냐."

고향

싯다르타는 제자들과 함께 걸식을 하면서 고향 카필라바스투 성을 향해 갔다. 그곳은 사카족의 본거지였다. 카샤파와 사리푸트라와 목갈라나 등 수많은 제자들이 싯다르타를 따랐다.

부처님이 된 싯다르타가 제자들과 함께 고향으로 돌아오고 있다는 소문이 카필라바스투 성안에 퍼졌다. 슈도다나 왕은 가슴이 뜨겁게 달아올랐다. 늙은 의전대신을 불러, 의전 내관들을 대동하고 가서 싯다르타를 정중하게 맞이해 오라고 명했다. 의전대신은 머리칼과 수염이 허옇고, 얼굴에는 주름살이 깊은 노인이었다. 그는 내관들을 거느리고 빈 수레를 끌고 성문 밖으로 나가 싯다르타 일행에게로 갔다. 싯다르타 일행은 성 밖의 마을에서 탁발을 하고 있었다.

늙은 의전대신은 싯다르타와 그를 따르는 제자들의 행색이 너무 초라하고 더러워 감히 접근하지 못하고, 궁성으로 달려와 왕에게 보고 온 그대로 말했다.

의전대신의 보고를 받은 슈도다나 왕은 화가 머리끝까지 치밀어 올랐다. 태자가 자기 고향에 와서까지 추한 행색을 하고 탁발을 하여 고 픈 배를 채우고 있다니, 도저히 있을 수 없는 일이라고 역정을 냈다. 왕 은 얼굴이 벌겋게 달아올라서, 의전대신에게 소리쳐 명했다.

"누더기를 걸친 태자가 맨발인 채로 걸식을 하도록 그대로 두고 왔 단 말이오? 당장 말과 수레를 끌고 가서 태자를 억지로라도 태워 데려 오도록 하시오."

의전대신은 의전 내관들과 시종들에게 금빛 은빛 술로 장식을 한 말과 수레를 끌게 하고 앞장서서 나아가 싯다르타를 맞이했다. 그는 싯 다르타 앞에 머리와 허리를 굽히고 말했다.

"태자마마, 어서 수레에 오르소서. 임금님께서 태자마마를 간절히 기다리고 계십니다."

싯다르타는 늙은 의전대신을 향해 합장의 예를 갖추고 빙그레 웃으 면서 부드러운 목소리로 말했다.

"출가한 사람은 말이나 수레에 오를 수가 없습니다."

성안의 슈도다나 왕은 부처가 된 싯다르타를 맞이하기 위하여 성 대한 잔치 준비를 해놓고 기다렸다. 한데 싯다르타 태자를 영접하기 위 해 갔다가 빈 몸으로 달려온 의전대신의 말을 들은 슈도다나 왕은 기가 막혔다. 몸소 말을 타고 싯다르타를 맞이해 오려고 나섰다. 의전대신이 안내하는 대로, 싯다르타가 걸식하며 머물고 있는 망고나무 숲 속으로 달려갔다.

싯다르타는 아버지 슈도다나 왕을, 여느 신도를 맞이하듯이 자비롭고 공손하게 대했다. 슈도다나 왕은 싯다르타를 보는 순간 싯다르타에게서 풍겨오는 온화한 기운과 알 수 없는 향기를 감지했다. 싯다르타의 얼굴 뒤에 떠 있는 은은한 빛 바퀴가 왕의 몸을 편안하게 감싸주었다. 왕은 성스럽게 변모되어 있는 싯다르타의 모습을 보고 가슴이 벅차올랐다. 왕은 격앙된 목소리로 말했다.

"사랑하는 나의 태자야, 내가 그동안 얼마나 너를 그리워하고, 또 얼마나 너의 건강을 노심초사 걱정했는지 아느냐. 고향에 돌아왔으면 곧바로 성안으로 들어와 이 아버지와 침식을 함께하고 그동안 쌓인 회포를 풀어야 마땅하거늘, 왜 이렇게 남 보기 흉하게 걸식을 하고 이 황량한 숲 속에 머문단 말이냐?"

그 말 속에는 원망과 꾸짖음과 아들에 대한 곡진한 사랑이 담겨 있었다. 싯다르타는 동요하지 않고, 침착하게 낮은 목소리로 말했다.

"아바마마, 저의 이 걸식은 저희 사카족 안에 대대로 흘러내려 온 가통이며 착하고 성스러운 율법입니다."

싯다르타의 목소리는 숲 속에서 불어오는 살랑바람처럼, 천상에서 흘러온 음악 소리처럼 신비했고, 그것은 슈도다나 왕의 온몸을 포근하게 감싸고 돌았다. 슈도다나 왕은 태자가 이미 낯설고 성스러운, 우러러야 할 존재가 되어 있음을 실감했다. 그렇지만 떨리는 목소리로 언성을 높여 말했다.

"아니, 우리는 대대로 고귀한 왕족이거늘, 어찌 걸식을 하며 숲에 머무는 너의 행동이 가통이고, 착하고 성스러운 우리 사카 가문의 율법이란 말이냐?"

싯다르타가 금방 떠오르는 아침 해처럼 곱고 만월처럼 조용히 빙그레 웃으며 말했다.

"제가 말씀드린 저희 사카족의 가통이며 착하고 성스러운 율법이란 것은, 세속적인 왕통을 말하는 것이 아니옵고, 대대로 내려오는 부처님 전통과 보살의 율법이란 말씀입니다. 우리 사카족의 오랜 역사 속에는 여러 부처님과 보살님들이 계셨습니다. 그 부처님 보살님들은 저처럼 출가하여 걸식을 하고 숲에서 머물며 대중을 교화하셨습니다. 저의 몸에 바로 우리 선조 부처님 보살님들의 모습이 그대로 투영된 것으로서 우리 사카족 역사 속의 부처님 전통과 율법을 이어받고 있는 것이옵니다."

슈도다나 왕은 그 말을 듣는 순간 자기 몸속에 부처와 보살의 피가 흐르고 있음을 깨달았다. 내 몸속에 부처님의 법통이 흐르고 있다면 나도 부처님께 귀의해야 하는 것 아닌가, 하고 생각했다.

슈도다나 왕은 싯다르타를 향해 합장하고 말했다.

"저도 부처님께 귀의하겠습니다."

그러고는 엎드려 세 번 절을 했다. 그리고 말했다.

"우리네 사카족의 가통이 그러하다면 태자는 태자로서가 아니고 부처님으로서 궁 안으로 들어가셔서 우리 사카족을 교화하셔야 합니다."

싯다르타는 슈도다나 왕의 안내를 받아, 태자로서가 아니고, 부처님으로서 성문 안으로 들어갔다. 싯다르타와 슈도다나 왕은 수레나 말을 타지 않고 걸어서 갔다.

이 소식은 앞장서 달려간 의전 내관들과 시종들을 통해 성안에 전해졌다. 왕후 프라자파티와 세 아내 고비카, 야소다라, 고타미를 비롯한 모든 시종 시녀들은 달려 나가 부처가 된 싯다르타를 우러르고, 삼가고 또 삼가면서 맞이했다. 대신들도 모두 나와 합장하고 머리 숙여 싯다르타를 영접했다.

장인인 다리나 재정대신은 보이지 않았다. 다리나는 얼마 전에 병이 든 까닭으로 물러나 그의 저택 안에 누워 있었다. 갑자기 쓰러져 간신히 자리보전을 하고 있는 것이었다.

성안의 사카족들은 모두 왕궁으로, 부처가 된 싯다르타를 찾아와 경배하고 귀의했다. 이모인 왕후 프라자파티도, 아내 고비카도 야소다라도 고타미도 귀의했다. 사촌 동생인 아난다와 데바닷타와 아들 라훌라는 출가를 하겠다고 나섰다.

싯다르타는 성을 떠나기 전에 병들어 있는 장인 다리나의 저택으로 찾아갔다. 저택을 에워싸고 있는 망고나무 숲은 무거운 암자주색 그림자를 드리우고 있었고, 숲 위에서는 까마귀들이 까옥까옥 울었다. 싯다르타는 세 아내와 더불어 저택 안으로 들어갔다. 다리나는 침대 위에 누워 있었다. 수척한 얼굴 살갗이 어두운 잿빛으로 변해 있고, 눈과 코와 입과 볼이 한쪽으로 비뚤어져 있었다. 눈 하나는 감기어 있고, 틀어진 입술에서는 침이 한 방울씩 흘렀다. 한 손을 부들부들 떨었다. 그의 삶 전체가 망가지고 부서져 있었다.

싯다르타는 무릎을 꿇고 앉아 다리나의 두 손을 끌어다가 한데 모아 잡고, 거기에 입술을 가져다 댔다. 자비 가득하고 그윽한 눈으로, 과거에 탐욕이 많았고 노회했던 가엾은 노인을 내려다보았다.

다리나는 싯다르타의 향기로운 체취와 자비로운 그윽한 눈빛에 온몸이 녹아드는 것을 느꼈다. 그는 눈물을 흘리면서, 싯다르타가 조성한 명주 도시의 모든 것을 빼앗아 자기 딸들의 소유로 만들어버리고, 반발하는 태자 싯다르타를 연금시킨 일들을 참회했다. 탐욕 많은 자기의 몸뚱이를 벗어나 깨끗하고 향기로운 생명체로 거듭나고 싶은 충동에 사로잡혔다. 그는 자유롭지 못한 혀를 굴려, 어눌한 말씨로 부처님께 귀의하고 싶다고 말했다. 싯다르타는 고개를 거듭 끄덕거려주면서 다리나를 용서했다. 참회하는 그를 가엾게 여기고 그의 정신적인 출가를 축하해주었다.

무언의 가르침

이 마을 저 마을 인민들을 교화하느라고, 제자들과 더불어 먼 길을 걸어온 싯다르타는 바야흐로 바이샬리의 다자탑(多子塔) 앞에 이르렀다. 다자탑에는 이야기 하나가 전해오고 있었다.

한 장자가 도를 닦았지만, 무려 60명이나 되는 많은 아들을 먹이고 가르치느라고 시달리고 또 시달리다가 크게 깨닫지 못하고 죽자, 아들들이 가엾은 아버지를 위하여 탑을 세웠다고 하여 다자탑이라는 이름이 붙게 되었다. 사람이 걸터앉으면 알맞을 기단 위의 한가운데에 장자의 형상을 정교하게 조탁하여 우뚝 세우고, 그 앞뒤와 양옆 사방으로 모든 아들들의 형상을 자잘하게 조탁해놓았다.

싯다르타는 노독으로 피곤했고, 다리가 아팠다. 싯다르타는 다자탑의 기단 가장자리에 엉덩이를 붙이고 앉았다. 제자들은 싯다르타를 에워싸고, 스승이 왜 저기에 저렇게 앉아 있을까, 무슨 가르침을 전하려는 것일까, 하고 생각했다. 사리푸트라, 목갈라나, 아난다 등의 제자들도 그것을 궁금해하였다.

싯다르타는 시시때때로 사리 앙금 같고 금싸라기나 보석이나 백옥 같은 말씀을 뱉어내곤 하므로 제자들은 그 말씀 하나하나를 놓치지 않으려고 애를 썼다. 스승의 몸짓 하나, 표정 한 가지도 그냥 지나치는 법이 없이 눈치를 살피고, 숨소리까지도 들으려고 귀를 쫑그렸다.

다자탑의 기단 한쪽에 엉덩이를 붙인 싯다르타는 한동안 입을 굳게 다물고 심호흡을 했다. 땅 한곳을 응시한 채였다. 그때 뒤늦게 달려온 카샤파가 스승을 에워싸고 있는 제자들 속으로 파고들었다. 카샤파는 제자들의 얼굴을 둘러 살피고, 다자탑의 기단 한쪽 끝에 엉덩이를 붙이고 앉아 있는 스승 싯다르타의 표정을 주시했다.

그때 싯다르타는 제자들의 얼굴을 한쪽에서부터 하나씩 하나씩 천천히 살폈다. 싯다르타의 눈길은 한 제자의 눈길과 잠시 마주친 채 멈추었다가 다음 제자에게로 옮겨가곤 했다. 스승의 눈길이 자기에게 와서 멈추었을 때 그 제자는 바짝 긴장을 했다. 제자들의 눈 속으로 파고든 스승의 눈길은 그 제자의 몸에 전율을 일어나게 했다.

싯다르타의 눈길이 마침내 카샤파에게 날아갔고, 그것이 잠시 카샤파의 눈에 머물렀다. 두 눈길이 허공에서 마주치고 있는 동안 카샤파는 물론, 다른 제자들 또한 긴장을 했다. 스승 싯다르타와 제자 카샤파의 두 눈길은, 여느 제자의 눈길과 마주쳤을 때나 마찬가지로 잠시 머물러 있었다. 그 순간, 카샤파는 아, 하고 속으로 부르짖었다. 지금 다자탑의 기단 한쪽 끝에 엉덩이를 붙이고 앉은 스승은 자기를 에워싸고 있는 제자들에게 대관절 무엇을 전해주려는 것일까. 무슨 말을 하려는 것일까.

스승 싯다르타의 눈길이 카샤파 옆의 다른 제자의 얼굴 쪽으로 옮겨

갔을 때, 카샤파는 스승 싯다르타가 앉아 있는 모양새를 다시 살폈다. 싯다르타는 엉덩이를 다자탑의 기단 한가운데 붙이고 앉아 있는 것이 아니고, 약간 한쪽으로 비켜 앉아 있었다. 옆에 한 사람이 앉을 만한 공간을 남겨두고 있는 것이었다. 그 공간에 하얀 햇볕이 내리쪼였다. 그 작은 공간에 내리쪼이는 그 햇빛은 제자들의 눈을 향해 반사되고 있었다.

맨 가장자리에 서 있는 제자의 눈길까지 더듬은 싯다르타는 한심한 생각이 들었다. 싯다르타는 제자들에게 무슨 이야기를 들려주려고 거기 앉아 있는 것이 아니었다. 그는 그의 옆에 누군가가 와서 앉아주기를 바라고 있었을 뿐이었다. 한데 아무도 거기에 앉아주지를 않았다. 아, 이렇게 마음과 마음이 순조롭게 소통하는 제자가 하나도 없다니, 그는 우울해졌다. 카샤파까지도 그의 마음을 몰라주고 있었다.

싯다르타의 생각에, 카샤파는 놀라운 감수성을 가지고 있다 싶었다. 카샤파는 여느 때 늘 스승의 속마음을 가장 빨리 정확하게 읽었다. 또한 스승 싯다르타도 카샤파의 속마음을, 주머니에 들어 있는 보석을 만지듯이 읽어내곤 했던 것이다. 한데 이날 이 순간에는 카샤파마저도 멍히 서 있기만 하는 것이었다. 싯다르타는 하늘을 쳐다보았다. 하늘에는 흰 구름 몇 장이 북으로 흘러가고 있었다. 하얀 코끼리 같은 구름이었다. 눈을 감으면서 심호흡을 했다. 불과 불은 맞닿으면 더 맹렬해지고, 물을 마셔본 사람은 물의 시원하고 뜨겁고 달콤한 맛을 아는 법인 것을…….

그때 옆에 무슨 낌새가 있어 돌아보니, 성큼성큼 걸어온 카샤파가 싯다르타의 옆에 엉덩이를 붙이고 있었다. 싯다르타는 가슴이 화끈 달아오르며 우둔거렸다. 역시 카샤파로구나. 그는 카샤파를 끌어안아 주고 싶은 충동을 억눌렀다.

그날 저녁, 한 강변의 망고나무 숲에서 구걸해온 음식을 먹고 난 다음이었다. 사리푸트라가 스승 싯다르타에게 그날 다자탑 앞에서의 일에 대하여 물었다.

"스승께서는 왜 그 탑의 기단 한쪽 가장자리에 앉아 계셨습니까? 카샤파가 스승 옆의 빈 공간에 나란히 앉은 것은 무엄한 행위가 아니었습니까?"

싯다르타가 대답했다.

"살아가다 보면, 입으로 지껄이는 말보다는 단순한 행위가 더 깊은 진수를 설해주는 경우가 있다. 말이 오히려 거추장스러울 때도 있을 수 있는 법이다……. 사리푸트라야, 배가 고프다는 것은 배의 한쪽이 비었다는 것이고, 음식을 먹는다는 것은 비어 있는 곳을 채운다는 것 아니냐! 사람은 소리나는 쪽으로 귀를 기울이는 법이다."

깊은 뜻을 알아듣지 못한 사리푸트라가 다시 물었다.

"심히 어렵습니다. 쉽게 풀어 말씀해주십시오."

싯다르타가 말했다.

"작은 배를 타면 배가 한쪽으로 기우는데, 사람은 반드시 기울어지는 쪽의 반대편으로 달려가는 본능이 있다. 그것을 균형 감각이라고 말한다. 우리 삶은 늘 균형이 맞도록 편성되어야 한다."

사리푸트라가 말했다.

"스승님, 저는 아직도 스승님 말씀의 깊은 뜻을 알지 못하겠습니다."

싯다르타가 안타까워하며 말했다.

"달을 보라면 달을 볼 일이지 왜 손가락만 보느냐!"

그 말끝에 '아, 달!' 하고 속으로 소리쳤다. 사리푸트라의 가슴에 달 같은 환희가 폭죽처럼 터졌다. 그는 스승 앞에 엎드려 절을 했다.

술 취한 코끼리

싯다르타가 이끄는 교단이 한없이 커졌다. 다른 군소의 교단을 이끄는 우두머리 사문들이 싯다르타에게 귀의하면서 자기 제자들을 이끌고 싯다르타의 교단으로 들어왔다. 싯다르타는 교단에 들어온 대중들이 지켜야 할 계율을 정하고, 그 율법에 따라 정진하면서 깨끗하고 향기로운 보살행을 실천하도록 지도했다. 보살행이란 좋은 일 하기인데 그것을 진실로 착하게 실천하는 것이었다.

길이 없는 곳에는 길을 내주고, 개울에는 다리를 놓아주는 실천이었다. 농사철에는 농부들을 도와주었다.

싯다르타에게 귀의하여 제자로 활동을 하던 사촌 동생 데바닷타가 은밀하게 음모를 꾸몄다. 데바닷타는 혈기가 왕성했고 많이 가지고 싶어했다. 그는 영리했지만 교활한 데가 있었다. 오래전부터 싯다르타를 제거하고 자기가 그 거대한 교단을 이끌겠다는 욕심이 있었다. 데바닷타는 교단에 불만을 가지고 있는 일부 사문을 끌어모아 그 음모를 실행할 기회를 엿보았다.

데바닷타는, 싯다르타가 다른 여러 곳을 순례하며 교화를 펼치기 위하여 라자그리하를 떠날 거라는 것을 알았다. 그는 망고나무 숲 속에 거대한 몸집의 수컷 코끼리 한 마리를 숨겨놓았다. 코끼리에게 먹일 술 몇 통을 준비해놓고, 일부러 풀만 먹이고 물을 주지 않았다. 갈증이 나게 하려는 것이었다. 그는 싯다르타가 언제나 해가 뜨기 직전에 발행을 하곤 한다는 사실을 알고 있었다. 밤이 지나고, 동쪽 하늘과 지평의 번한 먼동이 스러지면서 옥색의 새벽빛이 대지에 깔렸을 때, 데바닷타는 갈증에 시달리는 코끼리에게 술통을 들이밀어 주었다. 코끼리는 술을 허겁지겁 마셨다. 금방 술에 취한 코끼리는 숨을 가쁘게 쉬었고, 술기운으로 인해 야성이 발동했다. 야성은 광기로 나타났다. 코끼리는 코를 식식거리며 망고나무 숲 밖으로 뛰쳐나갔다. 싯다르타 일행이 라자그리하 마을 밖 들판으로 걸어 나왔을 때였다. 술에 취한 미친 코끼리는 순례하는 그들을 향해 질주했다. 그들을 짓밟아 으깨어버릴 기세였다. 데바닷타는 망고나무 숲 속에 몸을 숨긴 채 싯다르타 일행을 향해 질주하는 코끼리를 지켜보고 있었다.

싯다르타의 수많은 제자들은 달려오는 코끼리를 보고 당황했다. 뿔뿔이 흩어져 달아나기 시작했다. 싯다르타와 그를 가까이에서 모시는 아난다와 사리푸트라와 목갈라나와 카샤파와 라훌라만 들판 한가운데에 남아 있었다. 코끼리가 바야흐로 싯다르타를 향해 줄곧 나아갔다. 싯다르타는 위급한 상황에 직면해 있음을 알아차렸다. 그때 아난다가 싯다르타에게 소리쳐 말했다.

"부처님, 피하십시오. 미친 코끼리입니다."

아난다의 목소리를 듣고도 싯다르타는 우뚝 서 있었다. 도망가려고 해도 이미 도망갈 곳이 없었다. 설사 도망을 가더라도 그는 발이 빠른 코끼리에게 짓밟힐 수밖에 없었다. 싯다르타는 코끼리를 향해 정면으로 꼿꼿이 서 있었다. 그가 굴복시킨 악마들의 모습을 떠올렸다. 바야흐로 코끼리가 그의 앞에 이르렀다. 그는 아난다와 사리푸트라와 목갈라나와 카샤파와 라훌라를 지켜주고 싶었다. 코끼리를 향해 두 팔을 벌렸다. 이때 신통스러운 일이 벌어졌다. 코끼리가 비실거리기 시작했다. 술을 너무 많이 마신 코끼리의 몸에 힘이 풀린 것이었다. 코끼리는 싯다르타 앞에서 술 냄새를 풍기며 무릎을 꿇고 앉았다. 모로 쓰러지듯이 드러눕더니 눈을 감고 잠이 들어버렸다.

잠든 코끼리를 앞에 둔 채 싯다르타는 망고나무 숲 속에 숨어서 엿보고 있는 데바닷타를 바라보았다. 데바닷타는 음모가 실패로 끝난 것을 알았고, 자기 음모의 정체가 들통이 날까 두려워 숲 사이를 빠져 달아났다. 싯다르타는 장인 다리나가 지은 업을 생각했다. 그리고 등 뒤에서 부들부들 떨고 있는 아난다를 향해 말했다.

"아버지가 지은 업장은 아들에게로 전이된다. 내가 멀리 떠나간 다음에도 너는 데바닷타를 미워하지 말고 용서해주어라. 용서는 어둠 속에 불을 밝히는 것과 같은 것이다."

사라나무 숲

팔십 세가 훌쩍 넘은 노쇠한 싯다르타는 스스로가 이 세상을 떠나갈 때가 되었음을 알았다. 그는 어디에서 세상을 하직할 것인가를 궁리했다. 그는 강가의 지류가 내려다보이는 숲을 생각하고 아난다에게 쿠시나가라로 가자고 말했다. 아난다는 쿠시나가라 쪽으로 싯다르타를 모시고 갔다. 아난다는 슬펐다. 눈물을 보이지 않기 위해 싯다르타를 등지고 바람 불어오는 쪽으로 얼굴을 돌려 눈을 크게 뜬 채 눈물을 말리곤 했다. 싯다르타는 아난다가 울고 있음을 알아차렸다. 싯다르타는 아난다에게 울지 말라고 했다. 아난다는 싯다르타에게 말했다.

"스승님이 떠나고 나면 저는 어디에 의지해야 합니까? 세상은 어둠뿐입니다. 제 속에도 어둠이 가득 들어차 있습니다. 어둠의 세상은 광막한 바다처럼 드넓고, 험하게 출렁거립니다. 스승님이 떠나시고 나면 우리들은 어디로 갈 것인지 몰라서 길을 잃고 방황할 것입니다. 스승님이 떠나신 다음에는 무엇을 의지하고 무엇을 따라가야 합니까?"

싯다르타가 아난다를 향해 돌아섰다. 다른 제자들이 아난다 등 뒤에서 올을 짜고 서서 싯다르타를 향하고 있었다. 싯다르타는 낮고 부드럽게 말했다.

"의지할 곳은 자기 자신뿐이다. 세상은 안팎의 어둠으로 가득 차 있다. 자기를 등불로 삼고, 그 등불을 의지처로 삼고, 그 등불을 따라가야 한다. 그 등불은 법이다. 법은 진리이고, 진리는 어둠이라는 바닷속에 떠 있는 '섬'이다. 혹, 다른 사람들이 하늘에 있다고 믿는 신(神)이나 다른 사람을 의지처로 삼고, 그 신이나 다른 사람이 이끄는 대로 따라가서는 안 된다. 지금 이 시각에도, 내가 죽은 다음에도 우리들의 법, 그 섬을 등불로 삼아 의지해야 한다. 그 등불은 착실하게 수행 정진하는 사람만 얻어 간직할 수 있다."

그날 밤 마을 가장자리에 있는 대장간의 대장장이가 싯다르타에게 공양을 올렸다. 그것은 대장장이의 아내가 정성을 다해 만든 멧돼지와 버섯 요리였다. 싯다르타는 그것을 한 숟가락 떠먹어 본 다음 아난다에게 말했다.

"너희들은 이 음식을 먹지 마라."

제자들은 그 까닭을 알지 못하고 묵묵했다. 한데 그날 밤 싯다르타는 심한 배앓이를 했다. 설사를 네 차례나 하여 기진맥진해졌다. 설사가 더 이상 나오지 않았을 때 그는 사라쌍수 숲으로 들어갔다. 비틀거리는 그를 아난다가 부축했다. 라훌라는 멀리 떨어져서 아난다가 하는 것을 안타깝게 바라보기만 했다.

싯다르타는 여느 때 아들 라홀라를 가까이 오지 못하게 했다. 일부러 아들 라홀라를 멀리하고 있었다. 라홀라를 여느 제자와 똑같이 대했다. 라홀라가 아버지에게 의탁하는 것을 막아주려는 것이었다. 라홀라는 아버지 싯다르타의 그러한 냉정함이 서운했다.

어느 날 밤 싯다르타는 잠들어 있는 라홀라의 얼굴을 들여다보고 있었다.

라홀라는 방황하곤 했다. 아버지가 가는 길을 뒤따라가는 아들은 늘 절망했다. 나는 왜 왕궁을 버리고 출가를 했을까, 하고 후회를 했다. 아버지의 길을 따라가는 것이 과연 옳은 것인가, 하고 의심했다. 그는 혼자서 멍히 하늘을 쳐다보고 있고, 비가 쏟아지는 들판을 헤매면서 악을 써댔다. 땅바닥에 누워 뒹굴다가 돌아오기도 하고, 별 총총한 깜깜한 밤길을 돌아다니다가 들어오기도 했다.

싯다르타는 잠든 라홀라를 내려다보며 생각했다. 방황과 절망과 의혹이 깊어야 성취할 깨달음도 깊고 높을 것이다. 그때 라홀라는 잠들지 않고 있었다. 아버지 싯다르타가 잠들지 못한 채 그의 얼굴을 내려다보고 있음을 알아차리고 있었다. 어둠 속에서 잠이 든 체하고 눈을 감고 있는 아들과 눈을 뜬 채 아들의 얼굴을 내려다보고 있는 아버지의 여린 숨결이 한데 엉기어 꽈리를 틀고 있었다.

거듭된 심한 설사로 탈진한 싯다르타는 순간순간 혼절을 했다. 아난다는 사라쌍수 나무 아래에 자기의 가사를 기다랗게 폈다. 다른 제자들도 자기의 가사를 그 위에 펼쳐놓았다. 라홀라도 아버지의 창백한 얼굴을 살피며 가사를 벗어서 맨 위에 펼쳤다. 스승이 누울 수 있는 폭신한 공간이 만들어졌다. 제자들이 스승을 그 가사 위에 눕혔다. 숨을 거두어야 할 순간이 온 것을 알아차린 싯다르타는 제자들에게 말했다.

"아난다야, 사랑하는 제자들아, 시간이 나를 기다려주지 않는다. 내가 떠나기 전에 나에게 묻고 싶은 것이 있으면 물어라. 스승이 계실 때 물어볼 것을 잘못했다, 하고 후회하지 말고 지금 물어라."

아난다는 입을 열지 않은 채 눈물을 줄줄 흘리고만 있었다. 라홀라도 멀리 떨어져 선 채 입을 다물고 슬퍼하고만 있었다. 다른 제자들도 고개를 떨어뜨린 채 울고만 있었다.

싯다르타는 제자 사리푸트라와 목갈라나와 카샤파가 옆에 있었으면 좋겠다고 생각했다. 목갈라나와 사리푸트라는 각각 저 혼자만 아는 먼 데 세상으로 스승인 싯다르타보다 먼저 떠나갔다. 카샤파는 어디에 있는지 알 수 없었다. 카샤파는 싯다르타가 노쇠해진 다음부터 그의 말씀을 중생들에게 전하기 위해 사방팔방으로 돌아다니며 교화를 했다.

하늘에 별이 떴다. 먼 숲 속에서 지빠귀가 울고 있었다. 그가 어린 시절에, 이모 프라자파티는 그 지빠귀의 울음소리를 신의 울음소리라고 말했었다. 싯다르타는 눈을 지그시 감은 채 말했다.

"아난다야, 사랑하는 제자들아, 모든 현상은 어지럽게 변한다. 세상은 어두운 망망대해이다. 각자 자기의 섬에 자기의 등불을 밝혀 의지처로 삼기 위하여, 부디 게으름 없이 정진하여라."

그리고 더 말이 없었고, 짚불이 사그라지듯이 숨을 거두었다.

열반

싯다르타가 열반에 들자, 내내 그의 시중을 들던 사촌 동생이자 제자인 아난다는 발이 빠른 젊은 비구 열 사람에게 카샤파를 찾아 데리고 오라고 보냈다. 아난다는 카샤파가 없는 가운데 스승 싯다르타의 장례를 치를 수 없었다. 싯다르타는 살아 있을 적에 카샤파를 가장 뛰어난 수제자로 여겼던 것이다. 지금 카샤파는 스승 싯다르타가 열반에 든 줄도 모른 채 어딘가에서 사람들에게 자기 스승의 가르침을 전하고 있을 터였다. 카샤파에게 부음을 전하기 위해, 두 비구는 동쪽으로 길을 잡아 달려가고, 다른 두 비구는 서쪽으로 길을 잡아 달려가고, 또 다른 두 비구는 북쪽으로 길을 잡아 달려가고, 그리고 또 다른 두 비구는 남쪽으로 길을 잡아 달렸다. 나머지 비구들은 마을에서 목수를 데리고 와서 관을 만들었다.

싯다르타의 아들 라훌라는 슬피 울었다. 그는 철이 들 때까지 내내 아버지 싯다르타의 속을 상하게 해드렸다. 라훌라는 슈도다나 왕의 손자로서 호화롭게 자랐다. 싯다르타가 출가하고 난 다음 궁중의 모든 사람들은 라훌라가 장차 슈도다나 왕의 뒤를 이어 왕궁의 주인이 될 것이라고, 그를 떠받들었다. 그는 부드러운 음식만 먹고 비단옷과 푹신하고 따뜻한 잠자리에서 시종들의 정성스러운 돌봄을 받으며 호화롭게 자랐다. 가죽신을 신고 살았고, 어리광을 부리고 자랐다.

아난다를 따라 덩달아 출가를 하고 난 다음 라훌라에게는 고난의 삶이 시작되었다. 맨발로 다녀야 했고, 헐벗고 더러운 옷을 입었고, 열악한 잠자리에서 얇은 이불을 덮은 채 추위에 떨며 잠들어야 했고, 입에 맞지도 않은 음식을 먹어야 했고, 읽기 싫은 책을 읽어야 했다. 그는 짜증을 냈고, 사문들에게 거칠게 대들었고, 화를 잘 냈고, 아무에게나 손찌검을 하려 들었다. 걸핏하면 울었고, 대중들이 하는 대로 따르려 하지 않았고, 음식을 먹지 않겠다고 고집을 부렸고, 토라져 외톨이가 되어 있곤 했다.

라훌라는 자기의 인생이 아버지 싯다르타의 출가로 인해 구겨졌고 험난해졌다고 생각했다. 아버지가 지어준 '라훌라'라는 이름부터가 불만이었다. 라훌라는 '장애물'이라는 뜻이었다. 세상에 태어난 귀한 아들에게 그런 잔인한 이름을 지어주다니, 그 얼마나 무책임한 일인가. 그 얼마나 이기적인 일인가. 자기는 태어난 순간부터 아버지에게서 버림을 받았다고 생각했다. 그리하여 모든 사람들이 부처님이라고 떠받드는 아버지에게 복수를 하듯이 그는 세상을 살았다. 심술이 나면 돌멩이도 걷어차고, 강아지도 걷어차고, 하늘을 향해 침을 뱉고, 들고 읽던 책을 팽개쳤다. 늦잠을 자고 있을 때 누군가가 깨우면 베개를 내던지며 자기를 깨운 자에게 욕을 퍼부었다. 자기 이름을 장애물이라고 지어준 아버지의 영원한 장애물 노릇을 하고 싶어졌다.

라훌라의 무엄한 행위에 대한 소문이 아버지 싯다르타에게까지 들려왔다. 아버지 싯다르타는 라훌라로 인해 혀를 깨물며 고통스러워했다. 마침내 그는 라훌라를 한 늙은 사문이 운영하는 암자로 보냈다. 라훌라는 그곳에 가서도 대중들과 어울리지 못했다. 늦잠을 자고 신경질을 내고 돌멩이를 걷어차고 혼자 투덜거렸다. 스승이 묻는 말에 대답도 하지 않고, 알 수 없는 이유로 혼자 울었다. 그는 대중들의 빈축의 대상이었다.

그러한 라훌라의 소식을 들은 싯다르타가 그 암자로 찾아갔다. 부처님으로 받들리는 싯다르타가 찾아오자 암주를 비롯한 모든 대중들이 나와 머리를 숙이고 합장을 하며 그를 맞았다. 이때도 라훌라는 아버지를 반기지 않고 우울한 얼굴을 한 채 암자 모퉁이에 앉아 하늘을 쳐다보고 있었다. 싯다르타는 라훌라를 찾아 두리번거렸다. 암주가 싯다르타의 마음을 알아차리고 라훌라를 그의 앞으로 데리고 왔다.

싯다르타는 암자 출입문 앞의 댓돌에 엉덩이를 붙이고 앉으며 라훌라를 향해 낮고 부드러운 목소리로 말했다.

"라훌라야, 아버지가 발을 씻어야겠구나. 물을 좀 떠오너라."

암주와 대중들은 싯다르타가 아들 라훌라를 다루는 것을 말없이 지켜보았다.

암주가 작은 질그릇 동이를 내주었다. 라훌라는 얼굴을 찡그린 채 짜증스러워하며 작은 동이에 물을 길어다가 아버지의 발 앞에 놓았다. 아버지는 동이의 물에 두 발을 담그며 말했다.

"아들아, 아버지 발을 좀 씻어다오."

라훌라는 무릎을 꿇고 앉아 아버지의 두 발을 거칠게 씻었다. 물이 사방으로 튀었다. 신을 신지 않고 땅을 디디고 걸어 다닌 아버지의 발은 흙이 묻어 있었으므로 동이의 물은 금방 더러운 구정물이 되었다. 아버지가 그 구정물을 내려다보며 말했다.

"라훌라야, 너, 이 동이의 물을 마실 수 있겠느냐?"

라훌라는 얼굴을 더욱 사납게 일그러뜨린 채 아버지의 발이 담겨 있는 구정물을 내려다보았다. 이 물을 어떻게 마신다는 것인가. 부처님이라고 우러름을 받는 아버지는 지금 말도 안 되는 소리를 아들에게 하고 있지 않는가. 라훌라는 '아버지는 이 더러운 물을 마실 수 있습니까?' 하고 소리쳐 울부짖고 싶었다.

그때 아버지 싯다르타가 말했다.

"라훌라야, 물론 이 물을 마실 수 없다. 사람인 너도 이 물과 같다. 공부를 게을리하고, 왕궁의 후손으로 태어나 호의호식하고 시종들을 함부로 부리던 건방지고 오만한 버릇을 아직도 가지고 있구나. 맛있는 음식만 찾고 좋은 옷만 입으려 하는 교만과 불평불만, 어리석음으로 가득 차 있는 너, 라훌라는 바로 이 더러운 물과 같이 되었다."

라훌라는 문득 진저리를 쳤다. '너도 이 더러운 물과 같이 되었다.'는 말이 라훌라의 가슴 한복판과 정수리를 내리찍었다. 고개를 깊이 떨어뜨린 채 눈물을 흘렸다.

아버지가 말했다.

"라훌라야, 이 물을 버리고 오너라."

라훌라는 작은 동이를 들고 가서 암자 모퉁이의 개울에 버리고 비어 있는 그 동이를 가지고 왔다.

아버지가 라훌라에게 물었다.

"라훌라야, 이 동이에 음식을 담아 먹을 수 있겠느냐?"

라훌라는 대답을 하지 못했다. 아버지가 말했다.

"물론 이 더러운 동이에 음식을 담아 먹을 수는 없다. 말과 행동이 거칠기 때문에 여러 대중에게서 비난과 빈축을 사고 있는 너, 라훌라도 이 더러운 동이와 같다."

라훌라는 고개를 떨어뜨렸다. 아버지는 문득 앞에 놓인 작은 질그릇 동이를 발로 걷어찼다. 동이가 데굴데굴 굴러갔다. 라훌라뿐 아니라 그들 부자를 에워싸고 있는 모든 대중들이 놀랐다. 아버지 싯다르타가 말했다.

"라훌라, 너는 할아버지가 사카 왕국의 왕이고 아버지가 모든 사람들이 떠받드는 부처님이기 때문에 다른 대중들과 달리 특별한 대접을 받아야 한다고 생각하느냐? 라훌라, 너는 특별한 존재이기 때문에 다른 대중과 달리, 게으름을 피우고, 깨끗한 옷만 입으려 들고, 배고프면 함부로 먹으려고 들고, 늦잠을 자고, 불평불만을 하고…… 이와 같이 계율을 지키지 않아도 된다고 생각하느냐? 그렇다면 너는 이 질그릇 동이처럼 지옥에 떨어지게 될 것이다."

라훌라의 가슴에 덜거덕하고 무너지는 소리가 들렸다. 그는 아버지 앞에 무릎을 꿇었다. 아버지는 아들을 가엾어하는 목소리로 말을 이었다.

"사람으로 태어난 자가 마실 수 없는 더러운 물처럼 된다면 그 사람을 어디에 쓰겠느냐! 사람으로 태어난 자가 음식을 담을 수 없는 더러운 그릇처럼 된다면 그 사람을 어디에 쓰겠느냐! 사람으로 태어난 자가 깨어지더라도 전혀 아깝지 않은 이 질그릇 동이처럼 사람들의 발길에 차인다면, 그 사람을 어디에 쓰겠느냐!"

아버지는 말을 마치자마자 몸을 일으키고 돌아갔다. 라훌라는 땅바닥에 이마를 마주 대며 어헉어헉 하고 울었다.

이후 그는 짜증을 내지 않았고, 음식 타박을 하지 않았으며 부지런히 책을 읽었다. 모든 사람들에게 깊이 머리를 낮추고 인고하며 곰곰이 경청하는 겸손을 길렀다. 남모르게 측간 청소를 하고, 음식을 먹을 때는 다른 사람들을 앞세우고, 궂은일에는 앞장서서 실천궁행하는 버릇을 들였다. 그리하여 마침내 아버지의 부름을 받아 가까이서 수행하는 제자들 틈에 끼이게 되었다.

아, 아버지의 그때 그 가르침이 아니었다면 나는 어찌 되었을까. 라훌라는 슬픔을 주체하지 못한 채 울었다. 흐르는 눈물을 팔뚝으로 훔치면서 아소카꽃을 한 송이 한 송이 땄다. 그는 할머니인 마야 왕후가 룸비니 동산에서 아소카나무의 꽃향기를 금방 태어날 아기에게 선물하기 위해 그 꽃을 꺾다가 진통을 느꼈다고 들었다. 아버지의 시신을 그 꽃의 향기로 감싸드리고 싶었다.

라훌라는 아소카꽃들을 삶아 향을 만들고, 그 향물로 아버지 싯다르타의 시신을 씻었다. 먼저 이마와 볼과 눈썹과 눈과 코와 입과 귀를 씻고, 목과 가슴과 배꼽과 거웃과 거무스름하게 오그라든 생식기, 불알과 귀두를 씻었다. 순간 라훌라는 '아하!' 하고 속으로 소리쳤다. 무지개처럼 화사한 환희가 가슴속에서 솟구쳐 올라왔다. 나의 시원은 이 생식기에서 비롯되었다. 아버지 싯다르타가 말하던 인연의 시작, 연기(緣起)가 바로 이것이다. 환희심이 울음을 북받치게 했다. 그는 줄줄 흐르는 눈물을 주먹으로 훔치면서 향물로 거웃을 씻었다. 하얀 털이 섞여 있는 거웃 몇 개가 빠졌다. 그것들을 주워 가사 한쪽에 모아놓고 생식기와 항문을 씻었다. 허벅다리와 무릎과 오금과 정강이와 종아리를 씻고 발을 씻었다. 정강이와 종아리에는 가시덩굴에 긁힌 흉터들이 있었다. 출가 이후 맨발로만 걸어 다닌 발바닥은 두꺼운 가죽처럼 단단하고 딱딱했고, 뒤꿈치와 발가락 안쪽에 옹이가 박혀 있었다. 발가락에는 상처를 입었다가 아문 흉터들이 많았다. 라훌라는 시신의 두 발을 한데 모아 보듬은 채 오열했다. 향물로 시신을 다 씻긴 다음 라훌라는 일어서서 눈을 굳게 닫고 있는 아버지의 시신을 내려다보았다. 아버지 싯다르타는 죽음의 준엄한, 드높은 성안으로 들어갔고, 성문을 단단히 닫고 있었다. 그 어느 누구든지 그 성문을 열고 들어갈 수 없었다.

라훌라가 시신의 머리를 들고 아난다가 다리를 들어 관 속에 눕혔다. 아난다가 가사 하나를 시신 위에 덮고 관 뚜껑을 닫았다.

젊은 비구들은 숲 속으로 장작을 구하러 갔다. 죽은 사라나무와 잠부나무를 잘라다가 장작을 만들었다. 화장을 한 다음 재를 언덕 아래에서 흐르는 흰 강물에 뿌릴 참이었다. 그 작은 강은 강가 강의 지류였다. 강은 소리 없이 노래하며 흐르는 순환하는 넋이다. 그 넋은 시간을 먹으면서 흐른다. 우주적인 만다라의 한 끝자락에 자리하고 있는 그 강은 모든 것을 시원으로 되돌려놓는다. 싯다르타는 제자들에게 시간에게 먹히지 말고 시간을 먹으라고 가르쳤다. 시간에 먹히는 자는 소멸되지만, 꿋꿋이 정진하면서 시간을 먹는 자는 소멸되지 않고 영원을 산다고 가르쳤다.

장작은 충분하게 마련되었는데, 카샤파는 돌아오지 않았다.

나는 아무 말도 하지 않았다

시체 냄새를 맡은 까마귀들이 인근의 사라나무 숲에서 어지럽게 날며 까옥까옥하고 소리쳐댔고, 그들이 일으킨 바람으로 사라나무 숲이 스산하게 울고 있었다. 제자 아난다는 라훌라와 나란히 싯다르타의 관 앞에 엎드려 있었다. 싯다르타 생전에 모든 제자들이 스승의 이런저런 말씀과 가르침을 주는 행동으로 깨달음을 얻었지만, 안타깝고 부끄럽게도 가장 가까이에서 싯다르타를 모신 아난다는 아직 깨달음다운 깨달음을 얻지 못했다. 그는 아직 깨달음이 무엇인지 몰랐다. 삶의 애매모호가 보얀 안개처럼, 흐린 강물처럼 머리를 가득 채우고 있었다. 스승의 그 어떠한 말로도, 깜깜한 어둠을 밝히는 환한 달빛 같고 박하향 같은 환희심을 느끼지 못했다. 아난다는 짙은 안개 같은 애매모호가 머리를 가득 채운 상태에서, 사촌 형이자 스승이요, 의지처였던 싯다르타의 죽음을 맞이하자 공황 상태 같은 절망에 이르렀다. 그 깜깜한 절망이 더욱 큰 슬픔과 고독으로 엄습해왔다. 아난다는 슬픔을 주체하지 못한 채 관 앞에 엎드려서 울고 또 울었다. 울면서 싯다르타에게, '이 못난 동생을 위해 제가 깨달을 수 있는 한 말씀만 더 들려주시고 가십시오.' 하고, 더할 수 없는 진정으로 하소연했다. 그러다가 지쳐 쓰러져 까무룩 잠이 들었다. 그때 그의 귀에 스승 싯다르타의 말씀이 들려왔다.

"아난다야, 사랑하는 나의 동생 아난다야, 나에게서 더 어떤 말도 기대하지 마라. 이때껏 나는 무수한 가르침을 제자들에게 전했다. 그러나 나는 오직 나 스스로를 의지처로 삼고 정진하고 또 정진하였을 뿐, 사실 어느 누구에게도 나는 아무 말도 하지 않았다. 알겠느냐."

아난다는 번뜩 깨어났다. 그는 자기의 귀를 의심했다. 이때껏 많은 제자들에게 깨달음을 주기 위하여, 대중 교화를 위하여 그 많고 많은 말씀을 들려주신 스승인 싯다르타가 한 말, '나는 아무 말도 하지 않았다. 알겠느냐.' 이것은 무슨 뜻인가. 그 순간 아난다는 세상이 환히 밝아지는 깨달음의 환희에 사로잡혔다. 아, 그렇다, 나는 아무 말도 하지 않았다. 그는 "나는 아무 말도 하지 않았다." 하고 말하면서 이번에야말로 하늘과 땅이 꺼질 듯 큰 소리로 통곡을 했다.

에필로그

마지막 가르침

바람이 불었다. 사라나무 숲 속에서 까마귀들이 울었다. 그 울음소리는 브라만의 사제들이 읽는 경전 소리처럼 숲을 울리고 있었다. 서쪽의 먼 지평과 맞닿은 하늘 속으로 해는 떨어졌고, 그 하늘 구멍에서 황혼이 타올랐다. 그 우주의 자궁에서 솟구쳐 오른 황혼은 검은 구름장들을 불그죽죽하게 물들이며 진한 핏빛으로 타올랐다. 붕새의 꿈을 꾸며 구름 속을 날던 새들은 사라나무 숲 속으로 짹짹거리며, 비이비이 울며 돌아오고 있었다.

싯다르타의 관은 두 그루의 사라나무 사이에 놓여 있었다. 시간이 싯다르타의 관을 먹는 것이 아니고, 싯다르타의 관이 시간을 먹고 있었다.

카샤파는 싯다르타가 운명한 지 칠 일째 되는 날 땀을 뻘뻘 흘리면서 달려왔다. 밤과 낮을 가리지 않고, 스승의 가르침을 대중들에게 전하기 위해 분투하다가 스승의 부음을 듣고 달려온 카샤파는 슬퍼하면서 관 앞에 엎드려 오체투지의 절을 했다. 그때 전혀 예상하지 않았던

일 하나가 벌어졌다. 직사각형으로 된 관의 아래쪽 면이 우지끈 터지면서, 열반에 든 싯다르타의 두 발이 나란히 뻗어 나왔다.

그것을 본 제자들은 깜짝 놀랐다. 오직 놀라지 않은 채 냉정해진 것은 카샤파 한 사람뿐이었다. 그는 싯다르타의 맨발을 두 손으로 감싸 안은 채 통곡을 했다. 어찌하여 열반에 든 싯다르타가 나, 카샤파를 향해 맨발을 내보이고 있는 것인가. 그 심오한 뜻을 아는 사람은 아무도 없었다. 스승의 그 맨발을 두 손으로 감싸 안은 채 통곡을 하고 있는 카샤파만이 알고 있었다.

출가 이후, 평생 대중들에게 올바른 삶의 길을 가르쳐주려고 온 세상의 길을 밟고 다닌 그 맨발은 모든 것을 버리고 집을 떠난 출가자의 엄정하고 슬픈 표상이었다. 열 개의 발가락과 발톱들은 돌부리에 차이거나 뾰죽한 자갈과 가시에 찔리고 긁혀 상처를 입었다가 아물고, 또 상처를 입었다가 아물기를 거듭한 까닭으로 쇠가죽처럼 두껍고 너덜너덜해 있었다.

싯다르타는 궁중에서 출가를 하기 전, 물소 가죽으로 짓고 금장식을 한 신을 신고 살았었다. 가죽신은 추위와 더위를 막아주고, 뾰죽한 돌부리를 막아주고, 독충을 막아주었다. 그런데 그는 출가하여 삭발을 하면서 그 가죽신을 벗어 던지고 맨발이 된 것이었다. 고행 끝에 부처가 되어 고향에 돌아갔을 때 아버지 슈도다나 왕이 그 맨발이 안타깝고 민망하여 가죽신을 신기려고 들었고, 빔비사라 왕도 싯다르타의 발에 금장식이 된 신을 신기려고 들었다. 하지만 싯다르타는 정중히 사양을 하고, 그 가죽신을 살 돈을 가난한 자들에게 나누어주라고 했었다.

이후 여든 살이 넘어, 그의 길 맨 끝에 놓여 있는 사라나무 밑에서 열반에 들 때까지 내내 맨발로 걸어 다닌 싯다르타는 그 맨발을 지금 카샤파에게 내보이고 있는 것이었다. 아, 이것은, 죽는 날까지 이 맨발의 뜻을 절대로 잊지 말라는 당부이다. 카샤파는 싯다르타의 맨발을 두 손으로 감싸 보듬은 채 어흑어흑 하고 울었다. 까마귀들의 울음소리가 카샤파의 머리 위에서 맴돌았다.

바람이 불었고, 사라나무 숲 속에서 까마귀들이 울었다. 그 울음소리는 브라만의 사제들이 암송하는 경전 소리처럼 숲을 울리고 있었다. 서쪽의 먼 지평과 맞닿은 하늘 속으로 해는 떨어졌고, 그 하늘 구멍에서 황혼이 타올랐다. 그 황혼은 몇 개의 검은 구름장들을 핏빛으로 물들이며 타올랐다. 붕새의 꿈을 꾸며 구름 속을 날던 새들은 사라나무 숲 속으로 돌아오고 있었다.

길 위에서 태어나 길 위에서 살다가 길 위에서 열반에 든
부처님의 맨발, 그 아프면서도 숭엄한 가르침

내 영혼의 스승인 석가모니 부처님의 삶을 소설로 써보는 것이 나의 오
랜 큰 소망이었다.

나는 이곳저곳 여행 중에 와불(臥佛)의 맨발을 보곤 했다. 길 위에
서 태어나 평생토록 온 세상의 길을 맨발로 걸어 다니며 사람의 길에
대하여 가르치다가 길 위에서 열반한 석가모니 부처님의 '맨발'이란
무엇인가.

한 왕국의 왕자였던 싯다르타는 왜 화려한 삶을 버리고 출가를 했
을까. 그것은 혁명적인 결단으로 이룩한 것이었다. 한마디로 말한다면
계급 사회로 인해 핍박받는 인간과 탐욕으로 인해 지옥의 삶을 사는 사
람들을 구제하기 위해서였다.

우주 자연 속에서 인간은 불안하다. 그리하여 인간은 한사코 스스
로 절대자라고 의미 부여를 한 신에게 매달린다. 악을 저질러놓고도 신
에게 평계를 댄다. 모든 것을 신의 뜻이라고 말한다. 싯다르타는 그 고

독한 인간을 구제하려고 신을 거부하고 출가한 것이다. 그것은 어찌할 수 없는 신에 대한 저항이자 극복 행위이다. 천상천하 유아독존은 인간의 오만을 말하는 것이 아니고, 인간이 절대 고독자임을 뜻한다.

나는 성불에 초점을 맞추는 것이 아니고, 출가에 맞추어 이 소설을 썼다. 이제나 그제나 세상은 계급 사회이다. 지금은 자본주의 계급 사회이다. 이 부도덕한 정글 같은 세상 속에서 지금 우리는 출가를 생각하며 살아야 한다. 싯다르타의 맨발은 슬프면서도 장엄한 출가 정신의 표상이다. 우리들이 싯다르타에게서 배워야 하는 것은 맨발, 혹은 출가 정신이다.

이 소설을 쓰면서, 인도의 신화 '마하 바라따'를 번역한 박경숙 님의 도움을 받았고, 또 여러 책에서 도움을 받았다.

출판 시장이 어려운 때 이 책을 펴내준 불광 가족 여러분에게 불은이 함께하기를 빈다.

불기 2558년 4월
해산토굴 주인 한승원

참고문헌

박경숙이 옮긴 〈마하 바라따〉 _ 새물결

정태혁이 지은 〈인도 철학〉 _ 학연사

하인리히 짐머가 초록하고, 조셉 캠벨이 엮고, 김용환 교수가 옮긴
〈인도 철학〉 _ 대원사

법륜 스님의 〈인간 붓다〉 _ 정토출판사

데이비드 깔루빠나가 짓고 재연 스님이 옮긴 〈혁명가 붓다〉 _ 숨 출판사

와타나베 쇼코가 짓고 법정 스님이 옮긴 〈불타 석가모니〉 _ 문학의 숲

전국역사교사모임에서 지은 〈처음으로 읽는 인도사〉 _ 휴머니스트

자크브로스가 짓고 주향은이 옮긴 〈나무의 신화〉 _ 이학사

후지와라 신야가 짓고 박매영이 옮긴 〈인도 방랑〉 _ 한양출판

법정 스님의 〈인도 기행〉 _ 샘터

라다크리슈나이야가 엮고 김석진이 옮긴 〈인도 신화〉 _ 장락

아지트 무케르지가 짓고 최병식이 옮긴 〈인도 종교 미술〉 _ 동문선

주경철이 쓴 "부처님의 아들 교육" _ 조선일보(2013. 5. 16.)

사람의 맨발

ⓒ 한승원, 2014

2014년 4월 21일 초판 1쇄 발행
2025년 1월 10일 초판 5쇄 발행

지은이 한승원
발행인 박상근(至弘) • 편집인 류지호 • 편집이사 양동민
편집 김재호, 양민호, 김소영, 최호승, 하다해, 정유리
디자인 쿠담디자인 • 제작 김명환 • 마케팅 김대현, 이선호, 류지수 • 관리 윤정안
콘텐츠국 유권준, 김대우, 김희준
펴낸 곳 불광출판사 (03169) 서울시 종로구 사직로10길 17 인왕빌딩 301호
　　　　대표전화 02) 420-3200 편집부 02) 420-3300 팩시밀리 02) 420-3400
　　　　출판등록 제300-2009-130호(1979. 10. 10.)

ISBN 978-89-7479-055-4 (03810)

값 17,000원

잘못된 책은 구입하신 서점에서 바꾸어 드립니다.
독자의 의견을 기다립니다. www.bulkwang.co.kr
불광출판사는 (주)불광미디어의 단행본 브랜드입니다.